윌리엄 왕자와 막시밀리안 민스키 그리고 나

늘 그랬듯이,

나의 유일한 두 사람

노아와 에버하르트를 위해서

Prinz William, Maximilian Minsky und ich

윌리엄 왕자와 막시밀리안 민스키 그리고 나

홀리-제인 랄렌스 글 | 두행숙 옮김

느림보

차례

책벌레 넬리

지금부터 하려는 얘기는 옛날 어느 멀고 먼 나라에서, 아니 사실은 바로 몇 년 전 이곳 베를린에서 일어났던 일이다. 그때 나는 장차 대영제국의 왕이 될 윌리엄 아서 필립 루이스 윈저라는 인물을 처음 알게 되었다. 윌스라고도 불리지만 윌리엄 왕자라고 하면 누구나 다 알 것이다. 윌리엄 왕자는 '찰스 필립 아서 조지 마운트배튼 윈저' 왕세자와 '다이애나 프랜시스 스펜서' 왕세자비 사이에서 태어났다. 윌리엄 왕자를 처음 알게 된 순간 나는 그에게 반했다. 그리고 그 일은 내 인생을 송두리째 바꿔 놓았다.

자세한 얘기를 시작하기 전에 먼저 내 소개부터 하겠다. 윌리엄 왕자를 모르는 사람은 없겠지만 '넬리 수 에델마이스터'가 누군지 아는 사람은 별로 없을 테니까.

윌리엄 왕자가 내 인생에 등장했을 무렵, 나는 매사에 심각하기 짝이 없는 비쩍 마른 열세 살 소녀였다. 나는 베를린에서 학교를 다니고 있었다. 목덜미까지 오는 머리는 되는 대로 땋아 내리고 굵은 테 안경을 쓰고 다녔으며, 머릿속에는 백과사전만큼의 지식이 가득 차 있었다. 한마디로 친구들이 보기에는 잘난 척이나 하는 꼴불견이었다. 엄마의 고향 미국에서는 나 같은 애를 '책벌레'라고 부른단다. 남들의 관심을 끄는 데는 빵점이지만 천재적 두뇌의 소유자인 나 같은 사람에게 그건 썩 마음에 드는 표현이 아니다. 나는 늘 책을 읽었다. 심지어 길을 걸을 때도 코앞에 책을 들이대고 있었다. 이런 광경은 어쩌다 영화에서나 볼 수 있을까, 현실에서는 찾아보기 힘들 것이다. 책을 읽으면서 길을 걸으려면 상당한 요령이 필요하다. 더구나 로트와일러가 제집처럼 으르렁거리고 다니는 베를린에서는 재수 없으면 개똥을 밟기 십상이다. 하지만 나는 그런 일쯤엔 눈썹 하나 까딱하지 않는다. 집에 돌아와 신발을 벗어 던지면 그만이니까. 그것도 어쩌다 생각이 날 때뿐이지만.

"아니, 이게 뭐야? 케케묵은 중세 시대 얼룩 같구나!"

멋진 페르시아 카펫에 더러운 개똥을 문질러 닦을 때마다 엄마가 하는 말이다.

"세상에! 정리 정돈하기를 좋아한다는 독일 사람들이 어쩜 이러니? 베를린 사람들은 쓰레기도 애지중지한다니까. 뒷마당에 가 보면 폐지에 빈 깡통에 음식 쓰레기, 폐 플라스틱까지. 그리고 빈 병은 왜 그렇게 모으는 거니? 녹색, 파란색, 흰색……, 분리수거 통이 열 개는 넘을 거다. 이제 곧 빨간색 병을 수거하는 통도 나올걸. 맙소사! 그런 사람들이 왜 개똥은 안 치우는 거니? 뉴욕은 절대 이렇지 않아!"

우리 엄마 루시 블룸-에델마이스터 여사는 항상 베를린을 자신의 고향 뉴욕과 비교하곤 한다. 그리고 마지막 대사는 늘 다음과 같다.

"나는 뉴욕을 떠났지만, 뉴욕은 나를 떠나지 않았어!"

1980년대 초, 베를린에 처음 왔을 때 엄마는 이 도시에 부족한 것들이 너무 많다는 걸 알았다. 그리고 그것들을 소재로 글을 써 보면 좋겠다는 생각으로 베를린에 남았다고 한다.

그 후 일 년 동안 엄마는 열 명 정도의 애인을 만났다. 그러다 아빠를 알게 되었다. 아빠는 클라리넷 연주자로, 바주카 베니라는 예명으로 무대에 섰다. 아빠의 진짜 이름은 베른하르트 니콜라우스 에델마이스터이다.

아빠와 엄마는 뫼커 다리 위의 지하철역 스낵 코너에서 카레소시지를 먹다가 사랑에 빠졌다. 그리고 그날로 함께 살기 시작했다. 그게 전부다. 두 사람은 친구 몇 명과 함께 쇠네베르크의 연립주택에 살림을 차렸다. 그곳은 한때 유명한 로커였던 데이비드 보위가 살던 집이라고 한다. 엄마가 나를 임신한 뒤에 두 사람은 이곳 빌머스도르프의 아파트로 이사를 했고, 지금까지 이곳에 살고 있다.

빌머스도르프는 베를린 시의 서쪽에 있는 작은 동네이다. 군데군데 경치가 좋은 곳도 있지만 대개 볼품없어진 낡고 허름한 건물들뿐이다. 우리 집도 거의 철거 직전의 상태다. 현관은 회칠이 벗겨져 벽돌과 흙이 훤히 들여다보인다. 엄마와 아빠는 우리 집이 동독에서 가장 낡은 집일 거라고 말하곤 했다. 두 사람의 의견이 일치하는 건 아마 이 문제뿐일 것이다. 이 부분에 대해서는 나중에 자세히 얘기하기로 하겠다. 우리 집 지하실에서는 곰팡이 냄새가 진동을 한다. 더구나 우리가 내려갈 때마다 생쥐들이 후다닥 모습을 감추는 걸 느낄 수 있다. 엄마는 그게 작은 생쥐가 아니라 어마어마하게 큰 쥐라고 우겼다. 엄마의 말에 아빠는 늘 이렇게 반박했다.

"당신이 어떻게 알아? 당신이 지하실에 내려가 본 게 언젠데? 십 년도 넘지 않았나?"

집주인 폼플룬 씨는 셰퍼드 세 마리와 죽은 아내의 유골 단지와 함께 바로 옆 아파트에 산다. 그렇게 가까이 살고 있으면서도 좀처럼 집을 수리해 주지 않았다. 엄마는 당장 고발하겠다며 폼플룬 씨에게 여러 번 으름장을 놓았다.

"네 엄마는 너무 과격해. 영락없는 메이드 인 유에스에이라니까. 백 퍼센트 뻔뻔스럽지 뭐냐."

아빠는 엄마에 대해 이렇게 말하곤 한다. 하지만 엄마는 으름장만 놓았을 뿐 아직 어떤 조치도 취하지 않았다.

"뭐, 이 집을 쳐다보는 건 건너편에 사는 사람들이지, 나는 아니니까."

엄마의 말씀이다.

길 건너편에는 예전에 엄마와 가장 친했던 베아테 아줌마가 살고 있다. 베아테 아줌마는 〈대학병원〉이라는 드라마에서 간호사 베티나 역을 맡고 있다. 두 분은 몇 년 전에 엄마가 아줌마의 인터뷰 기사를 쓰면서 서로 알게 되었다. 베아테 아줌마의 아파트는 방이 열다섯 개가 넘고 욕실도 그만큼 많다. 옥상에는 정원까지 있는 대저택 같은 아파트다.

"바로 저런 집 때문에 우리 동네가 그나마 매력적인 거야."

엄마는 이렇게 말하곤 했다. 하지만 요즘은 전혀 딴판이다.

"바로 저런 탄약상자 같은 집들 때문에 이 지역 아파트 임대료가 하늘 높은 줄 모르고 치솟는 거라고!"

어쨌든 난 열세 살의 무서운 책벌레다. 나는 닥치는 대로 읽어 댄다. 그중에서도 가장 흥미를 느끼는 분야는 자연과학이다. 나는 앞으로 우주과학을 전공하고 싶다. 그래서 지금부터 초끈 이론이라든가 소우주, 블랙홀, 시간의 뒤틀림 같은 것들에 관한 정보를 꾸준히 모으고 있다.

천문학에 관심이 생긴 건 아홉 살 때부터였다. 그해 여름 부모님은 나를 뉴욕에 살고 계신 브루스 외삼촌과 데비 외숙모에게 보냈다. 뉴욕에서 지내던 어느 날 외삼촌 댁 에어컨이 갑자기 멈췄고 하마터면 난 더위로 죽을 뻔했다. 보다 못한 외삼촌 부부는 나를 하이든 천문관에서 주최하는 청소년 천체 관찰 프로젝트에 보냈다. 천문관은 외삼촌 집에서 걸어갈 수 있을 만큼 가까운 거리였다. 천문관은 정말 너무 시원해서 나는 금세 프로젝트에 열중할 수 있었다. 견딜 수 없을 정도로 무더운 대낮에는 에어컨이 작동되는 천문관을 어슬렁거리며 이글거리는 태양을 피하고, 밤이면 하늘을 올려다보면서 우주를 관찰하고. 정말 멋졌다. 그때부터 내 인생의 목표는 우주의 비밀을 캐내는 것이 되었다.

하지만 아직 열세 살인 나는 그저 책벌레일 뿐 천문학에 관해선 애송이에 지나지 않는다. 난 컴퓨터광이기도 하다. 윌리엄 왕자를 알게 된 것도 바로 컴퓨터에서였다. 우연히 영국 여왕 홈페이지에 들어갔다가 왕실 가족들의 모든 홈페이지를 샅샅이 훑어보게 된 것이다. 나의 비밀을 눈치 챈 엄마가 말했다.

"어머, 얼마나 낭만적이니. 첫클릭에 반했구나! 호호호."

그렇다, 엄마는 자신이 유머러스하다고 생각하고 있다. 이따금 정말 그럴 때도 있지만 대개는 그렇지 않다. 더구나 열세 살이나 된 나한테 엄마의 말은 조금도 재미있지 않다! 오히려 엄마는 절인 오이지처럼 시디신 사람이 되고 말았다. 아마 그건 아빠와의 끊임없는 말다툼 때문일 거다. 두 분은 사사건건 다투기 일쑤였다. 나 때문에, 폼플룬 씨의 개들 때문에, 그리고 아빠의 어머니, 안네리제 할머니 때문에. 할머니와 엄마는 서로 앙숙이었다.

할머니한테서 전화가 오면 엄마는 전화기에 독이라도 묻어 있는 양 잔뜩 찡그린 얼굴로 아빠에게 전화기를 건넸다.

"안네리제 부인에게서 온 전화야."

두 사람은 심지어 나의 바트-미즈바에 대해서도 말다툼을 벌이곤 했다. '바트-미즈바'는 유대인 아이들이 열세 살이 되어 성인으로 간주될 때 치르는 중요한 의식이다. 남자 애들의 경우에는 '바-미즈바'라고 하는데, 전통적으로 이 의식은 삶을 긍정하는 즐거운 동기를 지니고 있다. 맞겠지? 그런데 엄마한테는 그렇지 않은 모양이다. 엄마는 그 행사에 참석할 때마다 허둥지둥 준비하느라 정신이 없었다. 마치 금방이라도 우리 집에서 제3차 세계대전이 일어날 것처럼. 언젠가 유월절 밤에 겨우 열 명 정도의 손님을 초대한 간단한 모임 때도 엄마는 미친 듯이 조바심을 내며 돌아다녔던 사람이다. 그런 엄마가 내 바트-미즈바에 손님을 무려 백오십 명이나 초대하려 들었다!

"백오십 명? 설마 진심은 아니겠지!"

엄마의 말에 놀라 아빠가 소리쳤다.

"엄마! 난 결혼하는 게 아니에요!"

나도 한마디 거들었다.

"바로 그래서야!"

엄마가 말했다.

"결혼은 네가 하고 싶을 때 얼마든지 몇 번이고 할 수 있지만, 바트-미즈바는 일생에 단 한 번뿐이라고. 네가 세상을 향해 '나는 이제 다 자랐고 유대인 공동체의 일원이 되었습니다'라고 선언하는 중요한 날이야."

"나는 하나님도 안 믿는데 왜 내가 유대인 공동체의 일원이 돼야 하죠?"

이런 말을 할 때마다 엄마는 두 눈을 부릅뜨고 무시하듯 나를 쳐다봤다.

"너는 유대인이니까. 그게 이유야."

유대인 법에 따르면 아이는 어머니의 종교를 따르며 이는 계속 이어진다. 그렇기 때문에 아빠가 유대인이 아니어도 엄마 때문에 나는 유대인으로 간주되는 것이다. 엄마는 그다지 종교적인 사람은 아니다. 그러나 유대인의 전통은 매우 중요시하기 때문에 나를 유대인 문화에 적응시키려고 애썼다. 하지만 나한테는 별 상관없는 일이다. 어차피 내 주변에서는 유대인 문화라는 걸 거의 볼 수 없으니까. 그러니까 내 말은, 독일에 살고 있는 이상 바트-미즈바에 그렇게 집착하는 건 좀 지나치다는 거다. 나는 히브리어를 배우고, 유내교 경선인 《토라》*의 구절을 암송해야 한다. 또, 금요일 저녁이나 토요일 아침에 열리는 안식일 예배를 드리러 유대인 교회에 가야 한다.

"걱정 마. 바트-미즈바는 아주 재미있을 거야. 식탁에 유대인이 두 명만 있어도 배꼽을 쥐고 웃게 마련이거든."

엄마는 늘 이렇게 말하곤 했다.

"그럼 지금 우리는 왜 안 웃는 거예요?"

내가 반박했다.

*토라: 구약성서의 첫 다섯 편, 즉 모세오경을 가리키며 유대교에서 가장 중요한 문서이다. 토라는 히브리어로 '가르침' 혹은 '법'이라는 뜻이다.

엄마는 나를 물끄러미 바라보았다. 마치 나를 더 이상 가족의 일원으로 인정하지 않거나, 상속권을 빼앗거나 아니면 둘 다를 감행하려는 것처럼. 잠시 후 다시 환해진 표정으로 엄마가 말을 이었다.

"하! 정말 멋지구나, 넬리. 아주 좋았어. 유대인들은 이렇게 재치가 있다니까!"

하하.

바트-미즈바 문제를 제외하면 엄마와 아빠가 싸우는 이유는 대개 돈 때문이었다. 아니, 더 정확하게 말하면 늘 부족한 돈 때문이었다. 엄마는 아빠가 유명한 음악가가 아니라는 사실을 헐뜯었다. 엄마는 유명한 잡지 몇 군데에서 프리랜서 기자로 일하고 있는데 수입이 꽤 괜찮았다. 하지만 음악가인 아빠가 벌어들이는 수입은 신통치 않았다. 학생 몇 명에게 정기적으로 과외를 하는 것 말고는 고정적인 수입이 없었다. 더구나 그것마저 없을 때가 많았다. 저녁 때 세 식구가 식탁에 마주 앉으면 엄마와 아빠의 시시콜콜한 레퍼토리가 늘 되풀이된다.

"뭐 새로운 거 있어? 돈벌이가 될 만한 게 좀 있느냐고."

엄마가 스테이크용 나이프를 집으며 물었다.

"아니."

아빠가 대답했다.

"겨울에 하기로 했던 일은 어떻게 됐는데?"

엄마는 나이프로 고기를 썰었다.

"잘 안됐어. 다른 사람이 맡았대. 나보다 더 유명한 사람이야."

"도대체 그게 누군데?"

엄마는 고기를 입으로 가져갔다.

"그게 뭐가 중요해. 어차피 말해도 모를 텐데."

"유명한 사람이라면서, 모를 거라는 게 말이 돼?"

엄마가 물었다.

"그 여자는……. 그 일을 할 사람은 여자야."

엄마는 하마터면 고기를 씹지도 않고 꿀꺽 삼킬 뻔했다. 입가에 고기에서 배어나온 핏물이 조금 묻어 있었다. 엄마는 스테이크를 거의 날것으로 먹는다. 아빠는 절반쯤 익힌 것을, 나는 잘 익힌 것을 좋아한다.

"베니, 이 넓디넓은 베를린에 클라리넷 연주자 필요한 데가 없겠어? 하다못해 결혼식에 가서 클레츠머 음악*을 연주할 수도 있잖아. 아니면 바-미즈바에 가서라도."

엄마의 말에 아빠의 얼굴이 창백해졌다.

'창백하다'는 말은 소설 속에서는 자주 쓰이지만, 실제로는 그런 말을 들을 기회가 거의 없으니 정말 특이한 말이 아닐 수 없다. 살면서 정말로 얼굴이 '창백'해지는 사람을 한 번이라도 볼 일이 있을까? 하지만 그때의 아빠 얼굴이 그랬다. 진짜였다. 어

*클레츠머 음악: 18세기 중반, 러시아와 동유럽에 거주하는 유대인들에 의해 뚜렷한 형태를 갖추게 된 음악 형태로, 오늘날 이스라엘을 대표하는 음악이며 다른 장르에도 많은 영향을 주고 있는 최고의 유대음악이다

쩌면 신진대사의 문제이거나 심리적인 문제였을지도 모른다. 아니면 알레르기 때문이었을지도. 어쨌거나 나는 진짜로 아빠의 얼굴색이 확 달라지는 것을 볼 수 있었다. 아빠의 짙은 갈색 눈이 마치 폭발하는 초신성처럼 번쩍 빛났다.

"루시, 제발! 그런 식으로 말하지 말아 줘."

아빠가 말했다.

"아빠는 예술가예요. 작곡가라고요. 아빠는 무대나 스튜디오 체질이라고요."

내가 끼어들었다.

엄마가 손에 쥐고 있던 나이프를 격하게 식탁 위로 내동댕이쳤다. 나는 접시가 깨질까 봐 덜컥 겁이 났다.

"네 아빠가 무슨 체질이든 난 상관없어. 어디서든 돈만 벌어오면 되니까."

내가 보기에 엄마는 아빠를 너무 심하게 대한다. 그래도 끊임없이 스튜디오 재즈 연주회를 하곤 했는데 말이다.

"아빠는 유대인 교회 골방에서 클레츠머 음악이나 연주하고 계실 분이 아니에요. 게다가, 클레츠머 음악은 유대인 문화와 너무나 복잡하게 얽혀 있어요. 백파이프 음악이 스코틀랜드 문화와 깊이 얽혀 있는 것처럼요. 아빠는 유대인이 아니잖아요!"

"공주님. 이 일은 엄마와 아빠의 일이란다."

아빠가 부드러운 목소리로 말했다.

엄마는 처음엔 나를, 그 다음엔 아빠를 쳐다봤다.

"베니, 이 집에서 당신 혼자만 예술가라고 생각하는 거야? 나도 몇 줄짜리 말도 안 되는 기사나 쓰는 일 따위 이제 신물이 난다고. 나도 제대로 된 책을 쓰고 싶어!"

엄마가 쓰겠다는 책. 정말이지 상투적인 그 얘기가 또 나왔다. 엄마는 케케묵은 옛날부터 '나의 책'을 쓰겠다고 줄곧 말해 왔다. 제목이 뭐가 됐든 뉴욕을 배경으로 한 소설일 거라고 했다. 지금껏 머리말 하나 제대로 쓴 적 없으면서 할 말이 없어지면 엄마는 늘 그걸 무기로 내세웠다. 그리고 그 공격은 늘 성공을 거두었다. 엄마가 책 얘기를 꺼낼 때마다 우리는 죄책감을 느끼고 입을 다물었다. 하지만 리자 할머니가 옆에 계실 때는 예외였다. 침묵은 오래가지 못했다. 리자 할머니는 내 뺨을 살짝 꼬집으면서 정치가처럼 재치 있는 말투로 이렇게 말했다.

"아가야, 그 예쁜 얼굴로 한번 웃어 보렴."

세상에, 리자 할머니도. 예쁜 얼굴이라니? 아마도 눈이 많이 침침해지신 모양이다! 나는 무슨 말을 하시는 거냐고 투덜거리고는 의자에서 미끄러지듯 몸을 이리저리 비틀었다. 할머니는 포기하지 않고 하던 말을 계속했다.

"아이고, 예쁜 아가씨가 왜 항상 찌푸린 얼굴일까?"

나이가 일흔에 가까운 리자 할머니는 독일어를 유대인식 억양으로 말하곤 했다. 할머니가 폴란드를 떠나 베를린으로 온 게 벌써 40년 전 일인데도 아직 폴란드 말투가 남아 있다. 할머니는 제2차 세계대전이 끝난 뒤 바르샤바에서 알게 된 남편 레오폴트 씨와 함께 독일로 왔다고 한다. 두 사람은 나치가 저지른 유대인 대학살에서 기적처럼 살아남았다. 정말이지, 기적이 아니었다면 어떻게 그런 끔찍한 일을 피해 살아남을 수 있었을까? 리자 할머니는 레오폴트 할아버지가 돌아가신 뒤부터 우리와 함께 살고 있다. 그때 나는 겨우 초등학교 1학년이었다. 하지만 할머니를 알게 된 건 그보다 훨씬 오래전이다. 사실은 태어나면서부터이고, 엄마 역시 평생을 리자 할머니와 알고 지냈다. 리자 할머니와 우리 외할머니인 한나 블룸 할머니가 어렸을 적에 폴란드에서 함께 자랐기 때문이다. 그래서 엄마가 베를린으로 왔을 때 자식이 없는 리자 할머니가 엄마를 친딸처럼 아껴 주었다.

한나 할머니와 할머니의 가족은 다행히 늦기 전에 유럽을 떠나 미국으로 피신했다. 그러나 리자 할머니 가족은 폴란드를 떠나지 못했다. 할머니와 가족들은 몸을 숨기려고 여러 곳을 전전하며 간신히 전쟁에서 살아남았다. 교회에 숨기도 했고, 이웃집 채소밭 아래에 있는 비밀 지하실에 숨어 지내기도 했다고 한다. 리자 할머니가 그 일에 대해서는 잘 얘기하지 않기 때문에 자세한 건 모른다. 누군가 전쟁에 대해서 물으면 할머니는 남편 레오폴트 긴스베르크 씨를 만나 사귀었던 시절 얘기를 들려주곤 한다. 사실 그건 전쟁이 끝난 후의 일인데도. 레오폴트 할아버지는 독일인이다. 실제로는 폴란드인이지만 독일에서 태어나서 자랐기 때문에 자신을 독일인이라고 생각했다. 하지만 독일인들은 그를 폴란드로 돌려 보냈고, 나중에는 다시…… 아니 잠깐, 지금 내 얘기가 너무 지루한가?

도대체 왜 모든 사람들이 이 나라에서 저 나라로, 그러니까 왜 폴란드와 미국, 독일을 끊임없이 왔다 갔다 해야 했는지 이해가 잘 안 갈 것이다. 하지만 난들 어쩌랴? 그렇게 복잡하게 뒤얽혀 있는 게 다름 아닌 우리 가족인걸. 엄마는 그게 다 독일인들 탓이라고 말하지만.

"독일인들이 우리를 내쫓지만 않았다면, 우린 아무 문제없이 잘 살았을 거야. 안네리제 할머니와 한스 오토 할아버지처럼."

만약에 엄마가 지금 내 글을 본다면, 1장을 이런 횡설수설로 마무리하게 놔두지는 않았을 것이다.

"그만하면 됐다. 너무 긴 프롤로그는 너무 긴 프롤로그에 지나지 않아. 이제 진짜 이야기를 시작해. 본론으로 들어가라고!"

엄마의 잔소리가 귀에 들리는 듯하다.

그래, 이번만큼은 엄마의 충고를 따르는 게 좋겠다. 원래는 나와 윌리엄 왕자에 대한 이야기를 하려고 했던 거니까. 그렇지?

학교 세상

9월, 어느 칙칙한 날이었다. 그달은 시작부터 그랬다. 나는 아침을 먹으면서 엄마가 전화로 친구와 수다 떠는 걸 한참이나 듣고 있어야 했다. 어차피 조금 있으면 만날 거면서. 아빠의 클라리넷 연주가 배경 음악처럼 집 안에 울려 퍼졌다. 아빠의 작업실은 방음장치가 되어 있는데 그날은 아빠가 깜빡하고 방문을 열어 놓은 모양이다. 가끔 그런 일이 있었다.

"맙소사, 베니!"

엄마가 소리 질렀다.

아빠는 연주를 계속했다. 아마 헤드폰을 끼고 계실 것이다.

엄마는 수화기를 내려놓고 내게 말했다.

"긴급회의가 있다고 해서 오늘은 사무실에 가 봐야 해. 저녁

먹을 때까지는 돌아올 거야."

엄마는 〈시네마스코프〉라는 잡지사에서 프리랜서 편집위원으로 일하고 있다. 제목이 말해주듯이 영화, 텔레비전, 그리고 매스컴 분야의 최신 유행을 알려주거나 연예인들의 그렇고 그런 인터뷰 기사를 싣는 대중오락 잡지다. 말하자면 기사의 95퍼센트가 쓸데없는 것들이다! 미국 여배우 줄리아 로버츠, 얼마나 많이 다쳤는가? 스티븐 스필버그 감독은 정말 파산했을까? 따위의 기사들이다.

엄마가 바지 주머니에 손을 넣으며 말했다.

"여기 있었네. 어제저녁에 초대할 손님들 명단을 짜 봤어."

나는 한참 동안 엄마를 물끄러미 바라보았다.

"그래, 네가 초대할 사람들 명단은 어떻게 됐니?"

엄마가 물었다.

"내가 초대할 사람들이라니요?"

"네 바트-미즈바 말이다. 친구들은 몇 명이나 초대할 거니? 넬리, 이제 8주밖에 안 남았어. 서둘러야 한다고. 안톤은 어떠니?"

"안톤이요? 안톤 바이센베르거 말이에요? 도대체 왜 내가 안톤을 초대해야 하죠?"

"랍비*의 아들이니까. 그럼 이본느는? 이본느는 어때?"

엄마는 다시 나를 물끄러미 바라보았다.

*랍비 : 유대교의 성직자

이본느 프리스킬라 코헨? 우리 학교의 슈퍼스타를 말하는 거야? 나를 제외한 모든 사람들의 사랑과 동경을 한 몸에 받고 있는 그 이본느?

나는 멍하니 식탁을 바라보았다. 영국식으로 살짝 구운 머핀 위로 버터가 녹아내리고 있었다. 사실 난 초대할 사람이 아무도 없었다. 그건 나뿐만 아니라 엄마도 잘 아는 사실이다.

나의 유일한 친구 피오나 라이트풋은 몇 달 전에 미국 캘리포니아로 이사를 갔다. 피오나의 아빠가 마이크로소프트 사에서 일하게 됐기 때문이다. 그 뒤 우리는 전혀 연락을 하지 않았다. 정확히 말하면 피오나가 연락을 끊은 것이다. 피오나한테 몇 번 이메일을 보냈지만 한 번도 답장이 오지 않았다. 그러니까 그 당시 학교에서 나는 외톨이였다. 하지만 그건 내게 조금도 문젯거리가 되지 않았다. 늘 파티의 여왕이 되어야 하는 엄마에게는 꽤나 못마땅한 일이었을 테지만. 딸이 장래성 있는 스타들에겐 조금도 관심이 없고 하늘의 스타에만 관심을 쏟고 있었으니까.

"넬리, 너는 어쩜 그렇게 고집이 세니?"

엄마는 커피를 한 모금 마셨다.

엄마의 이런 말투를 나는 참을 수가 없다. 다 너 잘 되라고 하는 일인데 정작 너는 노력조차 하지 않는다는 식의 투덜거림. 마치 내가 엄마를 화나게 하려고 일부러 그런다는 듯이.

"바트-미즈바 준비가 너하고는 아무 상관없는 일인 것처럼 행동하지 않았으면 좋겠구나."

말을 마친 엄마는 나를 한 번 더 뚫어지게 쳐다보더니, 다시 아침 먹는 일에 열중했다. 그때 아빠의 클라리넷 소리가 다시 들려왔다.

"빌어먹을 또, 베니!"

엄마는 소리를 꽥 질렀다.

"도대체 집중해서 생각을 할 수가 있어야지!"

맙소사, 또 화가 난 모양이다. 불똥은 당장 나한테 떨어졌다.

"그리고 너, 이따 엄마가 돌아올 때까지 방 청소 해 놓는 거 잊지 마. 꼭 돼지우리 같이 그게 뭐니?"

나는 의자에서 벌떡 일어났다. 내 방이 조금 엉망인 건 사실이다. 하지만 그게 뭐 어때서?

"그만 좀 이래라저래라 하세요! 제 방은 제가 알아서 한다고요. 게다가 학교가 끝나면 히브리어를 배우러 가야 돼요. 그러고 나서는 리자 할머니하고 할 일이 있고요."

나는 엄마에게 소리를 지르고 부엌을 뛰쳐나와 아빠 연습실 쪽으로 성큼성큼 걸어갔다. 역시 내 짐작대로였다. 아빠는 문을 등진 채 헤드폰을 끼고 있었다. 나는 문 앞에 서서 음악 소리에 귀를 기울였다. 재즈 같았다. 아빠는 클래식 못지않게 재즈도 훌륭하게 연주했다. 내가 있는 걸 느꼈는지 아빠가 헤드폰 한쪽을 머리 위로 밀어 올리며 뒤를 돌아보았다.

"엄마가 또 투덜거리세요."

"잘 잤어, 공주님?"

그러면서 아빠는 손바닥에 입을 맞춰 나한테 키스를 보냈다. 나는 아빠를 위해 방문을 닫아 주었다.

나는 윗옷을 걸치고 내 방으로 가서 가방을 찾느라 한참을 뒤적거렸다. 가방은 부서진 망원경 옆에 있었다. 겨우 가방을 찾아 메고 집을 나섰다.

엄마는 기분 나쁜 일이 있을 때마다 나한테 화풀이를 한다. 그리고 나는 그것 때문에 스트레스가 쌓인다.

나는 가방에서 책을 한 권 꺼내 들고 정류장을 향해 종종걸음으로 걸었다. 걸으면서 흘낏 보니, 예전에 주유소가 있던 길모퉁이에 불량배 같은 남자 몇 명이 서 있었다. 나이는 별로 많아 보이지 않았다. 스킨헤드족이거나 펑크족이거나 아니면 지난번 '러브 퍼레이드'에 참석했던 사람들이 아직 근처에 남아 있는 걸지도 모르지만 아무튼 불량배처럼 보였다. 그들 가운데 몇 명은 옛날 인디언들처럼 머리를 가운데만 남기고 가장자리는 다 깎고 없었다. 또 옆에 삐쩍 마른 사람은 어깨까지 오는 밝은 금발 염색 머리에 목에는 묵직한 목걸이를 하고, 왼쪽 눈가에는 피어싱을 하고 있었다. 양팔에는 뱀 문신이 있었다. 엄마는 그들 가운데 한 사람을 시인이라고 불렀다. 그 남자 재킷 뒤쪽에 검은 사인펜으로 낙서가 돼 있었기 때문이다. 뭐라고 쓰여 있는지 궁금했지만 엄마의 빠른 걸음을 따라 잡느라 제대로 읽어 볼 기회가 없었다. 그리고 나 혼자 걸을 때도 일부러 멈춰 서서 읽자니 왠지 바보 같고 무례한 짓인 것 같기도 해서 그냥 지나치곤 했다.

그 불량배들은 올여름 들어 이틀에 한 번 꼴로 나타났다. 그들은 빈 주유소 안에서 잠을 자는 게 분명했다. 엄마는 구청에 전화를 걸어 따지곤 했다. 도대체 언제쯤이면 낡고 오래된 주유소를 철거하고 그럴듯한 건물을 지을 거냐고. 하지만 구청에서는 계속이 사람 저 사람한테 전화를 바꿔 줄 뿐이었다. 결국 지쳐버린 엄마는 전화기를 내려놓으며 위협하듯이 말했다.

"편지를 써 보내야겠어요."

하지만 그것도 말뿐, 엄마가 정말 편지를 쓰는 건 한 번도 본 적이 없다.

햇살이 비치고 날씨가 따뜻했다. 다행이다! 나는 비가 싫다. 옷이 젖어서 기분이 나빠지기 때문만은 아니다. 가장 큰 이유는 비에 젖으면 더욱 곱슬거리는 내 머리카락 때문이다. 안 그래도 이렇게 곱슬곱슬한데! 그래서 나는 머리를 늘 땋고 다닌다.

이다음에 커서 어른이 되면 꼭 일 년 내내 화창한 날씨가 계속되는 곳에서 살아야지. 혹시 브루스 외삼촌과 데비 외숙모가 비극적인 자동차 사고로 세상을 떠나게 된다면 플로리다 해안에 있는 별장을 내가 상속 받을지도 모른다.

"이런, 넬리!"

언젠가 내가 이런 말을 했을 때 엄마는 벌컥 화를 냈다. 그러면서 혹시 만의 하나 그런 일이 생긴다 해도 나한테는 상속 받을 권리가 없다고 확실히 못을 박았다.

"먼저 상속을 받을 사람은 나라고. 하지만 네가 방을 잘 정리한다면…… 가끔씩 놀러 오는 것 정도는 허락해 줄게."

엄마는 마치 대단한 양보라도 하듯이 말했다. 정말이지 우리 엄마의 유머 감각은 당할 수가 없다.

드디어 110번 버스가 왔다. 아래층에는 사람들이 꽉 차 있어서 나는 2층으로 올라갔다. 아래층은 늘 우리 학교 애들로 꽉 찬다. 내가 다니는 마크 트웨인 중학교에서는 공식적으로 두 개의 언어를 사용한다. 독일어와 영어. 학생들 중에는 앞날이 창창한 영재들이나 외교관 자녀들도 꽤 있지만, 대다수는 평범한 독일 애들과 미국 애들로 두 개 언어로 교육을 받을 수 있게 된 운 좋은 애들이다.

내가 2층으로 올라가자마자 버스가 출발했다. 하마터면 몸이 뒤로 쏠려 넘어질 뻔했다. 웃음소리가 들렸다. 분명 나를 보고 웃는 거겠지. 누군가가 '책벌레!' 하고 외치는 소리도 들렸다. 아니 잘못 들었을지도 모른다. 나처럼 외톨이로 지내다 보면 이따금씩 괴상한 상상에 빠지곤 한다. 어릴 때부터 알고 지낸 필리네 레너르트가 뒤쪽에 앉아 있었다. 나는 필리네에게 미소를 지어 보였다. 하지만 그 애는 나를 못 본 체했다. 유치원에 다닐 때는 둘이 짝이 되어 빙상 댄스를 추기도 했는데. 그 일은 아주 먼 옛날 얘기였다.

나는 비어 있는 맨 앞자리에 앉았다. 왼쪽 옆에는 베른트 루펠과 울라 오피츠가 앉아 있었다. 아니, 그런데, 쟤들이 지금 무슨 짓을 하고 있는 거야! 그것도 사람들이 다 보는 앞에서. 울라의 재킷 단추가 열려 있었다. 좀 더 자세히 보니까 블라우스 단추도 풀려 있었다. 베른트의 손이 울라의 몸 여기저기를 더듬고 있었다. 그러더니 아예 두 손이 울라의 등 뒤로 갔다가 다시 앞으로 나와 더듬어 대고 있었다. 자세히 보니 울라의 두 손도 베른트의 등 뒤를 위아래로 더듬더니 자기 몸 쪽으로 더 바짝 끌어당기는 것이었다. 두 사람은 그런 식으로 점점 더 바짝 붙어 앉았다. 그러고는 입을 맞췄다. 그것도 혀를 움직여 가면서. 지금도 기억하지만, 나는 그 광경을 지켜보면서 그 모든 동작을 동시에 하는 게 가능할까, 저런 건 어디서 배울 수 있을까, 하는 생각을 했다. 혹시 그런 동작들은 그냥 자연스럽게 나오는 것일까? 그럴지도 모르지만 아무튼 내가 보기엔 상당히 복잡해 보였다. 내 말은 그러니까, 그들은 동시에 너무 많은 일을 하고 있더라는 거다.

계속 그 생각이 머릿속에서 떠나질 않았다. 버스 안 여기저기를 몰래 훔쳐보던 내 시선은 미하엘 하페에게서 멈췄다. 만약 저 애한테 달려들어 열정적으로 키스를 한다면 어떨까? 미하엘과 나는 6월에 피오나 라이트풋의 송별 파티에서 병 돌리기 게임을 하다가 키스를 한 적이 있다. 하지만 그때의 키스는 별로 특별하지 않았다. 그냥 입술만 살짝 스쳤을 뿐이고, 그때 먹고 있던 팝콘의 소금 맛이 났다. 한마디로 실망스러운 경험이었다.

미하엘은 마치 내 생각을 읽기라도 한 듯이 내 쪽으로 고개를 돌렸다. 미하엘이 미소를 지었다. 미하엘의 새 치열교정기가 햇빛에 반짝였다. 흐음. 나 같은 애는 치열 교정기를 감당하기 힘들 거야. 나처럼 키스 경험이 없는 애는 자칫하면 치열교정기의 쇠고리에 혀가 걸리는 불상사를 당할지도 모르니까. 그래, 미하엘 하페는 적당한 상대가 아냐. 적어도 지금은.

그럼 미하엘 맞은편의 우베 프랑케는 어떨까? 나는 눈을 지그시 감고서 만약 우베의 입술과 내 입술이 닿으면 어떨까 하고 상상해 봤다. 아니! 그건 정말 아니다. 도대체 하루 종일 칼, 도끼, 전투기, 그리고 폭탄에 날아간 팔다리 따위를 그리며 시간을 보내는 애하고 어떻게 키스를 할 수가 있겠는가?

내 왼쪽으로 좀 떨어진 곳에는 데니 딜러가 분홍색 풍선껌을 씹고 있었다. 데니는 로스앤젤레스 출신이다. 데니의 엄마는 독일 오페라 가수다. 작년에 학교 학예회에서 손턴 와일더의 〈우리 마을〉라는 연극을 공연했을 때 데니가 조지 역을 맡았었다. 젊은 아내 에밀리 레베롤의 관이 땅속으로 내려가는 것을 보며 조지가 무릎을 꿇고 작별을 고할 때는 정말이지 눈물을 흘리지 않을 수 없었다. 그때 데니는 정말 멋있었다. 하지만 엄마는 달랐다. 즉 아마추어 심리학자인 루시 블룸-에델마이스터 박사가 데니에 대해서 한 말은 이러했다.

"데니 아빠가 몇 년 전에 전립선암으로 돌아가셨거든. 아마 그 일로 겪은 상실감을 조지라는 인물 속에 투영시켰을 거야."

과연 엄마다운 말이다! 엄마는 내가 무슨 말을 하든 그걸 망쳐 놓아야 직성이 풀리니까.

만약 데니한테 키스를, 열정적인 키스를 한다면 어떨까? 데니의 입술은 부드러울까? 촉촉할까? 따뜻할까? 모두 다일까? 그 어느 것도 아닐까? 혹시 소금 맛이 나는 건 아닐까? 아니면 껌 때문에 단맛이 날까? 데니는 혀를 어떻게 움직일까? 분명히 데니는 자기의 혀를 내 입속으로 쑥 밀어 넣고 내 혀를 찾을 때까지 이리저리 막 움직이겠지. 두 혀는 서로 맞붙은 채 이런저런 장난을 치겠지. 하지만 만약 데니의 입속에 껌이 그대로 있다면 어떻게 될까? 만약 우리 두 사람의 입속에서 그 껌이 이리저리 굴러다니다가 풍선이 점점 더 커지면? 만약 데니의 혀가 내 혀를 너무 꽉 붙들고 있어서 내 혀가 그 애 입에서 빠져나오지 못하면 어쩌지? 숨이 막혀 버릴지도 몰라. 풍선은 점점 더 커질 것이다. 축구공만 하게. 그러다가…… 빵! 풍선은 바로 내 눈앞에서 터질 것이다. 내 얼굴 위로. 단맛 나는 끈적끈적한 분홍색 젤리가 머리카락에 들러붙고 뺨 위로 흘러내리고, 콧구멍에 들어찰 것이다.

버스 운전사 아저씨가 갑자기 브레이크를 밟았다. 허억! 나는 숨을 들이쉬면서 백일몽에서 깨어났다. 분홍색 풍선이 지나치게 활발한 나의 상상력이 만들어 낸 것이라니 정말 다행이었다. 혹시 내가 가쁜 숨을 내쉬는 걸 누군가 눈치 챈 게 아닐까? 나는 조심스레 주위를 살폈다. 아무도 눈치 챈 것 같지 않았다. 여전히 몸을 비틀면서 서로 딱 붙어 있는 베른트와 울라에게서 나의 눈길이 멈췄다. 내가 뚫어지게 쳐다보고 있다는 걸 베른트가 알아챘다.

"꺼져!"

베른트가 말했다.

"뭘 쳐다 봐?"

울라도 한마디 거들었다.

나는 얼른 고개를 숙여 읽고 있던 책을 응시했다. 그때 누군가의 목소리가 들렸다.

"야, 넬리. 울라에 대해서 적고 있는 거야? 다음 연구 대상으로 삼은 거니?"

이본느 프리스킬라 코헨이었다. 이본느 곁에는 두 명의 독일 애들이 늘 붙어 다녔다. 니콜 킨들러와 카롤린 루드비히였다. 그 애들은 내 자리 뒤로 두 줄 건너 왼쪽에 앉아 있었다. 나의 최고 숙적들인데 나보다 한 살 위였지만 같은 8학년에 다니고 있다.

이본느의 아빠는 미국 대사관의 문화외교관이다. 잘난 척하고 다니는 꼴이라니! 누가 보면 이본느의 아빠가 미국 대통령쯤 되는 줄 알 거다. 내 생각에 그 애가 보여줄 수 있는 거라곤 커다란 가슴과 새알만 한 머리, 그리고 엠씨엠 가방뿐이다. 피오나가 미국으로 가기 전에 우리는 엄숙하게 맹세한 것이 있다. 살아 있는 동안 그 세 가지 중 어느 것 하나도 가지려 하지 말자는 것.

"뭘 읽고 있니, 넬리?"

이본느가 물었다. 사탕을 굴리며 노래하듯 말하고 있지만, 분명 비아냥거리는 말투였다. 니콜과 카롤린이 킥킥거렸다.

"스티븐 호킹이 쓴《시간의 역사》. 너희도 알지?"

물론 너희들이 이 책을 알 리가 없지. 그들은 그저 나를 멍하니 쳐다볼 뿐이었다. 갑자기 이본느가 킥킥거리면서 머리를 흔들어 댔다. 머리카락이 바람결에 스치듯 이리저리 흩날렸다. 숱이 많고 곧은 금발이 햇빛에 반짝였다. 길이를 똑같이 자른 머리칼이 꼭 베일 같아서 이본느는 마치 금발의 도기 인형 같았다. 삐쳐 나온 머리카락이 한 올도 없었다. 너무도 단정해서 보는 사람이 섬뜩할 정도로.

"호킹은 천재적인 물리학자야. 그는 이 책에서 우주의 기원과 본질을 아주 쉽게 설명해 주고 있어. 우리가 살고 있는 우주가 얼마나 복잡한지 아는 사람은 사실 별로 없거든. 너희들한테도 진심으로 이 책을 추천해 주고 싶구나."

나는 싱긋 미소를 지어 보인 다음 다시 책에 집중했다. 나는 다시 그들을 올려다보지 않았다. 하지만 그 애들이 내가 자기들을 놀린 건지 아닌지 확실치 않아서 머뭇거리고 있다는 걸 알 수 있었다. '어디 알아맞혀 보시지!' 하고 나는 속으로 중얼거렸다. 그러자 이본느가 말했다.

"넬리는 정말 이상해. 정말 괴짜라니까."

그 말이 왠지 내 마음에 아프게 와 닿았다. 하지만 그뿐이다. 나는 일단 책을 읽기 시작하면 책에만 열중하기 때문에, 더 이상 아무 말도 들리지 않는다. 책을 읽을 땐 머릿속에 다른 게 끼어들 자리가 없다. 다행히도!

몇 분이나 지났을까 웃음소리가 들려 나는 정신을 차렸다. 이본느와 그 친구들이었다. 차창 밖으로 버스를 따라잡으려고 달려오는 피아 판케비츠가 보였다. 따라 웃지는 않았지만 피아의 모습이 정말 우스꽝스러운 건 사실이었다. 피아는 약간 통통해서 달릴 때 굵은 팔뚝이며 다리가 제각각 움직였다.

버스에 간신히 올라탄 피아는 잠시 후 2층에 모습을 드러냈다. 숨을 고르느라 헐떡거리며 버스 통로에 서서 빈자리가 있는지 양쪽을 살폈다. 나와 눈이 마주친 피아의 얼굴이 환해졌다. 이런, 맙소사! 왜 나는 계속 책에 코를 박고 있지 않았던가? 만약 내 아이큐를 0이라고 한다면 피아는 마이너스 20이다. 아마도 피아의 뇌가 만들어질 때 작은 회색 세포들 대신 솜사탕이 들어찼는지도 모른다. 게다가 또 얼마나 수다스러운지! 온종일 재잘대고, 지껄이고, 종알거렸다.

나는 못 본 척 눈을 내리깔고 책을 읽었다. 물론 피아는 내 태도와 상관없이 내 옆에 와서 앉았다. 다만 아직 대화를 시작하지 않았을 뿐이다! 나는 계속해서 책을 읽었고, 피아는 그 사실을 받아들인 것 같았다. 나는 곧 피아의 존재를 완전히 잊었다. 그렇게 얼마나 달렸을까? 피아의 목소리가 들렸다.

"넌 누가 더 달콤할 것 같니?"

피아가 뜬금없이 물었다.

"뭐라고?"

"누가 더 달콤할 것 같냐고? 안톤 바이센베르크거 아니면 윌리엄?"

"더 달콤해, 뭐가?"

"신맛의 반대말 '달콤함' 말야! 그러니까, 누가 더 멋져 보이냐고? 안톤? 아니면 윌리엄?"

"윌리엄이라니? 누구?"

"누구냐니?"

나는 피아를 쳐다봤다. 피아도 나를 쳐다봤다. 피아는 나의 무지함에 할 말을 잃은 표정이었다. 하지만 그렇다고 달라질 건 없었다. 나는 피아가 누구를 말하는 건지 전혀 알 수 없었다. 잠시 기분 나쁜 침묵이 흐른 뒤 나는 다시 책 속으로 빠져 들었다.

1, 2분쯤 지난 뒤에 나는 좀 미안한 생각이 들어서 피아 쪽을 바라보았다. 그런데 피아는 나를 완전히 잊고 있었다. 피아는 휘둥그레진 눈에 입까지 헤벌린 채 베른트 루펠과 울라 오피츠를 뚫어져라 쳐다보고 있었다.

다이애나 왕세자비의 비극적인 교통사고 소식을 들은 건 점심시간, 학교 식당에서였다. 당시에는 그 소식이 내게 그리 중요하지 않았다. 영국 왕실 가족의 사망 사고가 나랑 무슨 상관인가. 그런데 모두들 자기 이웃이라도 죽은 듯 슬퍼했다.

"아, 그 왕세자비는 정말 아름다웠는데. 맞아, 진짜 왕세자비였어…… 너무도 다정한 엄마였고…… 불쌍한 윌리엄, 땅이 무너져 내리는 것 같을 거야, 이젠 누구한테 위로를 받을까…… 귀여운 해리 왕자야 아직 어린 소년이지만…… 윌리엄 왕자는 정말 얼마나 감수성이 예민하니! 엄마랑 똑같이 말이야…… 윌리엄은 정말 엄마를 닮았어…… 그 미소 하며…… 그 눈 하며! 사람을 쳐다볼 때 그 눈!"

아이들이 떠들어 대는 소리가 들렸다. 나는 이 멍청한 수다를 더 이상 참고 들어 줄 수가 없었다. 더 이상 그 불쌍한 해리 왕자와 윌리엄 왕자 이야기를 들으며 밥을 먹고 싶진 않았다. 다음 수업이 시작될 때까지 운동장이나 한 바퀴 돌아야겠다고 생각했다.

완두 수프 냄새와 싸구려 향수 냄새를 피해서 밖으로 나온 나는 책을 읽을 수 있게 되어 기뻤다. 하지만 나는 읽고 있는 책, 《블랙홀, 하얀 난쟁이, 교활한 아이들》에 정신을 집중할 수가 없었다. 머릿속에서는 계속, 나는 왜 학교에서 항상 특별한 역할을 맡고 있을까 하는 생각이 맴돌았다. 예를 들면, 아침 수학 시간에만 해도 대수학 문제를 풀 수 있었던 건 나뿐이었다. 하지만 그런 기분 좋은 일이 아니다. 문제를 잘 푼다고 해서 인기가 있는 건 아니니까! 반대로 체육 시간에 나는 진짜 골칫덩어리다. 아무도 나를 자기 팀에 끼워 주려 하지 않는다. 우리 학교 스포츠 팀들은 학교 밖에서도 실력이 유명하다. 그러니 아무래도 나를 그들 팀에 끼워 주는 건 좀 무리겠지? 이따금 나는 내가 너무 재미없는 사람으로 태어났다고 생각한다. 그럴 때마다 아빠는 발육이 좀 늦어서 그런 거라며, 신경 쓸 거 없다고 위로해 주신다. 그러면 엄마는 이렇게 말한다.

"발육이 늦다니? 게으른 거겠지. 제대로 하는 게 하나도 없잖아."

누구의 말이 옳은 건지 나도 모르겠다. 어쩌면 나한테는 신체 활동에 꼭 필요한 최소한의 욕심마저 없는 게 아닐까? 예를 들면 댄스 시간에도 그렇다. 다른 애들은 음악에 맞춰 발을 잘 움직이는데 나는 내가 생각해도 한심할 정도다. 미국으로 간 피오나네 집에 놀러가 하룻밤 잔 적이 있었는데, 그때 피오나와 피오나의 언니인 푀베 언니와 함께 부모님의 팝송 모음집 중에서 비틀즈 음반을 틀어 놓고 새벽 2시까지 춤을 춘 적이 있었다. 그때는 정말로 멋졌다! 우리는 잠옷을 입고 있었는데, 피오나와 푀베 언니는 닥터마틴 구두를 꺼내 신고 떠들썩하게 날뛰기 시작했다. 정말 너무나 신났다! 긴 꽃무늬 잠옷에 닥터마틴 구두라니. 나도 그 구두를 한 번 신어 보았다. 맨발에 닿는 감촉이 좀 무겁긴 했지만 마치 무중력 상태의 달 표면에 발을 내딛는 우주 비행사 같은 느낌이었다.

그때 이후로 나는 다시는 춤을 추지 않았다. 피오나와 푀베 언니도 이곳을 떠나고 없으니까. 그들은 지금쯤 미국 실리콘 밸리를 활보하고 있겠지.

"어이, 넬리."

누군가 부르는 소리가 들렸다. 뒤를 돌아보았다. 아앗! 축구공이 내 앞을 휙 지나가더니 담장에 가서 부딪혔다. 나는 몸을 움츠렸다.

안톤 바이센베르거였다. 랍비 바이센베르거 씨의 아들로 정확히 나보다 2년 4개월 더 나이가 많았다. 우리 엄마와 안톤의 엄마 벨라 메츠거-바이센베르거 아줌마는 오랜 친구 사이다. 두 사람은 1983년 크루즈 미사일 설치에 반대하던 시위 현장에서 만나 친구가 되었다. 그다음 해에 내가 태어났을 때 두 분은 나와 안톤을 결혼시키기로 약속했다고 한다. 왜 그런 약속을 했는지는 하나님만이 아실 일이다. 하지만 확실히 짚고 넘어가야 할 건, 나와 안톤은 전혀 어울리는 구석이 없다는 사실이다.

나의 아주 오래된 기억 중에는 안톤에 대한 것도 있다. 내가 세 살, 안톤이 다섯 살 때였다. 그때 우리는 공기를 넣어 만든 풀에서 물을 첨벙거리며 놀고 있었다. 아직도 내 눈에는 그때 안톤의 모습이 선하다. 호리호리하게 큰 키에 갈색으로 그을린 피부와 검은 곱슬머리의 안톤은 배트맨 수영복을 입고 있었다. 안톤은 줄곧 나를 넘어뜨리는 일에 몰두했다. 그러고는 내가 넘어질 때마다 배꼽이 빠지도록 웃었다.

바로 그 안톤이 지금 또다시 마크 트웨인 중학교 축구장에서 나를 바라보며 배꼽이 빠질 듯이 웃고 있다. 이번에는 담장에 부딪힌 축구공에 놀라 넋이 나간 내 모습을 바라보면서. 아니, 저런 형편없는 녀석을 내 바트-미즈바에 초대하라는 거야?

안톤은 지난 몇 년 동안 모습이 상당히 변했다. 여전히 키가 크고 갈색 피부에 검은 곱슬머리를 하고 있지만 더 이상 호리호리하지는 않았다. 겨우 열다섯 살밖에 안 됐는데도 당당하게 떡 벌어진 가슴에 팔에는 근육이 단단히 잡혀 있었다. 마치 뽀빠이의 적 블루토 같았다. 모두들 안톤에게 영화배우 슈워제네거 같다고 하는 것도 놀랄 일은 아니다. 어이, 아놀드 슈워제네거 씨 안녕하시오? 그렇지만 그가 권투선수 팬티를 입으면 배트맨한테도 질 거라고 뒤에서 쑥덕거리는 애들도 있었다. 그러면 여자 애들이 안톤을 싫어하고 피할 거라고 생각했겠지만 전혀 그렇지 않았다. 여자 애들은 모두 왠지 모르게 안톤에게 끌리는 모양이었다. 나만 빼고. 나한테 안톤은 성가신 존재일 뿐이다. 한번 성가신 녀석은 영원히 성가신 녀석이다.

"어이, 안경쟁이."

안톤이 다시 나를 놀렸다.

"정말 재밌구나, 안톤. 〈하랄트 슈미트 쇼〉에 개그 작가로 데뷔해도 되겠는걸."

내가 맞장구를 쳤다.

"책벌레!"

"와, 통찰력 한번 대단한데."

안톤이 매서운 동작으로 담장을 향해 축구공을 찼다. 나는 몸을 움츠렸다. 안톤 뒤에 서 있던 남자 애들이 와! 하며 환호성을 질렀다.

"너는 덜 떨어진 멍청이야, 안톤. 진짜 나쁜 놈이라고."

"멍청이? 나쁜 놈? 좋아, 넬리. 너 역시 대단한 천재는 아니라는 것만 알아 두라고!"

나는 재빨리 몸을 돌려서 그 자리를 떠났다. 안톤 말이 맞다. 나라고 뭐 별 볼일 있는 건 아니니까. 정말 기분 더러운 가을날이었다.

교실로 돌아가는데 피아가 벤치에 앉아 있었다. 피아는 나를 보더니 자기 쪽으로 오라고 눈짓했다. 무시하고 그냥 가 버리고 싶었지만 그러면 너무 교양 없어 보일 것 같았다.

"돌아보지 마."

내가 다가가자 피아가 말했다.

"그 애가 아직도 너를 쳐다보고 있어."

"누가?"

"아놀드."

"안톤 말이야?"

나는 번개처럼 등을 돌려 축구장 쪽을 바라보았다.

"안톤에 대해서라면 이 한 마디밖에 할 게 없어. 페르조나 논 그라타."

피아가 눈을 찌푸렸다.

"페르조나? 페로조나 뭐라고?"

저런, 피아! 피아의 저 솜사탕 같은 두뇌하고는.

"페르조나 논 그라타. 라틴어야. 거슬리는 사람이라는 뜻이야."

피아는 여전히 내 말을 못 알아듣고 있었다.

"거슬리다니?"

"싫어하는 사람이란 뜻이야. 경멸하는 사람. 한 마디로 안 좋아한다는 얘기지."

"어머, 정말이니? 안톤을 안 좋아해? 정말 안됐다. 내가 보기에 안톤은 너를 좋아하는 것 같은데."

"어이쿠, 제발!"

그 말은 농담이어야만 했다! 생각만 해도 진저리가 난다.

"저런 애하고는 결코 행복해질 수 없어. 안톤은 진짜 미숙아야. 게다가 과대망상증까지 있다고."

"하지만 안톤은 정말이지 너무 달콤하잖아!"

"달콤해……?"

아니, 또 그 얘기군. 달콤하다니.

"아무튼, 저런 애하고는 절대로 아무것도 시작하지 않을 거야. 나는 좀 더 똑똑한 사람이 필요해. 다방면으로 말이야. 하얀 난쟁이와 검은 구멍, 그러니까 블랙홀 정도는 구별할 줄 아는 사람."

"뭐라고? 너하고 검은 구멍이라니? 네 머리에 구멍이라도 생겼니?"

피아에게 대답해 주려고 입을 열었지만, 해 줄 말이 아무것도 없다는 걸 깨달았다.

천체망원경

집으로 돌아오는 버스 안에서 나는 단 한 번도 베른트 루펠과 울라 오피츠에게 눈길을 주지 않았다. 나는 자리에 조용히 앉아 있었다. 아무도 날 방해하지 않았다. 나 역시 아무도 방해하지 않았다. 나는 집 근처 정류장에서 내려 교회 쪽으로 가는 길모퉁이를 돌았다. 늘 그렇듯이 천문광학기구를 파는 '아스트로 프리츠'라는 가게의 간판이 맨 먼저 눈에 들어왔다. 히브리어 수업 시간까지는 아직 10분 정도 여유가 있었다.

프리츠 아저씨의 모습은 보이지 않았다. 아마 뒤쪽 현상실에 계실 것이다. 나는 잠시 가게 안을 둘러보다가 카메라와 슬라이드 영사기, 확대경, 현미경, 망원경 등이 놓여 있는 코너를 지나 천체망원경이 있는 곳까지 갔다. 프리츠 아저씨네 가게에는 새로 나온 천문광학기구뿐 아니라 중고 기구들도 무척 많았다. 장담컨대 천문 관찰에 관심이 있는 사람이라면, 특히 100광년쯤 떨어진 우주를 관찰해 본 적이 있는 아마추어 천문가라면 누구나 한 번쯤 이 가게를 거쳐 갔을 거다.

나는 천체망원경들이 진열되어 있는 선반 사이를 미끄러지듯 지나갔다. 이곳에는 없는 게 없었다. 갤럭시 뉴턴, 펜탁스, 셀레스트론, 그리고 다카하시까지. 내 눈길이 커다란 '미드 엘엑스디 50'에 가서 멈췄다. 얼마나 멋진가!

"1,800마르크짜리다. 너한테는 너무 비싼 물건이지."

등 뒤에서 프리츠 아저씨 목소리가 들렸다. 돌아보니 나의 천문학 스승인 프리츠 아저씨가 서 있었다. 60대 중반의 나이에 키가 크고 상냥한 분이다.

아저씨는 나한테 천체망원경의 작동법과 분해하고 조립하는 방법, 그리고 사진 찍는 법도 가르쳐 주었다. 그런데 지난 몇 달 동안 나는 사진 찍는 일을 좀 게을리 했다. 바트-미즈바 준비 때문에 시간이 없었기 때문이다. 게다가 엎친 데 덮친 격으로 망원경마저 망가져서 고칠 수도 없게 돼 버렸다.

내 천체망원경은 2년 전에 한스 할아버지와 안네리제 할머니한테서 크리스마스 선물로 받은 것이다. 두 분은 독일인이다. 크리스마스이브에 선물 상자를 풀었을 때, 나는 이미 그것이 오래가지 못할 거라는 걸 예상했다. 값싼 플라스틱으로 만든 덜거덕거리는 작은 망원경이었다. 그렇지만 할머니와 할아버지는 나한테 직접 그걸 전해주려고 일부러 하노버에서 오신 거였기 때문에, 속마음을 드러낼 수가 없었다. 내가 선물을 풀 때 두 분의 눈은 샛별보다도 더 밝게 반짝거렸다. 그때 두 분이 얼마나 뿌듯해하셨던가!

"와, 내가 정말 갖고 싶었던 거예요."

나는 이렇게 말할 수밖에 없었다. 하지만 그 선물 때문에 내 천문 관찰은 엉망이 되었다. 그건 분명했다. 그리고 그건 아빠도 같은 생각이었다. 엄마는 아빠와 내가 그 사실을 잊지 않도록 한 번씩 상기시켜 주곤 했다.

"늘 그런 식이라고. 대체 그분들이 망원경에 대해서 뭘 알겠어? 첫째, 전혀 아는 게 없다. 둘째, 누가 조언을 해도 제대로 알아들을 만한 통찰력이 없다. 안타까울 뿐이지."

나는 미드 천체망원경을 들여다보는 데 정신이 팔려 있었다. 빌어먹을 바트-미즈바가 빨리 지나가고, 새 천체망원경을 가질 수만 있다면 정말 열심히 별을 관측하겠다고 속으로 맹세했다.

"미드는 너무 비싸단다. 너무 무겁기도 하고. 너한테는 이게 더 맞을 것 같구나. 가볍고 성능도 좋단다."

프리츠 아저씨는 다음 통로로 가더니 두 개의 알루미늄 상자를 가리켰다. 아저씨가 상자를 풀고 망원경을 꺼내 조립해서 고정시켜 놓는 데는 5분도 안 걸렸다. 내 눈앞에 드디어 '빅센 지알-114엠' 천체망원경이 모습을 드러냈다.

"너한테는 특별히 700마르크에 주마. 너한테만 특별히 세일해 주는 거다."

700마르크라고? 아니, 세상에. 이 우주 전체를 찾아 헤맨들 도대체 내가 어디서 700마르크라는 돈을 구할 수 있단 말인가? 프리츠 아저씨가 그 기구의 사용 설명서와 모형 사진이 실린 팸플릿을 건네주었다.

"집에 가서 한번 읽어 봐라. 부모님한테도 보여 드리고."

700마르크라니? 그건 내가 화성에 가서 클럽 메드를 여는 것만큼이나 불가능한 일이다.

"넬리 에델마이스터! 또 늦다니, 더는 못 봐주겠구나."

내가 몰래 교실로 들어가 살그머니 의자에 앉았을 때, 히브리어를 가르치는 블라디미르 카사로프 선생님이 말했다. 선생님은 내가 알아듣지 못할 러시아어로 몇 마디를 더 중얼거렸다. 그렇지만 교실에는 선생님의 말을 알아들을 수 있는 애들도 있었다. 나보다 일주일 뒤에 바-미즈바를 치를 예정인 미하일 오스트로브스키와 이 교실에서 나 말고 유일하게 바트-미즈바를 치를 여학생인 아그네스 시가로바였다. 아그네스는 러시아에서 왔기 때문에 특히 쉽게 알아들었다. 선생님의 러시아어를 알아들은 아그네스는 큰 충격을 받았는지 재채기를 하면서 경련을 일으켰다. 나는 선생님의 눈길을 피해 건너편 책꽂이 위에 놓인 플레이모빌 장난감들을 응시했다. 이 교실은 안식일 예배를 드리는 동안 어린이 놀이방으로 쓰이는 곳이다.

"바트-미즈바가 채 두 달도 안 남았어. 그런데 히브리어 공부를 이렇게 안 하고서야 어떻게 《토라》 경전을 읽고 하프타라*에 대해 이야기할 수 있겠니?"

선생님이 서툰 독일어로 말했다. 맙소사! 선생님은 이런 말투로 앞으로 몇 시간 동안 더 설교를 할 테지.

"날 안 쳐다보고 뭘 하고 있는 거니?"

선생님 묻는다. 내가 왜 안 쳐다보는지는 거울을 보면 아실 텐데. 선생님은 귀밑에서 코밑까지 온통 수염투성이다. 오른쪽 뺨에 난 사마귀 위에는 털이 뭉쳐 있고, 눈썹은 회색 덤불숲 같았다. 나는 하마터면 웃음을 터뜨릴 뻔했다.

"이번 주에 너는 미즈바를 하니?"

선생님이 물었다. 내가 미처 대답을 하기도 전에 선생님은 반 애들 쪽으로 몸을 돌리고는 다시 물었다.

"미즈바가 뭐지?"

모두들 눈을 아래로 내리깔았다. 이거야말로 정말 웃기는 일이다. 왜 선생님은 매번 그걸 들먹이며 우리를 괴롭히는 걸까? 미즈바가 뭔지는 이제 모두가 알고 있는데 말이다.

"로젠슈토크."

선생님은 바-미즈바를 치를 남학생들 가운데 한 명인 다비드

*하프타라: 유대인들은 토라를 54부분으로 나누어 일 년 동안 읽는데, 하프타라는 예언서들 중 토라 각 부분의 주제와 일치하는 내용을 모아 놓은 것이다.

로젠슈토크를 가리켰다.

"미즈바란…… 그러니까, 그건 우리가 하는 건데, 왜냐하면…… 왜냐하면…… 하나님이…… 에…… 하나님이 말씀하시기를…… 그러니까……."

더듬거리던 목소리가 점점 작아지더니 다비드는 마침내 입을 다물고 말았다. 제대로 골라잡았군! 적중했어! 미즈바가 뭔지는 다비드만 빼놓고 다들 알고 있는데.

"미즈바란 성스러운 의무란다. 하나님의 명령이지."

카사로프 선생님의 목소리는 시나이 산 위에서 십계명을 외치는 모세의 목소리처럼 우렁차게 울려 퍼졌다.

"우리가 바트-미즈바 또는 바-미즈바를 치르는 것은 미즈보트를 할 만한 충분한 나이가 되었다는 뜻이란다."

충분한 나이란 남자 애들은 열세 살, 여자 애들은 열두 살을 의미했다. 내가 열세 번째 생일을 맞고 난 뒤에 바트-미즈바를 치르는 것은 미국식 전통을 따른 것이다. 카사로프 선생님은 우리 모두를 둘러보더니 다시 나를 응시했다.

"에델마이스터, 이번 주에 어떤 미즈보트를 할 예정이지?"

나는 속이 뒤틀리는 느낌이 들었다. 난 내 미즈바에 대해서 한 번도 생각해 본 적이 없다. 그렇지만 내가 누구냐. 내가 괜히 머릿속에 백과사전만큼의 지식을 갖고 다니는 게 아니다. 나는 즉각 내 머릿속의 정보 검색기를 작동시켰다.

"저는 프네임 스케님을 할 예정입니다. 어른을 공경하는 일이지요.”

나는 선생님의 물음에 즉시 대답했다. 카사로프 선생님은 말을 잇지 못하고 나를 멍하니 쳐다봤다.

“히브리어 수업이 끝나면 저는 나이 들고 몸이 편찮으신 할머니 두 분을 보살피러 갑니다.”

내가 말했다. 카사로프 선생님은 긴 털이 잔뜩 난 눈썹을 추켜세웠다.

“그곳에 가서 어떤 일을 하지?”

“그분들 식사를 챙겨 드립니다. 재미있는 이야기도 주고받고요.”

“무엇에 대해서?”

나는 침을 꿀꺽 삼켰다. 거짓말은 정말이지 즐겁지 않다.

“하나님에 대해서요. 우리는 하나님에 대해서 얘기해요.”

로지 할머니가 매니큐어를 정성껏 칠한 손을 힘없이 들어 올렸다. 멋지게 휙 던지려고 했지만 힘이 모자랐는지 카드는 그냥 아래로 떨어졌다. 하트 에이스였다. 할머니의 손이 탁자 위로 마치 나비처럼 팔랑이면서 떨어졌다. 파킨슨병 때문에 손등은 갈색 반점들로 뒤덮여 있었다. 로지 할머니의 가장 친한 친구인 레비 할머니가 마지막 카드를 뽑아 들었다.

“다이아몬드 퀸인가요?”

내가 물었다. 레비 할머니가 당황한 얼굴로 나를 쳐다봤다.

"어떻게 알았니?"

"이 아이 아이큐가 148이랍니다. 그 머리가 어딘가엔 쓸모가 있지 않겠어요?"

리자 할머니가 말했다. 레비 할머니는 입을 뾰로통하니 내민 채 다이아몬드 퀸을 탁자 위로 던졌다. 그러고는 맥도널드 봉지에서 눅눅해진 감자튀김을 한 개 집어 먹었다.

"설마 넬리 너, 클로버 퀸을 갖고 있는 건 아니겠지?"

나는 그것을 갖고 있었다. 그걸로 게임은 끝났다.

"잘하는구나, 꼬마 아가씨. 이번 판은 우리가 이겼다."

리자 할머니는 갖고 있던 스페이드 10을 탁자 위에 내려놓고서 카드를 쓸어 모았다.

"로지 부인!"

레비 할머니 말했다.

"왜 그 에이스를 끝까지 안 내놓고 있었던 거예요? 아까 내놓을 좋은 기회가 있었잖아요!"

"부인들, 제발 싸우지 맙시다."

노트에 게임 성적을 적고 있던 리자 할머니가 말했다.

"레비 부인, 등을 똑바로 펴라고 몇 번이나 말해야겠어요? 부인의 등은 물음표처럼 굽었다니까요."

로지 할머니가 말했다. 나는 웃지 않을 수 없었다. 리자 할머니와 함께 이곳 아벤트골트 양로원을 방문할 때마다, 나는 우주에 관한 연구를 포기하고 노인 의학을 연구하는 게 어떨까 하는 생각을 한다. 젊어지는 약 같은 걸 발명하고 싶었다. 정신은 아직 맑은데 몸이 망가져서 말을 안 듣는 할머니, 할아버지들을 보면 미치도록 안타까웠다.

이 일에 익숙해지기까지는 얼마간의 시간이 걸렸다. 사람이 나이를 많이 먹으면 약간 기분 나쁜 냄새를 풍긴다. 여기 할머니들도 그랬다. 예전에는 그게 무슨 약품 냄새인 줄 알았다. 게다가 그분들은 손도 너무 야위어서 움직일 때마다 뼈마디가 살갗을 뚫고 나오지 않을까 걱정이 될 정도였다. 로지 할머니의 쭈글쭈글한 피부 아래로는 뼈처럼 불쑥 솟은 굵은 혈관들이 지나가고 있다. 로지 할머니의 피부는 마치 속이 다 들여다보이는 투명한 장갑 같았다. 하지만 다리만큼은 아직도 놀랄 만큼 멋졌다. 로지 할머니는 멋진 다리를 유지하기 위해서 굽 높은 구두를 열 켤레도 넘게 갖고 있다고 했다. 하지만 구두를 신고 걷는 로지 할머니는 마치 방금 걸음마를 배운 참새처럼 뒤뚱거렸다.

그와 반대로 레비 할머니는 거의 대부분 휠체어에 앉아서 시간을 보냈다. 그래서 항상 엉덩이에 심한 통증을 느낀다고 했다. 나이는 로지 할머니보다 두 살 어린 여든두 살이었고, 엄청나게 뚱뚱했다.

"꼭 고래 같지?"

레비 할머니는 그렇게 말하며 언젠가 내가 마인 해안에 갔을 때 봤던 거대한 고래들처럼 숨을 가쁘게 내쉬며 크게 웃었다. 로지 할머니와 레비 할머니는 전에 리자 할머니 가게의 고객들이었다. 젊었을 적 리자 할머니는 그들에게 옷을 만들어 주었고, 지금은 함께 카드놀이를 하면서 점수를 기록해 주고 있다.

리자 할머니의 손은 노트 위에서 능숙하고 빠르게 움직였다. 할머니의 길고 가느다란 손가락은 이제 많이 굽어 있었다. 《헨젤과 그레텔》에 나오는 마녀의 손처럼. 아니, 좀 더 자세히 말하자면 이티의 손 같았다. 그게 다 관절염 때문이다. 그렇지만 할머니는 그다지 불편해하는 것 같지 않았다. 노트 위에서 할머니의 손가락은 자유자재로 춤을 췄다. 꼭 양파를 잘게 다지고 있는 것 같았다! 리자 할머니의 손은 양파 냄새 때문에 눈물을 흘릴 틈조차 없는 듯 빠르게 움직였다. 이리저리 쉴 새 없이 움직이는 손가락을 보면, 할머니는 분명 요리도 아주 잘할 것 같았다. 하지만 카드놀이를 할 때 할머니들이 먹는 특별 요리는 언제나 패스트푸드였다.

나는 자리에서 일어나 널브러져 있는 햄버거 포장지들을 주워 모았다.

"부인은 왜 잃을 때마다 내 탓을 하는 거예요?"

로지 할머니가 레비 할머니에게 따졌다.

"쉬잇!"

뒤쪽에서 소리가 들렸다. 실버 할머니였다. 공동 휴게실은 우리만의 장소가 아니었다. 양노원에서 지내는 많은 할머니, 할아버지들이 이곳에서 취미 생활을 한다. 역기를 들어 올리는 일도, 식탁보를 뜨거나 텔레비전을 보는 일도 모두 다 이곳에서 한다.

실버 할머니와 다른 몇몇 노인들은 한데 모여서 뉴스를 보고 있었다.

한 아나운서가 영국 켄싱턴 궁 앞에서 다이애나 왕세자비의 죽음을 슬퍼하는 팬들과 인터뷰를 하고 있었다.

"쯔쯧, 저런……."

로지 할머니가 슬픈 목소리로 말했다.

"그 왕세자비로군."

로지 할머니는 일어서려다가 높은 구두 굽 때문에 약간 휘청거렸다. 로지 할머니는 리자 할머니가 카드놀이 점수를 정확히 계산하고 있는지 살펴보려고 몸을 앞으로 굽혔다.

"나는 다이애나의 삶이 비극적으로 끝날 거라고 생각했어. 너무 말랐었거든. 생각해 봐요. 일부러 단식을 하다니."

레비 할머니가 말했다. 그러고는 내가 막 집어 내던지려던 맥도널드 봉지 안으로 재빨리 손을 집어넣었다. 마지막 남은 감자튀김 두 개가 레비 할머니의 입속으로 사라졌다.

"부인도 한번 그렇게 해 보지 그래요. 성냥개비처럼 마르긴 했어도 눈부시게 아름다웠잖아요. 물론 우리의 작은 넬리처럼 아름답지는 않지만요."

로지 할머니가 레비 할머니의 말을 무시하며 말했다. 그러면서 내게 눈을 찡긋해 보였다.

하하!

"우리 꼬마 아가씨 머리는 까맣고 숱이 많아서 정말 예뻐."

리자 할머니가 말했다.

"곱슬머리가 예쁘다고요? 난 생머리였으면 좋겠어요. 매끄럽게 반짝거리는 금발이요. 밀밭의 밀처럼 이리저리 흩날리는 머릿결을 갖고 싶어요. 거울처럼 반짝이는 머리칼이요."

나는 꼭 늘 머리카락에 대해 깊이 생각해 온 것처럼 말했다. 하지만 솔직히 이렇게 말해 놓고 나 스스로도 놀랐다. 아마도 평소에 이본느 코헨의 머리카락이 부러웠던 모양이다. 잠깐 동안 나는 그 애처럼 어깨 위에 멋진 엠씨엠 가방을 메고 있는 나를 상상해 봤다.

"이렇게 아름다운 곱슬머리를 갖고 있는 걸 기뻐할 날이 올 거야. 땋은 머리가 이렇게 예쁘잖니."

리자 할머니가 말했다.

"리자 할머니, 그만 하세요, 제발."

나는 리자 할머니를 매우 좋아했다. 하지만 때때로 할머니는 잘 돌다가 튀는 레코드판처럼 내 신경을 건드렸다.

할머니는 손을 내저으며 내 말을 막았다. 리자 할머니는 손에 노트를 든 채 로지 할머니와 레비 할머니를 번갈아 쳐다보았다.

"로지 부인, 이 단지에 15마르크를 넣으세요. 레비 부인은 19마르크 80페니히고요. 나는 3마르크 30페니히를 넣겠습니다. 넬리는 한 푼도 안 내도 된다. 전부 합해서 다음 주 식사 값으로 38마르크 50페니히가 모였어요."

리자 할머니는 내게 돈을 건네주고 다시 두 할머니를 쳐다봤다.

"스카트 게임 할까요?"

두 분은 고개를 끄덕였다.

"나 때문에 여기에 더 있을 필요는 없다."

리자 할머니가 내게 눈짓을 했다.

나는 할머니들에게 작별 키스를 했다. 리자 할머니가 나를 안아 주었다. 할머니 몸에서 향수 냄새가 났다. 즈르비엥 향수였다. 할머니가 어찌나 꽉 끌어안았는지 할머니의 인조보석 목걸이가 내 재킷을 누를 정도였다. 그 목걸이는 옛날에 할머니의 어머니가 갖고 있던 거라고 한다.

"아참, 가기 전에 한 가지 말씀드려도 될까요? 잠깐이면 돼요."

나는 리자 할머니에게 말했다. 갑자기 카사로프 선생님한테 했던 말이 생각나서 양심의 가책을 느꼈기 때문이다.

"그럼, 무슨 일이니?"

"하나님에 대한 일이에요."

"하나님에 대한 얘기라면 길게 해도 괜찮다."

나는 다시 의자에 앉았다.

"히브리어 선생님한테 제가 여기 오는 게 미즈바 때문이라고 말했거든요. 선생님은 제가 할머니들을 만나서 하나님에 대해 얘기하는 줄 아세요."

"그래, 이해한다."

리자 할머니가 말했다.

"하지만 저는 할 얘기가 없어요. 저는 하나님을 믿지도 않잖아요."

"걱정 말거라, 꼬마 아가씨야. 하나님에 대해서는 우리가 잘 아니까."

리자 할머니는 몸을 앞으로 내밀었다.

"유대교에서 중요한 것은 하나님을 믿는 것이 아니라, 마치 하나님이 계신 것처럼 사는 거란다. 그 차이를 알겠니? 말하자면, 비록 하나님을 믿지는 않더라도 하나님 마음에 들게 행동하면 되는 거지."

리자 할머니는 하나님 얘기가 나오자마자 표정이 밝아지며 말이 많아졌다. 나는 조금 우습다는 생각이 들었다.

"그렇게 하다 보면 어쩌면, 무언가 일어날 수도 있겠지."

"뭐가요?"

"믿음을 발견할 수 있을지도 모르고."

"아하, 그거 재미있겠군요."

나는 확신 없이 말했다.

"얘야. 왜 그렇게 우울한 얼굴이니? 얼굴색이 안 좋구나."

로지 할머니가 말했다.

그 말에 나는 일부러 미소를 지어 보였다. 혈색을 걱정해서가 아니라 화제가 바뀌어 기뻐서였다.

"나도 우울한 얼굴로 지내던 적이 있었지. 하지만 그땐 그럴 수밖에 없었단다. 아우슈비츠 수용소에 있었거든."

내 얼굴에서 즉시 미소가 사라졌다. 로지 할머니의 과거. 거기에는 웃을 일이 없었다.

"아빠, 진짜 완벽한 천체망원경을 발견했어요."

양고기 커틀릿을 씹으며 내가 말했다. 그런데, 아쉽게도 그 순간은 새로운 소식을 알리기에 적당한 시간이 아니었다. 하지만 내가 그걸 어떻게 알 수 있었겠는가? 그때가 아빠 엄마가 중대한 위기를 맞기 직전이었다는 것을. 난 그냥 대화를 좀 더 건설적으로 이어 나가려고 했던 것뿐인데.

엄마는 그날 저녁 슈퍼마켓에 갔다가 냉동식품 코너에서 옛 친구 베아테 아줌마를 만났다. 두 사람 모두 서로를 못 본 척하고 그냥 지나쳤다고 한다. 엄마의 말이 끝나자마자 식탁에는 돌연 침묵이 감돌았다.

"그 천체망원경이 싸지 않다는 건 저도 알아요. 하지만 대신 T-2-링어댑터도 같이 준대요."

"우와!"

아빠가 말했다. 아빠의 표정은 재미있었다. 하지만 사실 아빠는 내 말을 듣고 있지 않았다.

"얼마나 비싼데?"

엄마가 물었다. 그래, 엄마는 늘 이렇다. 쿵하면 딱이다! 얼마나 비싼데? 엄마는 여지없이 정곡을 찌르곤 한다.

"700마르크밖에 안 해요. 세일 가격이에요. 프리츠 아저씨가 나한테만 특별히 그 값에 주겠다고 했어요."

"700마르크?"

엄마는 나이프를 떨어뜨렸다.

"700마르크라니? 넬리! 진심은 아니겠지. 네 취미에 드는 비용이 점점 더 비싸져만 가니 엄마로선 정말 유감이구나."

"하지만 태양 흑점을 관찰할 수 있는 필터까지 완벽하게 갖춰져 있다고요."

"넬리, 그만 하렴!"

"그럼 좋아요. 내 바트-미즈바에서 생긴 돈으로 사겠어요."

"그건 저금하겠다고 했잖니?"

엄마는 아빠한테 눈짓을 보냈다. 도대체 엄마는 어떻게 나도 모르는 내 계획까지 다 알고 있담?

"오늘 미팅 때 나쁜 소식이 있었단다. 어쩌면 〈시네마스코프〉가 폐간될지도 몰라. 하필이면 내가 책을 쓰려고 하는 이때 말이야."

오, 저런. 또 엄마의 그 '책' 얘기가 나오는군!

엄마는 말을 계속했다.

"그래서 이제 더 이상 여가 시간이 없을 것 같구나. 〈시네마스코프〉 만큼 마음에 드는 직업을 찾으려면 시간이 꽤 오래 걸릴지도 몰라. 그러는 동안 닥치는 대로 무슨 일이든 뼈 빠지게 해야겠지."

엄마는 아빠를 쳐다봤다.

"정말 걱정이야, 베니."

"루시, 당신은 늙은이처럼 매사를 너무 어둡게만 보고 있어. 곧 다른 일을 찾을 수 있을 거야. 늘 그래 왔잖아."

"왜 늘 내가 뭔가를 찾아야 해? 늘 내가 나서서 돈을 벌어야 한다는 게 지겨워."

오, 맙소사. 또다시 지겹게 되풀이되는 저 얘기.

"그건 공평하지 않아요! 아빠도 일을 하시잖아요."

내가 나섰다. 그러자 엄마는 나를 공격했다.

"넬리, 재판관 역할 말고 다른 할 일은 없니?"

"그러니까, 내 말은요, 〈시네마스코프〉는 형편없는 잡지였다는 거예요."

"넬리!"

엄마는 몹시 화가 난 것 같았다.

"맙소사, 베니, 예의로라도 넬리에게 뭐라고 좀 해야 하는 거 아냐? '넬리, 버릇이 없구나. 엄마를 존중해야지' 라든가, '넬리, 말조심해라' 라든가. 당신네 독일인들의 그 반권위주의적인 교육이란! 당신네들은 모두 엉터리야!"

아빠는 엄마를 쳐다보았다. 아빠는 목소리를 가라앉히면서 참고 있었다.

"또다시 그 독일인들 얘기로군. 당신이 왜 그 얘기를 안 꺼내나 했지. 잡지가 폐간되는 것도 독일인들 탓이겠지."

"아니면 누구 탓인데? 독일인들은 스타라는 게 뭔지도 몰라. 스타가 어떻게 탄생하는지, 어떻게 꾸며지는지 전혀 모른다고.

그리고 스타에 대해 어떻게 글을 써야 하는지도 모르지."

나는 접시를 옆으로 밀어내고 자리에서 일어났다. 아까 먹었던 양고기 커틀릿이 목구멍으로 다시 넘어올 것 같았다.

"일어나도 되죠?"

"앉아!"

엄마가 위협적으로 말했다. 나는 다시 자리에 앉았다. 엄마는 자신의 목소리에 스스로도 놀란 것 같았다. 다시 얘기를 시작할 때 엄마의 목소리는 한층 낮아져 있었다.

"내 말은 그저, 내가 다시 직업을 구하거나 어떤 결정을 내리기 전까지는 절약해야 한다는 거야. 우리 모두가. 나도 그렇고. 그러니, 뉴욕 여행은 없던 걸로 하자."

엄마가 아빠 쪽을 슬쩍 쳐다보며 말을 이었다.

"아니면 당신이 일자리를 구해서 우리를 이 상황에서 구해 주든가."

"루시. 제발 좀."

아빠가 말했다.

엄마는 한동안 나를 응시하더니 조금 부드러워진 목소리로 말했다.

"잘 들어, 넬리. 좋은 천체망원경이 갖고 싶은 마음은 나도 잘 안다. 그리고 나도 사 주고 싶어. 하지만 그걸 위해 너도 뭔가를 해야 하지 않겠니? 너도 이제 그만한 나이가 됐잖아. 아기 보는 일 정도는 너도 할 수 있잖아. 너한테 제안을 하나 할게. 천체망원경 사는 비용을 50대 50으로 부담하는 게 어때?"

"아기 돌보는 일이요? 진심이세요?"

나는 소스라치게 놀라서 말했다.

"왜 안 되니?"

"왜 안 되냐고요?"

나는 소리를 질렀다.

"그래, 왜 안 되는데? 너는 어쩜 그렇게 반항적이니?"

"내가 반항적이라고요? 제대로 된 천체망원경을 사려면 도대체 얼마나 오래 아기 보는 일을 해야 하는지 알기나 하세요?"

엄마는 흥분해서 뺨이 붉게 변하고 있었다. 아빠는 화가 나면 얼굴이 창백해지는데 엄마는 붉어진다.

"그럼, 난 도대체 뭐니?"

엄마가 소리를 꽥 질렀다.

"내가 은행이니? 돈 찍어 내는 기계니? 단추만 누르면 지폐를 토해 내는 자동지폐기니?"

"하지만 천체망원경을 살 돈을 모으려면 엄청나게 오래 일을 해야 한단 말예요!"

"그게 어때서, 넌 시간도 많잖니! 별들이 발이 달려서 어디로 달아나는 것도 아니고!"

나는 더 이상 참을 수가 없어서 벌떡 일어났다.

"엄마 정말 너무해요! 엄마가 미워요, 밉다고요!"

나는 방으로 달려가면서 소리쳤다. 방문을 쾅! 닫고 침대에 엎

드려 펑펑 울었다.

한 가지는 분명했다. 오늘은 내 생애 가장 비참한 날이다!

경이로움

내 방은 창문이 엄청나게 크다. 높이가 3미터이고 폭은 5미터나 된다. 창은 마흔여덟 개의 작은 유리창들로 나뉘어져 있고, 대부분의 아틀리에가 그렇듯 북쪽으로 나 있다. 이 방은 나의 개인적인 별 관찰을 위해 쓰고 있다.

머릿속이 몹시 흔들리고 쿵쿵거렸다. 빰은 붉게 달아오르고 팽팽하게 긴장되었다. 엄마와 말다툼을 벌이고 나서 벌써 두 시간이 지났다. 그동안 나는 줄곧 내 방 의자에 앉아 창밖을 바라보고 있었다. 어두운 방 안에서 유일하게 빛이 새어 나오는 곳은 컴퓨터였다. 컴퓨터 화면에는 태양 주위를 도는 아홉 개의 천체가 떠 있었다. 물론 창밖에서도 희미한 빛이 들어왔다. 멀리 떨어져 있는 단독 주택에서 새어 나오는 노란 전등 불빛, 베를린의 밤의

빛, 유럽의 하늘에서 내리는 달빛, 별빛, 우주의 빛들이.

구름 몇 점이 마치 연극 무대의 커튼처럼 스쳐 지나갔다. 달이 성긴 구름들 뒤로 모습을 감추었다. 그러더니 쉬이이! 하고 구름이 무대 오른쪽 가장자리로 비껴났다. 다시 달이 모습을 드러냈다. 저 위 하늘 높은 곳에는 바람이 심하게 불고 있는 모양이다.

하늘이 다시 맑아졌다. 하지만 내 마음속에는 스산하고 깊은 어둠이 감돌고 있었다. 우리 집 뒤쪽, 그러니까 내 방 창 아래쪽은 가족 유원지이다. 산뜻하게 꾸며진 밴치가 늘어서 있고, 깨끗하게 깎은 잔디밭에는 붉은 모자를 쓰고 녹색 옷을 입은 정원 장식용 난쟁이 인형들이 망을 보고 있다. 그렇지만 밤에는 아무도 찾아오지 않는 외딴 곳이었다. 특히 가을과 겨울엔 더 그랬다. 아무도 찾지 않는 어둡고 적막한 곳이었다. 아무튼 내 방 창문에서 보이는 모습은 그랬다. 그렇지만 내 머리 위로 흘러가는 저 달과 구름과 바람 너머에, 저 멀리 밝게 빛나는 금성 너머에, 아주 먼 하늘의 무한한 곳에는 모든 것이 펼쳐져 있을 것이다. 나는 굳게 믿고 있다. 중요한 모든 것들이, 언젠가 발견되기를 고대하고 갈망하면서 그곳에 펼쳐져 있다는 것을.

그렇게 나는 의자에 앉아 창밖 저 멀리 펼쳐져 있는 하늘을 바라보고 있었다. 갑자기 지난밤 꿈이 생각났다. 그 꿈의 단편들이 내 의식 속으로 갑작스레 다시 밀려들어왔다. 찢겨진 영상들이었다. 꿈속의 그 느낌을 전부 기억해 낼 수는 없었다. 사실 꿈속에서 별다른 일이 있었던 건 아니다. 나는 그저 평화롭게 별들 사이를 왔다 갔다 하면서 다이아몬드 같은 별빛 사이를 떠다녔다. 그러다가 다시 그것들로부터 멀어지면서 어느 방에서 다른 방으로, 어느 왕국에서 다른 왕국으로, 어느 하늘에서 다른 하늘로 떠돌아다녔다. 검은 장막이 드리워진 듯한 까만 하늘에 별과 다이아몬드가 가득한 아름다운 곳이었다. 그것은 아름다움 그 이상이었다. 평화로움 그 이상이었다. 정확히 무엇이었을까? 무엇이 나를 저 위에서 붕 떠다니게 만들었을까? 무엇이 나를 말할 수 없이 가볍게 만들었을까? 그 느낌은 무엇이었을까?

나는 별들을 뚫어지게 바라보고 또 바라보았다.

점점 알 것 같았다. 기억이 났다.

놀라움. 그것은 놀라움이었다. 우주의 경이로움에 대한 놀라움이 나를 가볍게 들어 올려 내 몸을 받쳐 주었고, 거리낌 없는 기쁨을 느끼게 해 주었고, 영원히 떠다닐 수 있을 것처럼 자유롭게 해 준 것이다.

아, 다시 한 번 그런 꿈을 꿀 수 있다면. 다시 한 번만 더.

똑똑.

나는 문 쪽으로 고개를 돌렸다.

"공주님."

아빠의 목소리였다.

방으로 들어온 아빠는 앉을 자리를 찾느라 이리저리 두리번거렸다. 의자 위에는 빨래거리와 교과서, 과제물, 카세트, CD 등

온갖 것들이 쌓여 있었다. 방바닥 역시 발을 들여놓을 수 없을 정도로 어질러져 있었다. 바닥에는 먼지가 겹겹이 쌓여 있고, 카펫은 여기저기 올이 뭉쳐져 있었다. 그 위에 더러운 양말이며 넝마 같은 책 따위의 온갖 잡동사니가 널려 있었다.

과연 엄마 말이 맞다. 청소를 했어야 했는데.

아빠가 스탠드를 켰다. 아빠가 움직이는 모습이 창에 비쳤다. 아빠는 회전의자 위의 빨랫감을 침대 위로 던져 놓고 그 의자에 앉았다. 아빠의 시선이 내게로 와서 멈췄다. 나는 아빠 쪽으로 몸을 돌렸다.

아빠는 아주 멋쟁이다. 베아테 아줌마는 아빠 얘기를 할 때 '끌어당긴다'는 표현을 자주 썼다. 나는 그 말이 정말 웃겼다. 아빠가 무슨 자석인가.

"확 끌어당기지."

베아테 아줌마는 이렇게 말하곤 했다.

"리처드 기어나 해리슨 포드보다 더 매력적이고 멋있다니까!"

물결치는 듯한 아빠의 머리칼은 짙은 갈색이다. 관자놀이 부분은 조금 더 희끗희끗했고 눈동자도 짙은 갈색이다. 아빠는 키가 크고 행동이 굼뜬 편이었고, 와이셔츠 끝자락은 늘 제멋대로 바지 밖으로 비어져 나와 있었다. 아빠랑 같이 길을 걸으면 지나가는 여자들이 아빠한테 미소를 보내곤 했다. 아빠도 답례로 미소를 지어 보였다. 물론 엄마가 옆에 없을 때만. 내가 어릴 때는 엄마가 하루 종일 직장에 나가 일을 했고, 아빠가 집에서 나를 보살폈다. 그때만큼은 아니지만 요즘도 아빠와 나는 종종 둘이서 외출을 한다.

"뭘 보고 있었니?"

창문을 가리키면서 아빠가 말했다.

"그냥요."

그 대답은 분명 아빠한테 충분하지 않았다.

"물어볼 게 많아요. 물어볼 게 엄청 많다고요."

내가 말했다.

"무엇에 대해서?"

나는 어깨를 으쓱해 보였다.

"음, 그러니까, 예를 들면 모든 것들은 다 어디서 왔을까? 또 그 이전에는 뭐가 있었을까? 그것은 언제 시작됐을까? 어떻게 그런 일이 일어났을까? 그것들은 어디를 향해 나아가는 걸까? 그런 것들이요."

아빠는 미소를 지었다. 나는 아빠가 미소 지을 때가 좋다. 아빠는 멋진 치아를 갖고 있다. 가글 광고에 나오는 모델처럼 치아가 아주 가지런하고 반짝거린다. 아빠가 클라리넷 연주자라는 게 유감스러울 정도다. 관객들은 아빠의 멋진 치아를 결코 볼 수 없을 테니까.

"공주님, 내기할까? 언젠가 너는 그 모든 물음에 대한 대답을 스스로 찾게 될 거다."

아빠는 창밖으로 눈길을 돌리면서 말했다.

"하지만 그 전에 일단 지상으로 돌아와야겠지?"

나는 눈이 휘둥그래졌다. 그제야 아빠가 내 방에 온 이유를 알았다.

"네가 엄마 마음을 상하게 한 것 같은데."

아빠가 말했다.

"내가 엄마 마음을 상하게 했다고요?"

"엄마는 그냥 아기 돌보는 일 같은 걸 한번 생각해 보라고 한 것뿐이야. 미워한다고 말한 건 좀 심했어."

"하지만 엄마도 잘못은 있어요! 엄마는 늘 불평만 하잖아요. 일자리 얘기로 아빠한테 항상 트집만 잡고요."

"내 걱정이라면 안 해도 돼요, 공주님. 나는 스스로를 방어할 수 있으니까."

잠시 동안 우리는 서로의 눈을 쳐다보았다.

"왜 그러니?"

아빠가 물었다.

"천체망원경 때문에요."

아빠는 머리를 저었다.

"그거 말고 다른 게 있는 것 같은데."

아빠가 정곡을 찔렀다. 갑자기 눈물이 쏟아졌다.

"대체 무슨 일이니, 얘야?"

"아빠가 보기에도, 내가…… 이상해요?"

"이상하냐고?"

"학교에서 애들이…… 나를…… 꼭 다른 별에서 온 사람처럼…… 이상하게 바라보곤 해요."

"그 애들이 혹시 네가 어느 별에서 왔는지도 말해 주던?"

"아빠!"

나는 소리치면서 아빠를 가볍게 툭 쳤다.

"적어도 아빠만큼은 나를 진지하게 대해 줘야 하잖아요."

"물론이죠, 공주님. 아빠는 지금 진지하단다."

그렇게 말하면서 아빠는 나한테 몸을 바짝 기댔다.

"다른 사람들과 다르다거나 관습에서 벗어나 보인다고 해서 다 나쁜 건 아니란다. 나는 음악가야. 음악으로 먹고살지. 하지만 만약에 말이다, 네가 다른 사람들과 다르다는 게 너한테 방해가 된다면, 그건 네가 다른 사람들과의 공통점에 좀 더 관심을 기울여야 한다는 뜻일 거다."

"솔직히 나도 그러려고 하고 있어요. 하지만 잘 모르겠어요. 내 머리는 다르게 움직이거든요."

"그렇다면 머리를 사용하지 말고 그냥 다른 사람들의 말에 귀를 기울여 봐. 사람들 마음속으로 들어가서 그들과 함께 느끼려고 노력해 봐. 너도 사실은 그렇게 다른 사람은 아닐 거야."

나는 의자에서 일어나 아빠를 껴안았다.

"그렇게 해 볼게요."

"아빠는 네가 잘할 거라고 생각한다."

아빠가 내 이마에 부드럽게 입을 맞춰 주었다.

"사랑해요, 아빠."

"나도 마찬가지란다, 공주님."

그런 다음 아빠는 조용히 속삭였다. 아주 조용하게.

"가서 엄마한테도 잘 자라고 말해 드리렴."

"도디라니!"

리자 할머니는 머리를 가로저었다.

"도대체 그게 어떤 백만장자의 이름이냐?"

"잘못한 사람은 찰스예요. 찰스가 다이애나를 미치게 만들었다니까요."

엄마가 말했다.

"헛소리하지 마라."

리자 할머니는 텔레비전에서 눈을 떼지 않은 채 엄마를 나무라고는 박하차를 마셨다.

"다이애나는 정신병원에서 죽은 게 아니라 자동차 사고로 죽은 거다."

텔레비전에서 나오는 파란 빛이 거실 안을 깜박거리며 비췄다. 나는 할머니와 엄마 사이에 끼어 앉아 있었다. 아빠는 어둠 속에서 있었다. 그냥 그렇게 계속 서 있을 건지 아니면 앉을 건지 망설이고 있는 것 같았다.

"미안해요."

내가 엄마한테 말했다.

"뭐가?"

그러더니 엄마는 다시 홀린 듯이 텔레비전을 보았다.

"뭐냐고요?"

나는 이해할 수가 없었다. 벌써 잊어버린 건가?

엄마는 웃으면서 나를 껴안고 머리에 키스해 주었다.

"아니다, 엄마가 미안해."

엄마는 내 손을 잡고 다시 텔레비전을 봤다.

"저 가련한 여자는 결코 자신의 인생을 산 적이 없어요. 특히 그 마녀 같은 시어머니 때문에요!"

"나는 작업실에 가서 연습이나 해야겠어. 정규 뉴스가 시작되면 알려줘요."

아빠가 말했다.

뉴스는 온통 다이애나 왕세자비에 관련된 소식뿐이었다. 캐시미어 스웨터 차림으로 콧물투성이 아이들 틈에 서 있는 수줍은 모습의 유치원 선생 다이애나, 찰스 왕세자와의 결혼식에서 하얀 웨딩드레스를 입고 얼굴을 붉히며 서 있는 다이애나, 지뢰를 잘못 밟아 다리를 잃은 아이들을 품에 안고 있는 청바지 차림의 다이애나, 스키를 타며 스포츠를 즐기는 다이애나, 축제에서 파티의 여왕으로 모습을 드러낸 다이애나, 다이어트를 위해 조깅을 하고 있는 다이애나, 수줍어하는 다이애나, 파파라치들 때문에 몹시 화가 난 다이애나, 시중드는 사람들에게 둘러싸여 미소 짓는 다이애나, 왕세자비 신분의 다이애나, 아내로서의 다이애나,

선행의 천사로 활동하고 있는 다이애나, 순종하는 며느리로서의 다이애나.

돌연 아나운서의 목소리가 멈추더니 슬픈 음악이 흘러나왔다. 그러고는 다시 다이애나의 소식이 이어졌다. 임신 중인 곧 엄마가 될 다이애나, 젖먹이 윌리엄 왕자와 함께 있는 다이애나, 젖먹이 해리 왕자, 그리고 어린 윌리엄 왕자와 함께 있는 다이애나, 학교에 입학한 윌리엄 왕자와 말을 타고 있는 다이애나, 소풍 갔을 때의 다이애나. 배경으로 슬픈 바이올린 연주가 흐르고 있었다. 그러더니 엄마 없이 홀로 서 있는 두 어린 왕자의 모습이 나타났다. 각각 다섯 살과 세 살 때의 모습, 열 살과 여덟 살 때의 모습, 열세 살과 열한 살 때의 모습이었다. 다시 열세 살 때의 윌리엄 왕자의 모습이 보였다. 이어서 열네 살 때의 모습, 열다섯 살 때의 모습도.

윌리엄? 저 애가 윌리엄 윈저 왕자라고? 장차 대영제국의 왕? 맙소사, 위대한 동화작가 안데르센도 저렇게 아름다운 왕자를 창조해 내지는 못했을 것이다. 오, 저 애는, 그래…… 정말…… 내가 하려는 말이 뭐더라? ……달콤해. 그래, 너무나도 달콤해. 맛이 아주 섬세하고 기막힌 초콜릿처럼 달콤해.

저 미소를 봐. 바로 저 애의 엄마가 지었던 미소와 똑같잖아.

뭔가 가슴을 깊이 찌르는 듯한 느낌이 들었다. 가엾은 소년. 가엾고도 가여운 고아 소년. 달콤한 저 아이. 이제 저 애는 돌봐 줄 사람이 아무도 없었다. 잘 자라는 키스를 보내 줄 사람도, 양말을 기워 줄 사람도.

"넬리?"

엄마가 불렀다.

나는 대답할 수가 없었다. 마치 혜성이 날아와 내 마음을 갑자기 확 열어젖히고 내 숨결을 빼앗아 가 버린 느낌이었다. 나는 금방이라도 쓰러질 것만 같았다.

"넬리? 너 어디 아프니?"

엄마가 물었다.

아니, 나는 괜찮다.

아니, 나는 비참한 느낌이 들었다.

그래, 나는 사랑에 빠진 것이다!

사랑에 빠졌다. 마침내. 지금까지 살면서 처음으로.

이 얼마나 경이로운 가을날인가.

갈팡질팡

윌리엄 왕자 실물 크기만 한 커다란 포스터를 손에 넣었다. 진짜 윌리엄만큼 커다랬다. 껴안을 수도 있고, 키스도 할 수 있을 정도로 큰 포스터였다. 〈소녀 세계〉라는 잡지를 펴고 그 포스터를 볼 때마다 얼마나 흥분이 되는지 모른다! 윌리엄은 공중제비를 한 번 돈 다음 거울처럼 반짝거리는 빨간색 부다페스트 신발을 신은 모습으로 바닥에 사뿐히 내려섰다. 바로 그 아이였다. 미래의 대영제국 왕. 머리카락은 가볍게 헝클어져 있었다. 두 눈은 마치 파란 하늘처럼 맑은 푸른색이었다. 미소 짓는 모습이 마치 속삭이는 듯했다. 윌리엄이 그렇게 서서 나를 똑바로 쳐다보고 있다. 짙은 청색에 가는 세로줄무늬가 있는 스리피스를 입고. 아주 부드럽게 윤기가 흐르는 걸로 보아 옷감은 캐시미어가 분명했다. 단추가 풀린 재킷 속에는 재킷과 잘 어울리는 조끼와 셔츠를 입고 있었다. 약간 밝은 푸른색으로 그의 눈동자와 같은 색이다. 옷깃은 이중 바느질이 되어 있었다. 실크 넥타이는 루비처럼 붉었고, 역시 루비처럼 붉은색의 손수건이 호주머니에 장식되어 있었다. 왼쪽 팔은 느슨하게 아래로 늘어뜨렸고 오른손은 바지 주머니 속에 감춰져 있었다.

우리가 얼마나 오랫동안 서로를 쳐다보고 있었는지.

나는 마음이 들떠서 아무것도 할 수가 없었다.

"넬리!"

엄마가 부른다. 엄마의 가죽 샌들 소리가 빠르게 가까워지고 있었다. 엄마가 문을 두드리기 전에 얼른 컴퓨터를 끄려고 했지만 그럴 수가 없었다. 하지만 포스터를 재빨리 접어 다시 〈소녀세계〉 사이에 감추는 건 간신히 성공했다.

"넬리?"

엄마는 방문을 확 열어젖히고는 머리를 안으로 들이밀었다.

"10분 후에 가야 해. 준비됐니?"

물론 나는 준비가 되어 있었다. 2시간 동안 교회 안에서 지루해 죽을 게 뻔하지만, 유감스럽게도 바-미즈바와 바트-미즈바를 치를 모든 지원자들은 안식일 예배에 참가해야 했다. 그건 의무였다.

"금방 가요."

나는 썩 내키지 않는 기분으로 벨트를 바지에 끼웠다. 엄마가 눈살을 찌푸렸다.

"대체 그게 뭐니? 치마는 없어? 설마 그런 차림에 운동화를 신고 가려는 건 아니겠지?"

아이쿠, 또다시 엄마의 잔소리가 시작됐다.

"최소한 리자 할머니를 봐서라도 좀 세련된 옷차림으로 가면 안 되겠니? 그런 차림의 너와 함께 바트-미즈바에 가야 하는 리자 할머니의 기분이 어떠시겠니? 부랑자 같은 차림으로 말이다. 그런 생각은 안 해 봤니?"

그렇게 말하면서 엄마는 바닥에 놓인 〈소녀 세계〉를 발견했다.

"네가 언제부터 이런 틴에이저 잡지를 봤니?"

"보는 거 아녜요."

그건 사실이었다. '도와주세요! 어떡하면 내 등에 난 점을 없앨 수 있을까요?' 라든가 '남자애들은 큰 가슴만 좋아한다는 게 사실인가요?' 따위의 저속하고 시시콜콜한 이야기가 실린 이런 잡지를 내가 왜 보겠는가? 또 '내 남자 친구는 절대로 내게 전화를 하지 않아. 우리는 한 번도 뭘 같이 한 적이 없어. 그는 내 취미에는 관심이 없어. 그 애와 헤어져야 되는 걸까? 안녕, 코코.' 따위의 기사가 실린 잡지를 말이다. 물론 내가 아주 좋아하는 기사이기는 하지만.

"빌린 거예요."

나는 일부러 관심 없다는 듯이 대답했다.

"혹시 그 안에 어느 왕족의 포스터가 들어 있지 않니?"

엄마가 미소를 지으며 말했다.

양쪽 뺨이 금방이라도 뾰루지가 돋아나올 것처럼 간질거렸다. 나는 재빨리 옷장으로 다가가 다른 옷을 찾는 척했다. 엄마가 절대로 붉어진 내 뺨을 봐서는 안 되니까! 엄마가 〈소녀 세계〉를 집어 들었다.

"어쨌거나 이런 걸 바닥에 두면 안 되지."

엄마는 잡지를 내 책상 위로 풀썩 던졌다. 그런데 마침 책상 위 컴퓨터 화면에는 '베티 페티의 윌리엄 왕자 홈페이지'가 떠 있었다. 그 화면에서 계속 깜박거리고 있는 윌리엄 왕자의 얼굴이 엄마의 눈에 띄었다.

"첫클릭에 반했구나."

엄마의 그 유명한 농담은 이때 만들어진 것이다.

하하!

엄마는 컴퓨터 앞으로 가까이 다가가 화면을 살펴보았다. 깜박거리는 윌리엄 왕자의 얼굴을 보면 분명 나를 놀리겠지? 그러나 엄마는 아무렇지 않게 말했다.

"너 아직도 인터넷을 쓰고 있었니? 이런, 넬리! 그래서 한 시간이 넘도록 전화가 안 됐구나. 이런 낭비가 어디 있니? 더구나 난 전화를 써야 한단 말이야."

나는 아무 말도 하지 않았다. 그냥 앞만 바라보고 있었다. 엄마는 그런 태도를 결코 참지 못한다. 나의 반응을 기대했지만 아무 소용이 없자 엄마가 말했다.

"서둘러라. 너무 늦겠다."

"너무 늦다니요?"

내가 물었다.

"그래, 너무 늦는다고."

엄마는 무시하는 듯한 시선으로 나를 쳐다보더니 방을 나갔다.

나의 엄마 루시 블룸-에델마이스터 부인에게 '너무 늦는다'는 말은, 교회에 가서 예배 시간 전에 사람들한테 자기 모습을 보여줄 시간이 없으니 서둘러야 한다는 뜻이다. '남들한테 보여주는 일'이야말로 엄마에게 있어서 가장 중요한 일이며, 엄마가 교회에 가는 유일한 이유였다.

나는 복도를 따라 멀어지는 엄마의 샌들 소리에 귀를 기울였다. 그 소리는 거실을 지나 마침내 현관 쪽으로 사라졌다. 비로소 나는 옷장 거울 앞으로 다가갔다. 리자 할머니의 체면을 생각하면서 나는 짧게 자른 앞머리를 매만졌다. 또 운동화 대신에 구두를 신었다. 그런 다음 다시 〈소녀 세계〉를 펼쳐서 윌리엄 왕자의 멋진 모습에 흠뻑 빠져 들었다.

그 포스터에서 가장 멋진 부분은 윌리엄의 어깨 위로 늘어뜨려진 섬세한 금발이었다. 나는 아주 우연히 그걸 발견했다. 미술 공부를 하려고 그 포스터를 돋보기로 자세히 관찰하던 때였다. 포스터는 여러 가지 색깔의 망점들이 모여서 하나의 그림을 이루고 있었다. 하지만 진짜 멋진 일은 불빛 아래 반짝거리는 목 주위의 섬세하고 부드러운 솜털을 발견한 것이었다. 그 짧고 연한 솜털을 본 순간, 윌리엄이 너무도 상처받기 쉽고 보호가 필요한 어린 아이라는 생각이 들었다. 그 애의 뺨을 쓰다듬어 주고, 품에 안아 주고, 모든 게 잘될 거라고 안심시켜 주고 싶었다.

"알고 있어. 엄마가 없어서 허전하겠지. 하지만 아픔은 곧 사라질 거야. 그리고 언젠가 네 마음을 다른 사람들에게 열어 보일 날이 올 거야. 내 품으로 들어와 위로 받으렴."

난 윌리엄에게 그렇게 말해 주고 싶었다. 거울 앞에 서서 그 문장을 영국식 억양으로 읊조려 봤다. 아빠 친구이자 베이스 성악가인 그랜트 네빌 아저씨는 오스트레일리아 사람이다. 언젠가 그 아저씨에게 들은 바로는 입속에 팝콘을 넣고 있다는 느낌으로 말하면 영국식 발음이 된다고 했다. 거울 속의 내 뺨을 바라보면서 입 안에서 팝콘이 부풀려지는 모양을 상상해 봤다.

"알아. 너한테는 엄마가 안 계시다는 걸. 내가 널 위로해 주면 안 될까?"

나는 거울을 향해 말했다. 그러고는 다시 포스터를 바라봤다. 어쨌거나 우리 집에서는 다들 윌리엄 왕자에 대해 알고 있기 때문에 포스터를 걸어 놓아도 괜찮다. 그래서 옷장 문 안쪽에 걸려 있던 빅센 천체망원경 그림을 떼어내 거울 옆에 붙이고, 그 자리에 윌리엄 왕자 포스터를 붙였다. 이제부터는 옷장 문을 열면 곧바로 윌리엄과 마주 볼 수 있다. 물론 그가 내게 키스하려면 몸을 약간 굽혀야겠지만. 뭐 어때? 실제로도 그럴 텐데 뭘.

나는 컴퓨터 앞으로 다가갔다. 이 컴퓨터는 엄마가 물려준 것이다. 엄마는 그 컴퓨터를 '보베'라고 불렀다. 보베는 이디시어* 로 '할머니'라는 뜻이다. 엄마는 어릴 때 보베한테 1900년대 초의 러시아와 뉴욕에 대한 멋진 이야기들을 많이 들었다고 한다. 엄마는 늘 그렇게 말하곤 했다.

"너의 외증조모이신 나오미 할머니는 정말 멋진 이야기꾼이셨단다. 그분은 너무 가난했기 때문에 평생을 손가락에 피가 나도록 억척스럽게 일해야 했어. 그러면서도 네 명이나 되는 아이들을 건강하고 행복하게 키운 강한 분이셨지. 나오미 할머니가 늦기 전에 무사히 유럽을 빠져나올 수 있었던 건 하나님이 보살펴 주신 덕분이야."

하지만 나오미 할머니의 가족 모두에게 그처럼 행운이 따랐던 건 아니었다. 리자 할머니와 할머니의 부모님의 경우도 마찬가지였다. 나오미 할머니가 유럽을 떠나려고 했을 때는 시기적으로도 너무 늦었고 뱃삯도 충분하지 않았다. 나오미 할머니의 삼촌인 모세와 숙모 미미, 그리고 세 명의 사촌과 할머니의 가족들은 모두 강제수용소에서 학살당했다. 하지만 나오미 할머니는 오래 사셨다. 그분은 내가 세상에 태어나기 바로 일 년 전에 브루클린에서 노환으로 세상을 떠나셨다. 내 이름은 나오미 할머니의 이름에서 가져온 것이다. 할머니의 이름 나오미(Naomi)에서 엔(N)을 가져와 넬리(Nelly)라고 지었다고 한다.

*이디시어: 중부 및 동부유럽 출신 유대인이 사용하는 언어

나는 내 컴퓨터 보베를 응시했다. 만약 인터넷이 아니었다면 윌리엄 왕자에 대해서 그렇게 많은 사실을 알 수 없었을 것이다. 물론 학교 도서관에는 영국 역사에 대한 자료가 엄청나게 많다. 또 여학생 잡지들도 영국 왕실의 젊은 세대에 관한 기사를 많이 싣고 있다. 그렇지만 인터넷이야말로 편리하면서도 독특한 정보들이 가득하다. 보베를 통해서 나는 윌리엄 왕자의 이메일 주소까지 알아냈다. 나는 이메일을 써서 교정 프로그램을 이용해 틀린 글자까지 수정한 적도 있다. 하지만 메일을 발송하지는 못했다. 발송하고 싶은 유혹만큼 두려움도 컸기 때문이다. 급기야 혹시 실수로 발송하게 될지도 모른다는 불안감에 메일을 저장 파일에서 삭제하기까지 했다. 이메일을 보내는 것이 과연 윌리엄과 접촉하기 위한 옳은 방법인지 의심이 들었다. 나처럼 귀족이 아닌 평범한 여자 아이는 비록 대중들 틈에서 특출하게 드러나더라도 윌리엄의 관심을 끌기는 힘들 것이다. 나는 아주 비범한 뭔가를 해서 그가 나를 원하게끔 만들어야 한다. 예를 들어, 뭔가 대단한 발명을 한다든가.

며칠 전에 국립도서관에 갔을 때, 나는 잉글랜드, 웨일즈, 그리고 스코틀랜드의 대학 명단을 찾아봤다. 그 대학들 중에서 혹시 내가 천체물리학을 공부할 만한 데가 있을까 해서였다. 분명 그것은 가능성이 있는 해결책이다. 아무리 늦어도 10년 후면 나는 윌리엄 왕자를 만나게 될 것이다. 가령 내가 옥스퍼드 대학교의 '천체 물리학 스쿨'에서 졸업생들을 대표해 식사를 낭독하거나

하게 된다면. 나는 윌리엄 왕자가 있는 버킹엄 궁전으로 전화를 걸어 우리 대학의 졸업식에 참석해 달라고 부탁하는 모습을 상상해 보았다.

"넬리 에델마이스터 양입니까? 물론이지요! 최근에 〈타임스〉에서 당신에 대한 기사를 읽었습니다. 중력 렌즈를 이용해 성운 속에 있는 검은 물질을 발견해 내셨더군요. 물론이죠, 당신의 졸업식에 기꺼이 참석하겠습니다. 성운에 대해서라면 저도 어릴 때부터 관심이 많았거든요."

윌리엄은 이렇게 말할 것이다.

그러나 유감스럽게도 옥스퍼드 대학이라니, 너무 먼 얘기다. 윌리엄의 관심을 끌기 위한 뭔가 다른 걸 생각해 내야 한다. 가능하면 앞으로 몇 주 안에 생길 수 있는 일, 아니면 늦어도 내년 봄쯤에 일어날 수 있는 일로.

"넬리! 안 갈 거니? 언제까지 기다려야 하니?"

엄마 목소리다.

나는 얼른 보베를 끄고 단두대로 끌려갈 준비를 마쳤다. 다름 아닌 교회로.

나는 뒤로 풀썩 주저앉았다. 교회 안의 긴 나무 의자는 너무 불편했다. 합창 지휘자와 교인들의 찬송가 소리가 자장가처럼 들렸다. 성궤 위쪽의 비스듬히 기운 모양이 마치 칠흑 같은 바다 위에서 부드럽게 흔들리는 반달 같았다. 그리고 그 주위에는 수많은 별들이 다이아몬드처럼 반짝거리는 것 같았다. 황홀해진 나는 어느덧 붕 떠서 그쪽으로 날아가고 있었다. 멀리서 내 쪽을 향해 미끄러지듯 어떤 형상이 다가왔다. 너무나도 찬란한 모습의 윌리엄 왕자였다. 그는 짙은 청색 캐시미어 정장을 입고 있었다. 곧장 내 앞으로 붕 떠서 다가온 윌리엄이 내게 미소를 지었다. 평생 그렇게 행복한 적은 없었다. 그는 몸을 숙여 나를 품에 안았다.

"너무 황홀해요."

나는 그의 귀에 대고 속삭였다. 왈츠 곡에 맞춰 우리는 이 별에서 저 별로 춤을 추며 나아갔다. 우리의 심장은 너무 행복해서 환호성을 질렀다.

"너 뭐라고 했니?"

엄마가 작은 소리로 물었다.

나는 무의식 상태에서 깨어났다. 합창단의 노랫소리가 들렸다.

"아, 아무것도 아니에요. 그냥 멋져서요. 합창단 수석 가수의 목소리가 너무 멋져서요."

엄마의 얼굴이 환해졌다. 엄마는 교회 안에서 연주하는 나팔 소리를 좋아했다. 엄마는 차누카 축제 때 부르는 노래들은 물론이고, 유대적인 것이라면 뭐든 좋아했다. 엄마는 내가 엄마와 같은 생각을 하고 있다고 여겨서인지 기뻐했다.

"저 노래를 들으면 고향 생각이 나거든. 브루클린 말이야. 어렸을 때 할머니가 나를 유대인 교회로 데려가던 때가 생각나. 합창단 수석 가수는 이주민들에게는 슈퍼스타 같았단다. 물론 교회의 우두머리는 랍비야. 그는 도덕적인 권위자니까. 하지만 합창단의 수석 가수는 뭔가 달랐어. 그 사람은 여자들의 마음을 사로잡고 여자들은 그를 숭배했단다. 프랭크 시나트라, 존 레넌, 로비 윌리엄스처럼 말이야. 숄을 걸친 여자들이 예배가 끝난 뒤에 그 수석 가수한테 우르르 몰려가는 광경을 네가 봤어야 하는데. 꼭 미지근한 콜라 컵 주위로 몰려드는 벌 떼 같았다니까. 그가 노래할 때 여자들이 흠뻑 빠져들던 광경을 네가 봤더라면 좋았을 텐데. 어떤 여자들은 울기까지 했단다."

나는 리자 할머니를 쳐다보았다. 할머니는 합창단의 수석 가수인 모르겐슈테른 씨한테 푹 빠져 있는 것 같지는 않았다. 로지 할머니와 레비 할머니도 마찬가지였다. 합창단 수석 가수 모르겐슈테른 씨는 키가 작고 몸집은 바치 로지 할머니나 레비 할머니처럼 둥그스름했다. 하지만 그의 목소리는 늘 힘이 넘쳤다. 이따금 내가 화장실에 가려고 아래층으로 내려가다 보면 그의 노랫소리가 그곳까지 들려왔다. 그의 머리는 굵고 숱이 많은 눈처럼 하얀 백발이었는데, 항상 아무렇게나 삐죽삐죽 뻗쳐 있었다. 꼭 알버트 아인슈타인 같았다. 나는 슬쩍 리자 할머니 쪽을 쳐다봤다. 물론 리자 할머니는 모르겐슈테른 씨한테 흠뻑 빠져 있지 않겠지만 그래도 혹시나 할머니가 모르겐슈테른 씨를 좋아하는 건 아닐까 해서였다. 내 시선을 느꼈는지 리자 할머니가 눈을 치켜떴다.

"저 사람들 정말이지 계속 쓸데없는 잡담을 하는구나. 성스러운 예배 시간에조차 조용히 있지를 않아!"

교인들을 가리키며 할머니가 말했다. 그건 사실 매우 심각한 일이었다. 하지만 이 교회 안의 사람들은 아무도 그런 생각을 하지 않는 것 같았다. 아빠는 이곳이 너무 시끄러워서 정신을 차릴 수가 없다고 했다. 내 생각에 아빠는 그냥 무작정 따라오는 것 같다. 젖먹이 애들은 울어 대고, 아이들은 술래잡기를 하느라 이리저리 뛰어다니거나 바삭거리며 비스킷을 먹고, 다른 이들도 모두 옆 사람과 웃으며 잡담을 나눈다. 이곳은 교회가 아니라 사람들이 서로 어울리는 장소이며, 축제와 패션쇼의 장소이다. 결코 하나님과 둘이서 조용히 대화를 나눌 수 있는 장소가 못 된다.

"독일 교회는 뜨개바늘 떨어지는 소리까지 들릴 정도란다. 하지만 이 교회에선 폭탄 떨어지는 소리도 안 들릴걸."

아빠는 늘 이렇게 말했다.

"하나님 보살피소서!"

그렇게 말하고 나서 리자 할머니는 하늘을 올려다보았다.

하지만 폭탄을 두려워할 필요는 없다. 유대인 교회에 들어올 때는 공항에 들어갈 때처럼 금속 탐지기 앞을 지나야 하니까.

"이곳은 병들었어. 하지만 어쩌겠니? 그렇다고 가톨릭으로 개종할 수는 없잖니?"

엄마는 늘 이렇게 말했다.

예배가 끝난 뒤 엄마는 교회 마당으로 나가서 그곳에 온 사람들의 인맥을 살피고 있었다. 엄마가 찾는 것은 새로운 금맥이었다. 다시 말하면 최소한의 노동으로 최대의 수입을 올릴 수 있는 일거리.

"나는 그래도 된다고 생각해. 지금까지 나는 충분히, 열심히 일해 왔어. 지난 세월 내내 녹초가 되도록 일해 왔다고."

엄마가 말했다.

"그래요. 보베처럼 충분히 일하셨지요. 엄마의 인생은 그렇게 힘들었던 거죠."

나는 엄마가 듣지 못하게 낮은 소리로 중얼거렸다.

나는 벽에 기대서서 엄마를 바라보고 있었다. 엄마가 웃었다. 그리고 엄마한테 걸려든 레르너 씨도 웃으면서 엄마의 뺨에 쪽! 소리가 나게 축축한 키스를 퍼부었다. 나는 당황해서 시선을 다른 쪽으로 돌렸다.

엄마는 마흔일곱 살이다. 그렇지만 사람들은 엄마가 열 살은 더 젊어 보인다고 말한다. 벗고 있는 엄마를 본 다음에도 그렇게 생각할까? 사람들은 착각하고 있는 거다! 나는 지난여름에 3주 동안이나 매일같이 엄마가 수영복을 입고 있는 모습을 봤다. 물론 탈의실에서 옷을 갈아입을 때는 엄마의 발가벗은 모습도 봤다. 브래지어를 하지 않은 엄마의 가슴이 아래로 축 처진 모습은 정말 서글펐다. 전에는 그렇게까지 늘어지지 않았었는데. 샌들을 신으려고 몸을 굽힐 때 가슴이 마치 양말처럼 길게 늘어져서 출렁거리는 게 꼭 시계추 같았다. 아랫배도 예전에는 아주 납작하고 날씬했다. 정말이다. 그런데 지금은 공기가 빠져나간 배구공처럼 부풀어 있다. 한번은 엄마가 옷을 갈아입을 때 엄마 다리를 빤히 바라본 적이 있었다. 허벅지 살은 약간 흐늘거렸고 무릎 안쪽에는 가늘고 파란 핏줄이 거미줄처럼 복잡하게 얽혀 있었다. 마치 그랜드센트럴 역으로 모여들게 그린 뉴욕의 지하철 노선도 같았다. 엄마는 내가 자기 다리를 빤히 쳐다보고 있다는 걸 알아차리고 당황했다. 엄마는 일부러 조롱하는 투로 말했다.

"걱정 마라. 너는 아빠를 더 닮았으니까."

탈의실에서 그 일이 있은 후에 엄마는 바닷가로 휴가를 갈 때면 늘 하와이언 스타일의 스커트를 허리에 걸쳤다. 어쩌다 물속으로 들어갈 때는 벗었지만. 엄마의 그런 모습을 볼 때마다 왠지 양심의 가책을 느꼈다.

교회 마당에는 사람들이 눈에 띄게 줄어 있었다. 그런데도 엄마는 여전히 레르너 씨와 얘기를 나누고 있었다. 엄마를 저렇게 빤히 쳐다보는 걸 보면 엄마의 옷 속에 감춰진 몸매가 어떤지 전혀 모르는 게 분명했다. 사실 엄마는 더 이상 몸에 착 달라붙는 옷을 입지 않는다. 오늘 입은 검은색 옷은 아직은 날씬한 엄마의 허리를 돋보이게 했다. 목덜미와 손목이 검은색과 흰색으로 장식된 블라우스였다. 단순하지만 세련되어 보인다. 심지어 우아해 보이기까지 한다. 사람들은 엄마를 매력적으로 생각한다. 어떤 사람은 아름답다고 말하기까지 한다. 엄마는 나처럼 검은 곱슬머리인데 항상 검은 옷만 입는다. 엄마가 평소에 즐겨 입는 옷은 후줄근한 검은색 바지에 목이 V자로 깊게 파인 길고 헐렁한 윗도리, 그리고 검은 부츠였다. 마치 영화 〈아포칼립스〉에 나오는 의상 같다! 엄마가 그런 옷차림으로 외출할 때마다 리자 할머니는 못마땅해했다.

"루시, 지금 너는 전쟁에 나가는 게 아니라 슈퍼마켓에 가는 거란다. 그런데 검은 옷이 뭐냐? 누가 죽기라도 했어?"

그러면 엄마는 웃으며 이렇게 말했다.

"이게 유행이에요, 리자 아주머니. 검은색이 날씬해 보이거든요."

베아테 아줌마는 엄마와 친하게 지내던 시절에 엄마의 그런 용감한 옷차림에 경탄했다.

"너는 정말 틴에이저처럼 보여. 틴에이저 딸을 둔 엄마가 아니라."

만약에 누가 나한테 물어 봤다면 내 대답은 아주 분명했을 거다. '나는 사라예보를 향해 진군하는 여고생 같은 옷차림의 엄마보다는 평범한 아줌마 같은 옷차림의 엄마가 훨씬 좋아요!' 라고.

"어머, 그거 흥미 있는데요!"

엄마와 레르너 씨의 얘기가 들렸다. 마당에 서 있던 사람들 몇 명이 엄마 쪽을 쳐다봤다. 대체 엄마는 왜 저렇게 큰 소리로 말하는 걸까? 왜 입에서 딱총 같은 큰 소리가 나는 걸까?

"생방송 보도라고요? 물론 할 수 있죠! 그분의 성함과 전화번

호 아세요?"

엄마의 목소리가 또 들렸다.

엄마는 정말 못 말린다니까! 언제나 재빠르게 돌진한다. 한 번도 느슨했던 적이 없다. 엄마의 그런 모습이 지겨워진 나는 가려고 몸을 돌렸다. 그때 누군가가 내 품으로 후다닥 뛰어들었다.

"우리 엄마가 너한테 인사 좀 하고 오라고 하셔서."

안톤 바이센베르거였다.

나는 안톤의 시선을 따라 그 애의 엄마이면서 랍비 바이센베르거 씨의 아내인 벨라 메츠거-바이센베르거 부인 쪽을 쳐다보았다. 안톤의 엄마는 그 사이 엄마와 레르너 씨의 대화에 끼어들고 있었다. 나를 본 안톤의 엄마가 나에게 윙크를 했다. 그리고 엄마는 나한테 무슨 용기라도 주려는 듯이 미소를 지었다. 하! 저런 뚜쟁이 아줌마들 같으니.

"그리고 또 뭐?"

내가 물었다.

"뭐? 또 뭐라니?"

안톤이 물었다.

"나한테 무슨 할 말이 있냐고."

"없는데."

"좋아. 그럼 이제 가도 좋아."

그렇게 말하고 나는 안톤에게서 등을 돌렸다. 안톤은 기분이 상했는지 나의 요구대로 순순히 가 버렸다.

밖으로 나오는 길에 나는 이본느 코헨과 이본느의 여동생 앨리슨이 교회 마당으로 걸어오는 것을 봤다. 이본느는 몸을 굽혀 앨리슨의 귀에 대고 뭐라고 속삭였다. 매우 다정해 보였고 소녀다운 모습이었다. 앨리슨은 이본느의 두 손을 잡고 춤추듯 걸었다. 이본느가 다리를 벌리면서 뒤로 물러서자 앨리슨이 그 사이로 들어가면서 앞뒤로 스치듯 움직였다. 마치 아빠와 엄마가 로큰롤을 출 때 취하는 동작 같았다. 곧 숨이 가빠진 두 소녀는 상기된 얼굴로 벤치에 털썩 주저앉았나. 그러더니 다시 팔짱을 끼고는 재잘거렸다. 잠깐 동안 나는 그런 이본느가 부러웠다.

그 다음 월요일에는 히브리어 수업을 끝장 낸 사건이 일어났다. 블라디미르 카사로프 선생님이 내가 몰래 십대 잡지 〈틴 신〉을 보고 있는 현장을 덮친 것이다. 선생님은 일부러 나를 감시하고 있었던 모양이다. 평소 같았으면 나를 그렇게 눈여겨보지 않았을 텐데. 나는 윌리엄 왕자 기사에 푹 빠져 있었다. 찰스 왕세자가 직접 재배한 채소로 만든 음식에 관한 기사였다. 윌리엄은 그걸 아주 좋아한다고 했다. 그때 교실에서는 아이들이 선생님을 따라 《틸림》을 크게 낭독하고 있었다. 그때 불쑥 선생님의 덥수룩한 머리가 내 시야에 들어왔다. 내가 읽고 있던 잡지를 번개처럼 낚아챈 선생님은 불쾌하다는 듯이 두 손가락으로 그것을 집어 올렸다. 그 순간 잡지 속에 끼어 있던 윌리엄 왕자의 커다란 포스터가 바닥에 떨어졌다. 나는 땅속으로 기어 들어가고 싶을 정도로 창피했다. 조금씩 조금씩 포스터가 펼쳐지면서 윌리엄이 신고 있는 운동화, 바지, 바둑판무늬의 플란넬 셔츠, 그리고 마지막으로 그의 머리가 드러났다. 마침내 배우 제임스 딘처럼 엄지손가락을 주머니에 꽂은 채 벽에 기댄 윌리엄 왕자의 전신이 우리 앞에 모습을 드러냈다.

블라디미르 카사로프 선생님의 두 눈은 금방이라도 안경 너머로 튀어나올 것 같았다. 선생님의 얼굴에는 마치 내가 포르노 잡지를 보기라도 한 것처럼 혹은 발가벗은 몸으로 나돌아 다니다가 붙잡히기라도 한 것처럼 역겨운 표정이 역력했다. 나 역시 그런 기분이었다. 내 영혼을 완전히 들켜 버린 듯한, 내 비밀이 폭로되고 나의 수치스러운 부분이 다 드러난 느낌.

"넬리 수 에델마이스터. 아무래도 네 어머니와 얘기를 해 봐야겠구나. 또다시 이런 일이 생기면 교실에서 쫓겨날 줄 알아라. 이곳을 영원히 떠날 줄 알라고! 알아들었어?"

선생님의 목소리가 천둥처럼 울렸다.

카사로프 선생님 때문에 나는 저녁 내내 기분이 나빴다. 선생님의 모습이 머릿속에서 떠나지 않았다. 엄마한테 전화를 했을까? 안 했을까?

집에 돌아가 보니 마침 아무도 없었다. 다행이었다. 리자 할머니는 로지 할머니와 레비 할머니를 만나러 양로원에 가셨고, 엄마와 아빠는 엄마의 동료 기자인 마리안네 볼러 씨댁에 저녁 초대를 받아 가고 없었다. 나는 숙제를 한 다음, 미국 네브래스카

주에 사는 천문학에 관심이 많은 고등학생 몇 명과 성운에 대해 인터넷 채팅을 했다. 그리고 '베티 페티의 윌리엄 왕자 홈페이지'에 이메일을 한 통 써 보냈다. 그런 다음 내 수집 앨범 〈윌스 파워〉를 열어 43쪽에다 윌리엄이 좋아하는 요리에 관한 기사를 오려 붙였다. 〈윌스 파워〉는 잡지에서 오려 낸 사진과 기사들, 윌리엄에게 보내려고 써 놓았던 이메일들, 그리고 인터넷에서 찾아 프린트한 내용들로 금세 채워졌다.

그뿐 아니라 영국을 좋아하게 된 나는 '워커스 쇼트브레드' 비스킷 봉지나 심지어 런던의 어느 스튜디오에서 아빠한테 보냈던 거절 편지에 붙어 있던 엘리자베스 여왕의 초상화 우표까지도 떼어 수집했다. 나는 욕실 수납장 맨 안쪽에서 찾아낸 남성용 향수를 앨범의 페이지마다 뿌렸다. 향수병에는 색이 바랜 글씨로 '잉글리쉬 레더'라고 쓰여 있었다. 나는 자기 전에 비디오를 한 편 보기로 했다. 다이애나 왕세자비에 관한 텔레비전 다큐멘터리였다. 나는 내가 좋아하는 장면이 나올 때까지 비디오를 빠르게 돌렸다.

그러자 그가 나타났다. 윌리엄 왕자다. 숨을 쉴 때 공기가 필요하듯이 그는 요즘 내 삶에 꼭 필요한 존재가 되었다. 윌리엄이 축구를 하는 장면이었다. 옷에는 '이튼'이라는 학교의 마크가 붙어 있었다. 나는 슬로모션 키를 눌러 윌리엄의 움직임을 자세히 살펴보았다. 영상이 하나하나 넘어갈 때마다 나는 그의 몸매에 감탄했고, 다리 근육의 움직임에 취했다. 그때 착! 하고 현관문이 열리더니 환한 불빛이 집 안을 채웠다.

"이런, 미안. 벌써 자는 줄 알았다."

엄마가 말했다.

나는 침을 꿀꺽 삼켰다. 엄마가 혹시 알고 있을까, 아닐까?

"일찍 오셨네요."

나는 엄마가 귀걸이를 빼고 구두를 벗는 모습을 계속 지켜봤다. 엄마는 텔레비전을 힐끗 쳐다보더니 윌리엄의 모습을 봤는지 그냥 미소만 지었다.

"아주 재미없는 파티였어. 네 아빠가 무대에 설 수 있도록 주선해 주려고 간 거였으니까."

"고맙소, 매니저님. 당신 몫은 얼마입니까?"

아빠가 엄마한테 말했다.

아빠는 술 냄새를 풍기며 내게 키스를 해 주고는 얼굴을 찡그렸다.

"나보고 클레츠머 음악을 연주해 달라는구나. 이번 토요일이 아리 란다우 씨 딸 결혼식인데, 연주자가 병이 났다나. 친애하는 신사 숙녀 여러분, 클레츠머 음악의 황제 바주카 베니가 연주를 시작하겠습니다."

아빠는 공손히 허리를 굽혀 인사하는 시늉을 했다.

나는 웃었다.

"그 일을 우습게 여겨선 안 돼. 란다우 씨는 영향력 있는 친구들과 친척들이 아주 많다고."

엄마는 내 곁의 소파에 털썩 주저앉았다.

"아휴, 완전히 녹초가 됐다. 이 사이에 아직도 브로콜리가 끼어 있니?"

엄마는 내게 위아래 이를 모두 드러내 보이며 웃었다. 방 안이 어두워서 아무것도 보이지 않았다.

엄마는 아빠를 돌아보며 큰 소리로 말했다.

"당신네 독일인들은 왜 그렇게 브로콜리를 좋아하는 거야? 당신네들 집단의식 속에 브로콜리가 뿌리박혀 있는 것 같다니까. 저녁 식사 때마다 왜 꼭 브로콜리를 먹어야 해?"

그러고는 다시 내 쪽으로 몸을 돌렸다.

"심지어 디저트를 먹을 때에도 얼음 속에 브로콜리가 들어 있더라니까."

"브로콜리가요?"

나는 별 관심 없이 물었다.

아빠가 웃었다.

"그건 박하였어, 루시!"

"정말?"

엄마는 일부러 놀라는 척했다. 눈에는 장난기가 가득했다.

"평소 마리안네의 요리 솜씨로 볼 때 그건 모르는 일이지."

엄마는 다시 나를 돌아보았다.

"그래, 너는 오늘 어땠니?"

곧바로 나는 경계 태세에 들어갔다.

"좋았어요, 아주 좋았어요."

"히브리어는?"

"늘 그렇죠, 뭐."

나는 숨을 죽인 채 텔레비전 쪽으로 눈길을 돌렸다. 드디어 올 것이 왔구나, 하는 생각에 조마조마했다.

"저녁엔 뭘 먹었니?"

엄마가 물었다.

아하. 카사로프 선생님이 아직 엄마한테 얘기를 안 한 모양이군. 나는 텔레비전 리모컨을 집어 들었다.

"제발, 엄마, 심문 같은 건 그만 해요. 저 지금 바쁜 거 안 보이세요?"

나는 리모컨의 플레이 버튼을 눌렀다. 다시 윌리엄이 축구하는 장면이 나왔다. 다이애나가 윌리엄에게 격려를 보내고 있었다.

엄마는 잠시 나를 빤히 쳐다보더니 일어나서 침실 쪽으로 가며 말했다.

"이나 닦아야겠다."

베를린의 아파트들은 벽이 두껍다. 하지만 문이 열려 있을 때는 마음만 먹으면 뭐든지 엿들을 수 있다. 아빠와 엄마의 침실 문이 조금 열려 있었다. 내 방문도 그랬다.

"넬리한테 말해 줘야 하지 않을까?"

엄마의 목소리가 들려왔다.

"뭔가에 홀딱 반해 보는 것도 멋진 일이긴 하지만 맙소사, 쟤는 윌리엄 왕자한테 완전히 빠져 있어."

"그리고 나는 당신한테 빠져 있고."

아빠는 노래라도 부르듯이 흥얼거리며 말했다.

"슈-비-두-비-두. 루시, 루시 브로콜리, 나를 사랑해 줘요, 나를 사랑해 줘요, 루시."

엄마가 웃었다. 큰 소리로 아주 즐거운 듯이. 술이 많이 취한 걸까?

그러고는 아무 소리도 들리지 않았다. 나는 일어나서 옷을 벗었다. 그러자 다시 아빠의 노랫소리가 들려왔다. 아빠의 목소리는 몹시 허스키해서 뭔가를 할퀴는 소리 같기도 하다.

"오, 베니, 베니, 베니."

엄마 목소리가 들렸다.

나는 문을 제대로 닫았다. 아무 소리도 듣고 싶지 않았다. 방문을 좀 세게 닫았는지 엄마가 알아차리고 부르는 소리가 들렸다.

"넬리? 넬리야? 너니?"

나는 대꾸하지 않았다. 그 대신 발꿈치를 들고 문 쪽으로 다가가 귀를 대고 엄마가 다시 방으로 돌아가 방문을 닫는 걸 확인했다. 그런 다음 나는 다시 내 방문을 약간 열어 놓았다.

"윌리엄 왕자 일은 좀 지나친 것 같다니까."

다시 엄마 목소리가 들렸다.

"다 지나가는 과정이야, 루시. 여자 애들은 다 그렇잖아."

"하지만 보면 볼수록 한심하기 짝이 없어."

엄마의 목소리가 커졌다. 침실 문이 닫혀 있는데도 아주 잘 들렸다.

"한 번쯤은 한심해질 필요도 있어."

이제는 아빠 목소리도 커졌다.

"당신이 언제부터 그렇게 넬리 또래의 아이들을 잘 알았다고 그래."

나는 이 마지막 말에 대해 생각을 좀 해 보려고 했다. 그러나 그때 다시 아빠의 목소리가 들렸다.

"나도 내 딸에 대해서 알 권리가 있는 거 아냐? 대체 유치원에 들어갈 때까지 넬리를 돌본 사람이 누군데? 하루에 여섯 번씩 기저귀를 갈아 준 사람은 누구고? 또 넬리가 잠들 때까지 요람을 흔들어 준 사람은 누구지? 게다가 매일같이 학교로 데리러 간 사람은?"

"그래, 직업이 없어서 매일같이 넬리를 학교에서 데려온 사람이 누구였더라?"

아빠가 그 물음에 대답을 했는지, 했다면 뭐라고 했는지 알 수 없었다. 그 다음에 들려온 것는 〈하랄트 슈미트 쇼〉 소리였다. 아빠가 즐겨 보는 텔레비전 프로그램이다.

"그래 좋아. 그렇다면 분명히 좀 따져 봐야겠군."

다시 엄마 목소리가 들렸다.

그런 다음에는 텔레비전 소리도 들리지 않았다. 아빠가 헤드폰을 쓴 모양이다. 엄마가 욕실로 들어가면서 문을 쾅! 닫는 소리가 들렸다.

하루가 지나고, 다시 이틀이 지난 후에 나는 보베 컴퓨터 앞에 앉아서 피오나 라이트풋의 이메일 주소가 바뀌었는지 검색해 보고 있었다. 그때 엄마가 방으로 들어왔다. 노크도 없이 막무가내로. 엄마는 내 뺨에 다정하게 키스를 하고 내 침대 위에 털썩 주저앉았다. 마침내 엄마와 내가 '분명히 따져 볼' 시간이 닥친 것 같았다. 슬쩍 거울을 보니까 내 뺨에는 엄마의 빨간 립스틱 자국이 묻어 있었다. 시위라도 하듯 나는 손가락으로 그 자국을 문질러 닦았다.

"휴지 여기 있다."

엄마는 바지 주머니에서 휴지를 꺼냈다.

"그 손으로 아무데나 립스틱을 묻히면서 돌아다니려는 건 아니겠지?"

"물론이죠! 엄마는 언제든 내 뺨에다 립스틱을 잔뜩 묻혀 놓아도 되고, 나는 손가락 지문도 아무데나 묻히면 안 되니까요!"

엄마가 눈을 부릅떴다.

"미안하구나, 네 뺨에 키스를 해서."

엄마는 적당한 말을 찾으려 했다.

"진짜 이렇게 만날 다퉈야겠니?"

나는 대꾸하지 않았다. 엄마도 대답을 들으려고 질문한 것 같진 않았으니까. 대신 나는 뺨과 손에 묻은 립스틱을 휴지로 닦아 낸 다음, 휴지를 둘둘 말아 쓰레기통에 던졌다. 휴지는 쓰레기통 옆으로 떨어져 침대 아래로 굴러 들어갔다.

"방 좀 봐라!"

엄마는 지저분하게 어질러진 꼴을 좀 보라는 듯이 방 안을 훑었다.

"그거 때문에 온 거예요?"

"아니, 난 너하고 다투려고 온 게 아니야."

엄마는 침대 위에 몸을 편하게 눕히더니 말투를 바꿨다.

"내가 얘기했던가? 내가 너만 한 나이였을 때 어느 왕자님하고 결혼하고 싶어 했던 거?"

엄마는 갑자기 아주 친근하게 말을 건넸다. 마치 우리가 침대에서 잠옷 차림으로 서로의 비밀을 털어놓는 친한 친구라도 되는 것처럼.

"사실 나는 예전에 윌리엄 왕자의 아버지하고 결혼하고 싶어 했었단다."

"찰스 왕세자하고요? 어떻게 찰스 왕세자하고 결혼할 생각을 했어요? 그런 코쟁이하고!"

"브루클린 남자들 코는 다 그래."

"하지만 귀는 또 어떻고요!"

엄마는 웃었다.

"그래, 찰스 왕세자의 귀가 유별나게 크긴 해, 그건 맞아."

엄마는 잠깐 말을 멈추고 기억을 떠올렸다.

"하지만 그는 대단한 미래가 있는 남자였잖니. 귀가 좀 큰 게 무슨 문제겠어? 나는 정말 그와 결혼하고 싶었단다."

"그런 사람하고 결혼을? 하나님이 도우셔서 안 했으니 정말 다행이에요."

"하지만 한 가지는 확실하지. 만약 내가 그와 결혼했더라면 지금과 같은 곤경에 빠지지는 않았을 거야."

나는 웃지 않을 수 없었다. 찰스 왕세자와 다이애나 왕세자비의 결혼 생활에 문제가 많았다는 것쯤은 나도 알고 있으니까. 그래서인지 엄마의 말이 상당히 우습게 들렸다. 하지만 다시 곰곰이 생각해 보니, 그게 정말 웃을 일이었을까 하는 생각이 들었다. 아빠 엄마의 결혼 생활에도 문제가 있으니 그런 불화가 웃을 일만은 아니었던 것이다. 게다가 만약에 엄마가 정말 찰스 왕세자를 만났더라면 그의 마음을 빼앗지 못했을 거라고 장담할 수도 없지 않은가.

엄마의 얼굴이 진지해졌다.

"그런데 넬리? 너는 윌리엄 왕자를 어떻게 생각하니?"

참 대답하기 곤란한 질문이다. 뭐라고 대답해야 할까?

"그는 달콤해요."

"달콤해?"

"네, '시다'의 반대말이요. 한 번도 못 들어 봤어요, 그런 얘기?"

"아니, 네 입으로는 못 들어 봤지."

"그리고 그 애 아빠처럼 윌리엄한테도 대단한 미래가 있잖아요."

"정말 그럴까? 여우 사냥과 폴로 게임이나 하는 걸 대단한 미래라고 부를 수 있을까? 게다가 너한테는 너 자신의 대단한 미래가 있어. 너한테는 그 애가 필요 없어."

"고맙군요, 알리스 슈바르처* 여사."

엄마는 눈을 부릅떴다.

"그래서 엄마하고 찰스 왕세자 사이는 어떻게 됐어요? 엄마도 그의 대단한 미래가 싫지는 않았을 텐데요?"

"넬리, 내가 그 남자한테 빠졌던 건 겨우 일이 분 정도였어. 그러니 너도 네 시간을 바트-미즈바를 준비하는 데 쓰도록 해라. 온종일 이런 쓸데없는 일에나 몰두하지 말고. 이러고 있는 건 정말 한심해 보여. 특히 너한테는."

나는 엄마를 노려봤다. 내 눈은 가 버려요, 라고 말하고 있었다. 그리고 그 표정은 제대로 효력을 나타냈다.

엄마가 일어섰다. 엄마의 호사스러운 긴 부츠가 삐거덕거렸다.

"일하러 가야겠다."

엄마는 나가다 말고 다시 돌아섰다. 한 가지 엄마를 당해낼 수 없는 게 있다. 엄마는 결코 포기하지 않는다.

*알리스 슈바르처: 독일의 여성운동가. 수많은 저서와 대중강연을 통해 유럽에서 가장 영향력 있고 유명한 여성운동가로 정평이 나 있다.

"아무튼 넌 왕세자비가 될 필요는 없어. 언젠가 넌 훌륭한 천문학자가 될 거야."

엄마는 거의 잠긴 목소리로 말했다.

"그럴지도 모르죠."

나는 더 이상 얘기하고 싶지 않았다. 목소리도 나올 것 같지 않았다. 엄마는 사실 나를 믿고 있었다.

"나는 정말 이해를 못 하겠다."

엄마가 다시 방으로 들어왔다. 그러고는 거울 옆에 붙여 놓은 빅센 천체망원경 광고를 뚫어지게 쳐다봤다.

"어떻게 너 같은 애가, 너처럼 머리 좋은 애가 그런 거품 같은 꿈을 꾼단 말이니?"

이제, 그만 좀 했으면 좋겠다.

"그게 머리 좋은 거하고 무슨 상관이에요? 아인슈타인 박사라고 해서 마릴린 먼로와 자고 싶지 않았을 것 같아요?"

엄마의 입이 말 그대로 딱 벌어졌다.

"그건 그냥 열광하는 거야."

"아니, 그렇지 않아요!"

"그런 건 그냥 지나가는 감정일 뿐이야."

"그건 단순히 열광하는 거랑은 달라요!"

나는 소리를 질렀다.

"너는 왜 그렇게 고집이 세니?"

"난 고집이 세지 않아요."

"그리고 넌 신디 크로포드 같은 모델이 아냐. 윌리엄 왕자가 과연 너 같은 애를 초대해서 같이 차를 마시려고 할까!"

"그럼요! 두고 보세요. 그가 나를 초대할 날이 올 테니까. 그리고 아마 그건 차를 마시는 것 이상일걸요!"

"좋아."

엄마는 그렇게 말하고 돌아섰다.

"좋아, 하지만 먼저 네 방 청소부터 해, 알겠어?"

목표를 세우다

"훌륭하다, 틸리!"

잔데르 체육 선생님이 칭찬했다. 그러고는 호루라기를 불었다.

"완벽한 기술이었다. 한 번 더 보여 주렴."

나는 고개를 들어 우리 반에서 가장 키가 큰 마틸다 리히텐베르크를 올려다봤다. 마틸다는 이번 2학기에 전학 온 아이인데, 톨 틸리라는 별명으로 불린다. 나는 그 애가 자유투를 하며 활발히 움직이는 모습을 눈으로 좇았다. 그 애한테는 그런 동작이 어린애 장난처럼 쉬워 보였다.

농구를 하려면 대단히 빠르고 공격적인 기술이 있어야 한다. 공을 잡는다. 그리고 공을 던진다. 공을 빼앗는다. 그러면서 동시에 수많은 생각을 해야 하니 숨 쉬는 것조차 힘들 것 같다. 드리블을 하고, 달려가서 공을 던지고, 붙잡고, 블로킹을 하고, 방어를 해야 한다. 수학은 그에 비하면 어린애 장난이다.

나는 상황을 파악해 보았다. 내 앞에는 아직도 세 명의 여자 애들이 줄 서 있다. 비앙카 노이만이 공을 골인시켰다. 카롤린 루드비히도 골인을 시키고 나서 공을 이본느한테 패스했다. 이본느 차례가 되자 그 애가 앞으로 나서더니 바구니를 겨냥해 공을 던졌다. 골인이었다. 심장이 쿵쾅거렸다. 이제 내 차례였다. 이본느가 내게 공을 던졌다. 그런데 내 동작이 조금 느렸나? 공에 손가락이 닿기는 했지만 공은 오른쪽으로 휙 스쳐 날아갔다. 뒤쫓던 나는 다리가 휘청거려서 넘어지고 말았다.

나는 털버덕 배를 땅바닥에 대고 넘어졌다. 체육관 나무 바닥의 래커 냄새가 났고, 바닥의 모래 알갱이들을 느낄 수 있었다.

"괜찮니?"

잔데르 선생님이 물었다. 선생님은 나를 일으켜 세우더니 공을 건네줬다.

나는 고개를 끄덕이고는 자유투 영역으로 발을 들여놓았다. 정강이뼈가 부들부들 떨렸다. 나는 슛할 준비를 했다. 그때 종이 울렸다. 체육 시간이 끝난 것이다. 나는 두 팔을 내려뜨렸다. 살았다. 또 한 번!

잔데르 선생님이 호루라기를 불더니 우리에게 모이라는 신호를 보냈다.

"얘들아, 잠깐 이리로 모여 봐라."

서른 명의 여학생들은 포니테일 머리를 하고 있는 우아한 선생님 주위로 모여들었다. 멀리서 보면 선생님도 여학생들 중 한 명으로 보였다. 하지만 가까이서 보면 상당히 나이가 들었다는 걸 알 수 있다. 나는 선생님이 좋았다.

"몇 주 있으면 새로 여학생 농구팀을 만들 거야. 선수가 두 명 더 필요하단다. 누구 관심 있는 사람 있니?"

이본느, 톨 틸리, 그리고 몇 명의 여자 애들이 하겠다고 나섰다. 잔데르 신생님은 그 애들 이름을 적더니 다시 물었다.

"또 없니?"

나는 가능한 한 눈을 아래로 내리깔았다. 살아 있는 동안 절대로 농구팀에 들어갈 일은 없을 것이다. 이렇게 창피 당하는 일 따위는.

"이거, 선발시합 때 경쟁이 아주 심하겠는걸."

잔데르 선생님은 명단을 확인하면서 말했다.

"하지만 그럴 만한 가치가 충분히 있지. 우리 팀이 이번에 영국에서 열리는 유럽 대회에 초청을 받았거든. 내년 봄에 갈 거야. 시합은 이튼에서 열릴 거다, 그리고……."

더 이상 아무 말도 들리지 않았다. 내 주위의 모든 것이 다 희미해졌다. '이튼'이라는 말만 빼고는. 분명 내가 제대로 들은 거지? 시합이라고? 영국에서의 시합? 그것도 이튼……에서!?

나는 당장 앞으로 나서서 팀에 들겠다고 했다.

"죄송하지만."

"너도?"

잔데르 선생님이 말했다.

"저도요. 제 이름도 적어 주세요."

"뭣 때문에?"

잔데르 선생님이 당황해서 말했다.

"선발시합에 참가하려고요. 저도 농구팀에 들어가고 싶어요."

"설마, 너 농담이지!"

이본느가 소리쳤다.

"너 정말 제정신이니?"

탈의실 안은 샤워하는 애들 때문에 더웠고 땀 냄새와 샤워용 비누 냄새가 섞여 알 수 없는 냄새가 났다. 나는 머리가 약간 어지러웠다. 고개를 들어 보니 이본느가 엠씨엠 가방을 어깨에 메고 있었다. 게다가 여자 애들 몇몇은 아직도 나를 빤히 쳐다보고 있었다. 머릿속에서 모든 게 마구 혼란스럽게 돌아가고 있었다.

"이건 농구팀을 만드는 일이야. '국제책벌레협회'를 결성하는 게 아니라고."

이본느가 말했다.

"들었어. 나도 귀머거리가 아니라고."

그렇게 말하고 나는 신발 끈을 매려고 몸을 굽혔다.

"그래 맞아. 너는 귀머거리가 아냐. 다만 몸이 제대로 말을 안 들을 뿐이지!"

카롤린이 비웃듯이 말했다.

"쯧쯧, 카롤린. 넌 어쩜 불쌍한 넬리한테 그렇게 심한 말을 할 수가 있니. 저 애의 몸이 어디가 어때서? 봐, 제대로 잘 움직이잖아. 앉으면서 동시에 신발 끈을 맬 수도 있잖니."

이본느가 고개를 저으면서 말했다.

다른 여자 애들도 마구 웃어 댔다. 그 웃음소리는 다음 수업 시간을 알리는 종소리에 묻혀 버렸고, 모두들 자기 물건을 챙겨서 밖으로 뛰어 나갔다.

평화가 찾아왔다.

나는 두 눈을 감은 채 황홀할 정도로 아름다운 별들이 하늘에 뜨기를 기다렸다. 내 몸이 나에게서 떨어져 나가 어둠 속으로 부웅 떠올랐다. 나는 점점 높이 떠서 찬란하게 빛을 발하는 다이아몬드들을 하나씩 하나씩 지나가고 있었다. 멀리서 윌리엄 왕자가 나를 향해 다가오고 있었다. 윌리엄은 짙은 청색의 가는 세로줄 무늬가 있는 캐시미어 스웨터를 입고 있었다. 그는 몸을 굽혀 손을 내밀어 나를 껴안았다. 나는 그의 어깨에 머리를 기댔다. 내 입술이 그의 목덜미의 부드러운 솜털을 스쳤다. 조금 우스운 느낌이 들었다. 입술이 간지러웠다. 우리는 함께 춤을 추면서 엄마 곁을 스쳐 지나갔다. 나를 본 엄마는 당황한 것 같았다. 왕자 중의 왕자인 윌리엄과 함께 있는 우아한 공주 넬리를 보았으니 그럴 수밖에. 윌리엄은 나를 품에 안은 채 이본느와 카롤린, 그리고 니콜 곁을 지나 빙빙 돌며 나아갔다. 그 애들은 부러운 눈으로 나를 바라봤다. 우리는 또 피아와 안톤을 지나, 우리 학교 전체 학생들 곁을 춤을 추며 나아갔다.

나, 넬리는 바로 윌리엄 왕자가 선택한 여자였다.

나는 눈을 떴다.

나는 보여 줄 거야, 모두한테!

나는 벤치에서 일어났다. 비쩍 마르고, 멋대가리 없고, 다리는 휘었지만 결심만은 단단했다. 내 인생의 목표가 분명해졌다.

나는 공주가 되기로 했다.

하지만 우선 농구공을 드리블하는 법부터 배워야겠지, 물론.

나는 등받이가 없는 의자 위에 올라서서 위쪽으로 몸을 한껏 뻗쳤다. 내가 원하는 책에 겨우 손이 닿았다. 나는 그 책을 빼냈다. 제목은 '바보들을 위한 농구'였다. 완벽했다.

생각하면 할수록 농구팀에 선발되는 것이야말로 내 인생에 꼭 필요한 일이라는 확신이 들었다. 그것이 바로 나의 이튼 행 티켓이다! 윌리엄 왕자가 나한테 관심을 갖도록 할 기회다. 이보다 더 큰 소원은 없다. 이본느의 진짜 멋진 금발의 긴 생머리도, 빅센 천체망원경도 이것과는 비교가 안 됐다. 그렇지만 어떻게 농구팀에 들어갈 수 있을까? 농구 시합을 한다는 건 나한테는, 그러니까 알파 센타우리스 항성을 향해서 날아가는 것보다 더 어려운 일이었다.

나는 의자에서 내려와 도서관 책장에 등을 기대고 서서 윌리엄 왕자의 꿈을 꾸기 시작했다.

“너 또 책 읽고 있구나.”

피아 판케비츠였다.

피아, 언제나 전혀 뜻밖의 장소에서 불쑥 모습을 나타냈다.

“깜짝 놀랐잖아.”

“요즘은 전보다 책을 덜 읽는 것 같더라.”

피아가 말했다.

“아, 그래?”

내가 대꾸했다. 피아의 말이 맞다. 비록 나는 여전히 어디든 책을 끼고 다니지만, 버스 안에서나 쉬는 시간, 그리고 이따금 점심을 먹은 후에도 책을 읽는 대신 백일몽에 빠져 있곤 했다.

“너를 도서관에서 만나다니 정말 깜짝 놀랐다.”

나는 요즘 들어 갈고 닦기 시작한 영국식 악센트로 말했다. 어떻게 그런 습관이 내 입에 붙었는지는 나도 모른다.

피아가 그 말에 기분이 상한 모양이었다. 그래서 나는 처음에 피아가 질문한 내용으로 화제를 돌렸다.

“요즘 어떤 일에 좀 몰두해 있거든. 그래서 전보다 책을 좀 덜 읽고 있어.”

“그래, 그럼 뭔가 대단한 거겠지. 이렇게 금방 미소를 짓는 걸 보니 틀림없어!”

나는 얼굴이 붉어졌다.

“남자 때문이지, 그렇지?”

나는 깜짝 놀랐다. 아니, 그걸 어떻게 알았지?

"그럴 거라고 생각했어. 누구니? 나도 아는 남자니?"

내 대답을 기다리지도 않고 피아는 말을 계속했다.

나는 머리를 저었다.

"야아, 말해 봐. 나한테만 말해 줘!"

피아가 재촉했다.

나는 그냥 물끄러미 피아를 바라보았다.

"말해 보라니까, 누구야? 아놀드 슈워제네거?"

"뭐? 안톤 바이센베르거? 농담하니?"

내가 어찌나 큰 소리로 말했던지 책을 읽고 있던 학생 몇이 이쪽을 쳐다봤다. 나는 목소리를 낮췄다.

"그건 정말 내가 듣던 중 제일 멍청한 소리다. 난 그 애한테는 조금도 관심 없어. 그건 너한테도 이미 말했잖아!"

"그건 그래."

피아는 약간 망설이는 듯했다.

"만약 네가 진짜 전혀 관심이 없다면, 너한테 한 가지 부탁을 좀 해도 될까?"

부탁이라고? 내가 피아 판케비츠의 부탁을 들어 줘야만 하는 걸까?

나는 피아와 함께 어느 카페로 들어갔다. 피아와 나는 똑같이 딸기셰이크를 주문했다.

"다시 한 번 천천히 말해 봐. 그러니까 네가 안톤 바이센베르거한테 홀딱 반했단 말이지. 그래서 너를 대신해서 편지를 한 통 써 달라는 거지, 그것도……."

"보내는 사람의 이름을 밝히지 않은 편지를."

피아가 내 말을 잘랐다.

"이름을 밝히지 말아야 해. 편지는 멋있게 써야 하고. 틀린 글자가 있어도 안 되고, 너무 간단하게 써도 안 돼, 알았지? 그러고 나서 안톤이 그 편지를 보낸 사람이 나라는 걸 알아차리는지 어떤지 며칠 기다려 보는 거야."

나는 아직 거의 그대로 남아 있는 딸기셰이크를 한 모금 마셨다. 그 사이에 피아는 빨대를 만지작거리면서 컵 속에 남아 있는 불그스레한 액체를 바닥까지 다 마셨다.

돌연 내 머릿속에 한 가지 생각이 떠올랐다. 나는 깊이 숨을 들이마셨다.

"그럼 좋아. 슈워제네거 일은 도와줄게. 하지만 그 대신에 너도 날 좀 도와줘야겠어."

"어떻게?"

피아가 눈을 가늘게 뜨며 물었다.

"나하고 함께 농구 연습을 해 줬으면 좋겠어. 난 농구팀에 들어가야 되거든."

"네가? 농구팀에?"

피아는 나를 한참 동안 뚫어져라 쳐다보았다.

"왜? 왜 농구팀에 들어가려는 건데?"

나는 빰이 달아올랐다. 이 애를 믿어야 할까?

나는 잠깐 동안 피아를 조심스럽게 살폈다. 사실 피아는 아주 예뻤다. 복숭아처럼 발그레한 피부, 통통한 입술, 그리고 부드러운 초록색 눈, 붉은 머리카락, 게다가 녹색 체크무늬 치마에 블레이저코트를 입은 피아의 모습은 꼭 버버리 광고 모델 같았다. 하지만 더 중요한 게 하나 있다. 피아는 정말 상냥한 아이라는 거다. 음, 약간 이해가 더딘 편이기는 하지만 나는 피아가 내 비밀을 지켜 줄 것 같은 느낌이 들었다.

"윌리엄 왕자가 영국 이튼에서 학교를 다니고 있어."

마침내 내가 말문을 열었다.

"아하! 그러니까 바로 그거였구나!"

피아는 상당히 놀란 것 같았다.

"이제야 알겠어. 넬리 수 에델마이스터와 윌리엄 아서 필립 윈저 공이라."

"루이스야. 윌리엄 아서 필립 루이스 윈저 공."

"나 감동 받았어. 윌리엄은 미래의 영국 왕이잖아!"

"대영제국이야. 그는 대영제국의 미래의 왕이야. 영국은 대영제국의 일부고."

"그는 달콤해. 분명히 영국 왕족 중에서 가장 잘생겼어."

"그 왕족은 별로 잘생긴 편은 아니야. 하지만 그는 정말 잘생겼어. 그건 확실해."

"너 정말 왕비가 되고 싶은 거야?"

"결혼에 대해선 아직 생각해 본 적 없어. 우선은 그와 만나서 사귀고 싶어."

피아가 웃었다. 내 말이 농담이라고 생각한 걸까? 사실 어느 정도는 그렇기도 했다. 잠시 동안 피아는 긴장한 채 생각에 잠겼다. 그러다가 마침내 입을 열었다.

"너 알아? 그러려면 아마 크리켓이나 폴로 그리고 승마도 배워야 할걸. 내가 클라인마흐노브에 있는 좋은 승마 학교를 알고 있는데."

"고맙지만 싫어. 지금은 아냐."

"영어도 영국식으로 발음해야 할 텐데, 왕비가 되고 싶다면."

"벌써 그렇게 하고 있어."

피아의 얼굴이 환해졌다.

"아, 그랬구나. 그래서 그랬어. 어쩐지 네가 왜 입속에 팝콘을 가득 넣고 있는 것처럼 말하는지 전부터 궁금했거든."

"팝콘?"

"잠깐만."

피아는 뭔가를 생각하는 듯하더니 갑자기 큰 소리로 말했다.

"그런데 너 그 왕자하고 결혼해도 되는 거니? 그러니까 내 말은, 너는 유대인이잖아."

"누가 그 사람하고 결혼하겠다고 했니? 하지만 혹시 그런 일이 생기다면…… 그래, 우리 엄마도 유대인이 아닌 사람하고 결혼했으니까, 괜찮지 않을까?"

"하지만 그 왕자는 어떨까? 어쩌면 그는 너와의 결혼을 허락받지 못할 수도 있어."

"흠."

피아의 말이 맞다. 왜 나는 여태 그 생각을 못 했을까?

"흥, 그렇다면 그는 퇴위를 해야겠지."

"퇴위라니?"

"넌 정말 책을 좀 더 읽어야겠다. 퇴위란 왕위를 거부한다는 뜻이야."

"아!"

피아가 말했다.

나는 대화가 이런 방향으로 흘러가는 것이 마음에 들지 않아 화제를 바꿨다. 그리고 내 말투에서 영국식 억양을 약간 죽이기로 했다.

"만약 슈워제네거가 그 편지를 내가 보냈다는 것을, 그러니까 내 말은 네가 보냈다는 걸 눈치 채지 못하면 어쩌지?"

내가 물었다.

피아는 다시 화제가 안톤에게 돌아가자 기뻐했다.

"그럼 편지를 한 통 더 쓰는 거야. 그러고 나서 또 한 통 더, 그리고 또 한 통 더. 마지막에는 안톤도 배후에 네가 있다는 걸 알게 되겠지. 내 말은, 내가 있다는 걸 말이야. 안톤은 내가 보낸 편지에 너무 매혹당해서 땅바닥에 몸을 굽혀 내 발에 키스라도 하려 들걸."

나는 전혀 확신이 서지 않았다. 하지만 그런 걸 계속 의논할 필요가 있을까?

"그럼 약속한 거지? 나는 너한테 편지를 써 주고, 너는 내 농구 연습을 도와주는 거다."

"오케이, 너도 분명히 약속했다."

우리는 서로 손을 맞잡았다.

"그럼, 이제 우리는 친구가 됐으니까, 내가 너의 블랙홀에 관한 책을 좀 읽어도 될까?"

피아가 물었다.

"친구라고? 우리는 그저 대화 상대일 뿐이야. 그리고 네가 언제부터 블랙홀에 관심이 있었니?"

피아는 어깨를 으쓱거렸다.

"왜 그럼 안 되니?"

나는 가방을 열고 블랙홀 책을 찾아 뒤적거렸다. 슬쩍 보니 피아가 탁자 위로 팔을 길게 뻗어 내 컵에 남아 있던 딸기셰이크를 먹고 있었다.

"야! 그거 내 거야."

"이젠 아냐. 넌 농구 연습을 해야 되잖아. 칼로리가 많은 음식은 금물이라고!"

농구 연습

"안 돼!"

내가 부엌에서 드리블을 하면서 식탁 주위를 돌아다니자 피아가 소리쳤다. 밖에는 비가 억수같이 쏟아지고 있었다. 그래서 피아는 우리의 첫 농구 연습 장소를 자기 집 부엌으로 옮겼다.

"도대체 몇 번이나 말해야 하니? 드리블은 손가락으로 해야 해. 손바닥으로 하면 안 된다니까. 여기 농구 안내서에도 그렇게 쓰여 있잖아."

나는 내 손이 어떻게 움직이는지 보려고 공을 주시했다.

"아냐!"

피아가 다시 말했다.

"여기에도 쓰여 있어, 아래를 내려다보면 안 된다고 말이야. 드리블을 할 때는 날 쳐다봐!"

나는 피아 쪽을 쳐다봤다. 피아는 농구 안내서를 들고 냉장고에 기대서 있었다. 나는 미처 진공청소기에 연결되어 있는 전선을 보지 못했다.

콰당!

우리가 두 번째 연습을 하던 날에도 비가 내렸다.

"오늘은 힘을 모으는 연습을 해 보자."

피아는 함께 자기 집으로 가자고 제안했다.

"책에는 농구를 하려면 몸이 완벽하게 갖춰져 있어야 한다고 쓰여 있어. 바닥에 누워 봐."

피아는 내 몸을 억지로 쭉 폈다가 굽히고 다시 옆으로 비스듬히 굽히게 했다. 그 동작을 계속하다가 나는 파김치가 되어 피아의 방에 쓰러지고 말았다. 그러고 나서 나는 다시 배 근육 운동을 해야 했다. 머리를 들어 올릴 때마다 벽에 걸려 있는 그림 속의 갈색 망아지와 눈이 마주쳤다. 애절한 눈빛이었다. 꿈속에서까지 그 망아지의 눈빛과 거친 울음소리가 나를 괴롭혔다.

우리가 농구 연습을 시작한 셋째 날에는 정말이지 놀라울 정도로! 엄청나게 많은 비가 내렸다.

"그럼 이제 '현장에서의 드리블' 부분을 연습해 보자."

피아가 결정했다.

"네가 드리블을 하는 동안 나는 손을 위로 들어 올리고 있을게. 그럼 넌 드리블을 하면서 내가 손가락 몇 개를 세우고 있는지

맞히는 거야. 그런 식으로 공을 쳐다보지 않는 연습을 하는 거지."

잠시 동안 그 연습을 하면서 우리는 아주 큰 효과를 봤다. 그러고 나서 피아는 나더러 눈을 감은 채 드리블을 다섯 번 하라고 지시했다. 공이 더러운 물로 가득 찬 청소용 양동이 속에 빠지고 말았다. 양동이 안에 있던 물이 밖으로 튀었고, 나는 서둘러 걸레가 있는 곳으로 달려가다가 아주 말끔하게 닦여 있던 바닥 위로 미끄러지면서 양동이를 발로 차는 바람에 흠뻑 젖고 말았다. 하는 수 없이 나는 치수가 큰 피아의 옷을 빌려 입고 집으로 돌아왔다.

엎친 데 덮친 격이라더니 오늘이 딱 그랬다. 그래도 나는 약속을 지키려고 피아를 대신해서 안톤 바이센베르거한테 편지를 한 통 썼다. '헤이 안톤, 여기 어느 아름다운 미지의 여자가 너한테 이 글을 쓴다……' 라고 시작되는 편지였다.

아빠와 엄마는 농구팀에 들어가려는 내 계획을 전혀 모르고 있었다. 나는 운동선수가 되겠다는 내 야망을 조만간 밝혀야겠다고 생각하고 있었다. 드디어 얘기를 꺼내기로 결심한 날이다. 엄마는 학교 시절 응원단장을 했기 때문에, 내가 스포츠 쪽으로 나가겠다고 하면 기뻐하실지도 모른다. 하지만 아침 식탁에서 나는 입을 다물고 있어야 했다. 아빠와 엄마 모두 기분이 안 좋아 보여서였다. 전날 저녁에 아빠는 아리 란다우 씨 딸의 결혼식에 가서 악단과 함께 클레츠머 음악을 연주했다. 아빠와 엄마는 집으로 돌아오자마자 말다툼을 시작했다. 그 소리에 깨어 탁상시계를 보니 새벽 2시였다.

"적어도 내 눈앞에서 그런 행동을 하지 않을 만큼의 품위는 갖추고 있어야 하지 않아!"

엄마 목소리가 들려왔다.

"루시, 당신은 정말이지 대단한 상상력을 갖고 있군."

"내 상상력은 당신의 대단한 리비도 근처에도 못 갈걸."

엄마는 그렇게 말하고 욕실 문을 쾅! 닫아 버렸다.

나는 눈을 감고 다시 이불 속으로 기어 들어갔다.

'리비도. 그 말이라면 나도 알고 있지.'

나는 생각했다.

하지만 계속 생각하기에는 너무 졸렸다. 나는 금세 다시 잠이 들었다.

지금 나는 침묵을 지키며 식탁 앞에 앉아 있다. 우리 세 사람은 마치 암울한 먹구름 같은 것이 쏟아져 내릴 순간을 기다리고 있는 것 같았다. 그리고 마침내 그것이 왔다.

"진짜 유대식 미국 델리로군요!"

엄마가 너무나도 역겹다는 표정으로 말했다. 나는 엄마가 방금 삼킨 납작 귀리가 다시 입 밖으로 넘어와 접시로 쏟아지는 게 아닐까 걱정이 되었다.

"그래 언제부터 '유대식 미국 델리 레스토랑'이 실내악단을 두게 된 거지?"

"루시, 이제 그만 해. 그 여자야 자기가 하고 싶은 대로 할 수 있는 거잖아."

아빠가 소리쳤다.

"그 여자가 누군데요?"

내가 궁금해서 물었다.

"그럼 당신은? 당신은 그 여자가 원하는 대로 다 할 거란 말이야?"

엄마가 말했다.

"멜리사 민스키란다."

아빠가 나한테 설명해 주었다.

"아빠의 새로운 사장이 된 여자란다. 걸어 다니는 마네킹이지. 자기가 킴 베이싱어보다 예쁘고 비올렉보다 더 요리를 잘한다고 생각하는 여자야. 뉴욕으로 건너갔다가 돌아온 유대계란다. 거기서 어떤 미국 남자를 만나 결혼했는데, 15년 후에 다시 돌아와서는 '베를린 최초의 유대식 미국 델리 레스토랑'을 열겠다고 말했다나. 얼마나 멍청한 얘기니."

엄마가 거들었다.

"나는 델리 음식이 좋던데요."

내가 말했다.

"무슨 소리니? 유대식 음식은 거의가 줄줄 흘러내리는 닭기름으로 요리해서 재료들이 기름 덩어리 속에 빠져 있는 거나 마찬가지야. 넌 절대 먹을 수 없을 거야."

"그렇다면 난 다시 일자리를 잃게 되겠지. 민스키 부인은 내가 일주일에 한 번씩 그 레스토랑에서 연주를 하고 음악 분야 일을 맡아 줬으면 했거든."

아빠가 내게 말했다.

"정말 잘된 일이네요."

내가 말했다.

사실이 그랬다. 정말이다. 도대체 뭐가 문제라는 거지?

그렇지만 문제는—그게 상상해 낸 것이든 진짜든—끝이 없었다. 그 다음 월요일에 내 히브리어 수업은 마침내 끝장나고 말았다. 이번에는 내가 갖고 있던 책《바보들을 위한 농구》가 문제가 되었다. 다비드가 더듬거리면서《토라》의 한 대목을 암송하고 있을 때였다.

"하나님께서 땅 위를 내려다보시고는 사람들의 악이 커진 것을 아셨다……."

그 사이에 나는 자유투에 관한 대목을 정신없이 읽고 있었다. 그때 문제가 발생했다. 바로 내가 화근을 불러일으켰다고 할 수 있다. 그건 사실 맞는 말이다. 지금 돌이켜 보면 나는 카사로프 선생님한테 일부러 쫓겨나고 싶어 했던 거라고 고백하지 않을 수 없다. 그리고 그분은 내 소원을 들어주었다. 내가 그렇게 딴 짓을 하고 있을 때 갑자기 내 이름을 부르는 소리가 들렸다.

"예?"

대답과 함께 나는 눈을 위로 쳐들었다.

"넬리, 히브리어로 우리에게 낭독해 줄 준비는 되어 있겠지?"

카사로프 선생님이 물었다. 선생님은 내가 읽고 있는 책을 가리키고 있었다.

"몇 쪽이지?"

"이 책이요?"

나는 믿기지 않는 눈으로 내 앞에 펼쳐져 있는 농구 안내서를 가리켰다. 선생님은 장님인가, 아니면?

"바로 그거다."

선생님은 눈이 먼 게 틀림없다.

"하지만……."

나는 말을 더듬었다.

"하라는 대로 해."

나는 코미디언 노릇 같은 건 하고 싶지 않았다. 그런데 선생님은 나한테 다른 선택권을 주지 않았다.

"그럼 좋아요. 56쪽입니다."

나는 아이들이 다 들을 수 있도록 큰 소리로 말했다. 나는 책을 내려다봤다. 책 뒤에 윌리엄-3D-엽서가 삐죽 나와 있었다. 내가 책 속에 끼워 놓은 귀중한 표식이다. 선생님은 내게 얼른 읽으라는 눈짓을 보냈다.

모두들 《토라》 56쪽을 펼쳤다. 내 옆자리에 앉은 아그네스 시가로바는 처음엔 내 농구 안내서를 보더니 다음엔 나를 쳐다봤다. 그러고는 위를 보며 눈을 한 번 굴렸다.

"자유투는 농구에서 가장 중요한 투구법이다."

나는 계속 읽어 나갔다.

"매번 공을 던진 후에는 다시 균형을 잡는 것이 중요하다. 던진 공이 골인을 하지 못해서 다른 사람들이 리바운드 하는 공을 낚아채려고 덤벼들 경우에도 마찬가지다……."

카사로프 선생님 얼굴에 난 사마귀들이 부르르 떨렸다. 코 속에 난 털들도 수직으로 꼿꼿이 섰다. 두 눈은 튀어나와 안경을 뚫고 총알처럼 나아가 바닥으로 떨어질 것 같았다.

"넬리 에델마이스터!"

카사로프 선생님의 목소리가 천둥처럼 울렸다.

"내가 경고했지! 그 책을 들고 당장 나가거라! 너는 퇴학이야! 나가!"

나는 윌리엄-3D-엽서를 다시 농구 안내서 안에 넣고, 책을 챙겨 가방에 넣고 밖으로 나왔다. 맙소사, 나는 곤경에 빠졌다.

"심장마비에 걸리면 안 돼요, 엄마."

그날 저녁 엄마가 집으로 돌아오자마자 내가 말했다.

"카사로프 선생님이 수업 시간에 나를 내쫓았어요."

엄마는 심장마비에 걸리지 않았다. 왜냐하면 내가 말을 꺼내는 바로 그 순간, 엄마가 들고 있던 종이봉투가 비에 흠뻑 젖어 툭 터져 버린 것이다. 안에 담겼던 감자 1킬로, 호두 1파운드, 토마토 한 봉지와 계란 대여섯 개가 풀썩! 땅바닥으로 쏟아졌다. 엄마는 바로 그 순간에 심장마비에 걸렸다.

혈압이 다시 정상으로 돌아오자마자, 엄마는 호두와 토마토, 감자를 씻어서 말렸다. 그러고 나서 바닥에 흘린 계란을 걸레로 닦으면서야 비로소 원래의 화제로 되돌아왔다.

"농구 안내서였다고? 아니, 세상에 네가 왜 농구 안내서를 읽고 있었던 거야?"

엄마가 말했다.

"그냥요."

"그냥이라고?"

엄마는 타고난 거짓말 탐지기일 뿐 아니라 뢴트겐 같은 강한 투시력을 갖고 있다. 엄마의 집안 내력이라고 했다. 엄마는 너 또한 그런 재능을 타고났으니 믿으라고 했다. 모든 것을 꿰뚫어 볼 수 있을 거라고 했다. 남들의 마음속과 머릿속은 물론, 쇼핑백 속까지도.

"왜 그랬니, 넬리?"

엄마는 뢴트겐 광선 같은 눈으로 내 영혼 속을 파고들면서 물었다.

"왜 농구 안내서를 읽고 있었던 거야?"

"농구를 배우고 싶어서요. 우리 학교 농구팀에 들어가려고요."

나는 엄마가 그렇게 놀라는 모습을 처음 봤다. 걸레에 묻어 있던 계란 노른자가 엄마의 무릎 위로 떨어져 그 미끈미끈한 액체가 점점 엄마 치마 위로 퍼져가고 있는 것도 모르는 듯했다.

충격을 받은 엄마가 다시 물었다.

"왜 농구를?"

"농구팀이 내년 봄에 영국에서 경기를 할 거래요. 이튼에서요."

엄마는 그 즉시 모든 걸 이해했다. 하지만 조금도 기쁘지 않은 표정이었다.

"그곳으로 가는 길을 찾고 있다는 말이니? 그 왕자한테 푹 빠져서 네 바트-미즈바까지 망칠 생각이야?"

"나는 위선자가 되고 싶지 않을 뿐이에요. 위선은 엄마가 잘하고 있잖아요. 엄마는 신앙심이 없어요. 그런데 왜 나도 그렇게 돼야 하죠? 엄마가 유대인 교회에 가는 건 그냥 랍비 선생님이나 합창단 수석 가수와 만나 잡담을 나누려는 거잖아요. 아니면 혹시 내가 모르는, 엄마한테 이익이 되는 또 다른 사람이 있나요?"

엄마는 소스라치게 놀랐다.

"네가 무슨 말을 하고 있는지 알기나 하니?"

"상관없어요. 유대인이 된다는 건 나한테 아무 의미가 없다고요."

"그럼 농구는?"

엄마는 그렇게 말하고는 그 뢴트겐 광선 같은 시선으로 나를 뚫어지게 바라보았다.

"농구는 너한테 무슨 의미가 있지?"

나는 반항심에 가득 차서 엄마를 그냥 뚫어져라 쳐다봤다.

그 순간 나는 걸레에 묻어 있던 미끈거리는 계란이 엄마 무릎 위로 완전히 쏟아져 내리는 걸 보았다. 그리고 대판 싸움이 벌어졌다.

며칠 동안 우리는 집에서 아무 말도 하지 않은 채 지냈다. 아빠와 엄마는 여전히 그 델리의 여왕인가 미의 여왕인가 하는 여자 때문에 으르렁대고 있었다. 농구나 바트-미즈바에 대해서도 어떤 말을 꺼내는 건 금기였다. 그리고 나는 약간 의기소침해져 있었다. 농구 연습에 진전이 없었기 때문이다. 열심히 연습해서 얻은 결과라고는 온몸의 푸르뎅뎅한 멍과 근육통뿐이었다.

어느 날 저녁이었다. 방문틀 위에 보조망을 걸고 슛 연습을 하고 있는데, 리자 할머니가 방에 들어왔다. 할머니는 나를 위해 줄인 치마를 가지고 오셨는데 그걸 걸어주려고 옷장 문을 열었다가 윌리엄 왕자 포스터를 보게 되었다.

"오, 미안합니다. 저는 전하를 보지 못했습니다."

할머니는 윌리엄에게 익살스럽게 말했다.

나는 킥킥거렸다. 어떤 때 보면 리자 할머니는 정말 웃긴다. 할머니는 연극배우 같은 동작을 취하기를 좋아했다. 할머니는 내가 기대에 찬 표정으로 바라보자 한 마디 더 하셨다.

"전하의 의상을 재단한 사람의 이름을 저한테도 알려 주시겠습니까? 전하가 입고 계신 의상은 정말 환상적입니다."

할머니가 윌리엄에게 말했다.

리자 할머니는 책상 위에 아무렇게나 놓여 있던 돋보기를 집어 들었다. 그러고는 셜록 홈스처럼 돋보기로 포스터를 살펴보았다.

"정말 흥미롭습니다. 이중 바느질을 한 것으로 보이는군요. 참으로 우아합니다."

할머니는 손가락으로 포스터 위를 쓰다듬어 나갔다.

"아! 백 퍼센트 캐시미어 모직이군! 고상하고 기품이 있어. 아무튼 아주 고상해."

나는 할머니한테 베개를 던졌다. 새털이 몇 개 비어져 나와 흩날렸다.

"리자 할머니, 그만 놀리세요!"

우리 두 사람은 한참 동안 웃었다. 리자 할머니는 침대에 걸터앉아 숨을 가누려 애쓰면서 손으로 옆자리를 딱딱 두드렸다.

"이리 오너라, 꼬마 아가씨야. 내 곁에 앉으렴."

그 말은 뭔가 나하고 은밀하게 나눌 얘기가 있다는 것처럼 들렸다.

"스파이 냄새가 나는걸요."

나는 할머니 곁으로 가서 앉았다.

"엄마가 보낸 건가요?"

"저런, 아니다."

할머니는 나를 품에 꼭 안아 주었다.

"나는 네가 정말 사랑스럽단다, 넬리야. 꼭 내 친손녀 같아. 그리고 난 네 엄마도 사랑한단다. 내 친딸처럼. 그리고 네 아빠도 정말 좋아해."

"저도요!"

"쉬잇! 내 얘기를 좀 들어 주겠니?"

할머니는 생각을 정리하려고 애썼다.

"대체 어떤 사람이 나 같은 늙은이를 자기 집에서 살게 해 주겠니? 그런 사람은 정말 아무도 없을 거야. 그런데도 네 아빠는…… 정말 착한 사람이야."

할머니는 잠시 말을 멈췄다가 다시 말했다.

"어떤 때는 너무 훌륭하지. 하지만 우리는 모두 잘못을 저지르곤 한단다. 그렇지 않니?"

할머니가 나를 아주 뚫어지게 쳐다봐서 나는 할머니도 역시 뢴트겐 광선 같은 투시력을 가진 게 아닌가 잠깐 헷갈렸다.

"그렇지만 나는 너희 가족 모두가 잘되기를 바란단다."

"저도 알아요."

나는 할머니를 꼭 껴안았다. 코에 할머니의 안경알이 스쳤다. 따스한 느낌이 났다.

"좋아, 그럼 내가 묻는 말에 대답해 보거라."

이제 심각해지는군. 나는 즉각 그것을 알아차렸다.

"만약에 네가 바트-미즈바를 전혀 원하지 않았다면 왜 히브리어를 배우러 다녔니?"

할머니가 물었다.

그래 이것이군. 할머니가 온 것은 내 바트-미즈바 때문이었다.

"엄마 때문에요. 엄마가 원했거든요. 그래서 갔던 거예요."

"아하!"

리자 할머니가 말했다.

"그게 무슨 뜻이에요? '아하'라니요?"

"키부드 아우 와엠, 부모에 대한 사랑이라는 뜻이란다. 유대인 사회의 좋은 일원이 되기 위한 건실한 기초지."

어떻게 하다 보니 나는 함정에 걸리고 말았다. 분명했다. 하지만 리자 할머니는 그냥 자리에서 일어나더니 말했다.

"도펠코프 게임 한 판 할래?"

아벤트골트 양로원에서 보낸 저녁 시간은 보통 때와 같았다. 나는 카드 게임에서 이겼다. 레비 할머니는 땅콩을 넣은 플립 음료에 나초 치즈, 파프리카 칩스를 맛있게 먹고 있었다. 로지 할머니는 리자 할머니의 앉은 자세가 보기에 안 좋다면서 자꾸만 핀잔을 주었다.

"리자 부인, 당신은 너무나 구부리고 앉아 있어요."

로지 할머니가 말했다.

"누가 카드를 넘겨다보지 못하게 하려고 그래요."

리자 할머니가 대답했다.

"음, 내가 장담하건대 당신은 칼슘을 복용하지 않았어요. 그래서 등이 그렇게 굽은 거라고요."

"알약을 먹으면 소화가 안 돼서요."

나는 웃음이 났다. 나이 든 사람들이 그렇게 아무 거리낌 없이 자신들의 통증에 대해서 얘기하는 것은 정말 재미있었다.

"당신은 꼭 단단한 비스킷 같다니까."

나초를 한 줌 집어 입에 넣고는 콜라를 마시려던 레비 할머니가 반박했다.

레비 할머니는 탁자 위의 카드를 보고 있다가 다시 리자 할머니를 쳐다보았다.

"당신 차례예요."

"나를 좀 보세요."

로지 할머니는 팔을 들어 올려 근육을 팽팽하게 당겼다.

"황소처럼 튼튼하고 양초처럼 반듯하잖아요. 당신도 뼈를 위해 뭔가를 해야 돼요, 리자 부인."

로지 할머니가 손을 심하게 떨기 시작했다. 그 손이 탁자 위로 힘없이 내려와 놓였다.

"나의 늙은 뼈는요, 칼슘의 도움 없이도 지옥 같은 곳에서 살아남았답니다."

리자 할머니가 말했다.

리자 할머니는 탁자 위에 클로버 9 카드를 던졌다.

"내 말이 바로 그거예요!"

로지 할머니가 말했다.

"보세요, 레니 리펜슈탈* 부인보다 오래 살고 싶죠? 그렇다면 칼슘을 섭취해야 한다고요."

그것이 마지막 말이었다.

게임 한 판이 다 끝날 때까지 우리는 더 이상 아무 말도 하지 않았다. 그러고 나서 로지 할머니가 패를 돌렸다. 레비 할머니가 내 쪽으로 고개를 돌렸다.

"듣자 하니까, 히브리어 선생님한테 네 의견을 말했다지? 내게 칼슘이 필요한 것처럼 너한테도 그 선생님이 필요하단다."

나는 킥킥거리지 않을 수 없었다. 이 할머니들을 만나는 일은 정말 의미 있는 일이었다!

"하지만, 이제 너한테는 우리가 있다."

레비 할머니가 덧붙였다.

나는 두 눈을 가늘게 떴다. 뭔가 좀 이상한 냄새가 나는 것 같다.

"우리라니요? 저한테 할머니들이 있다니 무슨 뜻이에요?"

나는 미심쩍게 물었다.

"꼬마 아가씨야, 우리 다시 한 번 바트-미즈바 준비를 해 보기로 하자. 우리가 힘을 합치면 잘 해낼 수 있을 거야."

리자 할머니가 말했다.

"그럼."

로지 할머니가 떨리는 손으로 카드를 섞으려 애쓰면서 말했다.

"카사로프 선생님 일은 잊어. 이제부터는 우리가 너의 선생이

*레니 리펜슈탈: 독일의 배우이자 감독, 영화제작자. 나치 독일의 선전 영화를 만들었기 때문에 제2차 세계대전 이후에는 영화계에서 활동할 수 없었다.

되어 주마. 《토라》 경전은 어디까지 배웠니? 어느 대목을 낭송할 거지?"

나는 할 말을 잃었다.

"넬리가 읽을 대목은 '파라샤트 베레시트' 예요."

리자 할머니가 말했다.

"이리 주세요, 로지 부인. 내가 카드 섞는 걸 도와드릴게요."

리자 할머니는 카드를 한데 모으더니 로지 할머니를 대신해 섞기 시작했다.

"아! 창세기 말이군요. 천지창조에 대한 얘기. 얼마나 다행이냐, 넬리!"

로지 할머니가 말했다.

"오, 리자 할머니, 내가 바트-미즈바를 하든 말든 왜 이렇게 신경을 쓰시는 거예요? 그게 저한테 무슨 의미가 있다고요?"

내가 투덜거렸다.

리자 할머니는 카드를 한쪽으로 밀어놓고 내 쪽으로 돌아앉더니 아주 진지하게 말했다. 나는 자세를 고쳐 앉았다.

"그게 무슨 의미가 있냐고? 아니, 이 조그만 코흘리개가 나더러 그게 무슨 의미가 있냐고 묻는군요. 무엇 때문에 유대인 사회의 일원이 되어야 하냐고? 이제부터 그걸 말해 줄게. 그건 유대교가 바로 너의 고향이기 때문이란다. 네가 비록 종교를 버리더라도 말이다. 그리고 조만간 그렇게 되겠지만, 너는 네 뿌리를 알게 될 거야."

이런 상황에서 어떻게 내가 대놓고 안 하겠다고 말할 수 있겠는가? 어떻게 리자 할머니 같은 분한테 안 하겠다고 말할 수가 있겠는가? 혹시 그런 방법을 알고 있었다면 그렇게 했을 것이다. 하지만 나는 그 방법을 몰랐다.

"네, 좋아요. 할머니를 위해서 하겠어요, 리자 할머니를 위해서요."

내가 말했다.

할머니는 고개를 저었다.

"날 위해서가 아니다, 꼬마 아가씨야. 널 위해서야. 하지만 그러려면 일단 좀 더 배워야겠지?"

난 이제 서둘러 농구 선구가 돼야 했고 동시에 영국의 풍습이나 관습, 역사에도 몰두해야 했다. 게다가 세 명의 할머니와 엄마가 내게 바트-미즈바를 치르게 하려고 덤벼들었다. 내 시간표는 점점 빡빡해졌다. 나는 농구보다 히브리어를 더 잘하기 위해 모든 노력을 기울여야 했다. 로지 할머니와 레비 할머니는 무척 기뻐했다. 하지만 리자 할머니는 좀 비판적이었다.

"나쁘지 않아, 전혀 나쁘지 않아."

행사 때 입을 옷감을 구하려고 함께 외출했을 때, 리자 할머니가 말했다. 할머니는 천천히 진열대 사이를 누비며 옷감들을 이것저것 만져 보고 코에 대고 킁킁거리거나 잡아당겨 보기도 했다. 그 사이에 나는 천지창조 이야기를 외워 보았다.

"나쁘지 않구나, 얘야. 하지만 아직 부족해. 히브리어를 암기하는 것보다 더 중요한 건《토라》가 근본적으로 말하려는 게 뭔지 아는 거란다. 그걸 알고 있으면 인생을 더 잘 이해하고 배울 수 있단다."

"아이, 리자 할머니! 할머니는 지금 미래의 우주과학자하고 얘기하고 있다고요. 내가 어떻게 천지창조 얘기를 심각하게 받아들이겠어요?"

이따금 할머니는 사람을 너무 긴장시킨다.

"하지만 그래야 한다! 내가 보기엔 이 색깔이 너한테 어울릴 것 같은데, 네 생각은 어떠냐?"

할머니는 하늘색 벨벳을 끌어당겨 내 얼굴에 대어 보았다.

"우주가 대폭발을 통해서 생겨났다는 건 어린애들도 다 알고 있어요. 하나님이 천사를 거느리고 구름 위에 나타나서 '빛이 있으라'고 말하자 빛이 생겨난 게 아니라고요."

하늘색 벨벳은 너무도 아름답게 빛났다. 나는 손으로 그 옷감을 쓰다듬어 보았다. 마치 어렸을 때 길렀던 토끼의 털처럼 부드러웠다.

"저도 이게 마음에 들어요."

"넬리야."

리자 할머니는 진지한 눈으로 나를 쳐다봤다.

"천지창조 얘기는 이 세계가 어떻게 생겨났는지를 설명하는 게 아니다.《토라》는 학문을 배우는 교과서가 아니야. 진화에 관한 전문 이론도 아니지. 그 이야기는 우리한테 생명이 시작된 기적을, 경이로움을 느끼게 하려는 거란다. 어떤 알 수 없는 힘이 이 땅을 창조했으며, 우리는 이 땅을 보존하기 위해서 그 힘을 도와야 한다고 말하고 있지. 이제, 그 힘을 나는 하나님이라고 부르마. 너는 네가 원하는 대로 이름을 지을 수 있다."

"물리학, 그 힘은 물리학이라고 할래요. 이 하늘색 벨벳으로 살게요."

내가 말했다.

다음 날 아침, 아빠와 나는 식탁에 앉아 평화롭게 아침 식사를 하고 있었다. 그때 갑자기 부엌문이 휙 열리더니 엄마가 황급히 들어왔다. 엄마는 부엌문을 다시 쾅 닫고는 식탁 위로 신문을 휘익 던졌다. 그러고는 '흥!' 하고 콧김을 내뿜었다.

우리는 우유에 시리얼을 타서 먹고 있다가 엄마를 쳐다봤다.

"기회주의자가 분명해, 이 멜리사 민스키라는 여자!"

엄마는 아빠를 쳐다보며 말했다.

"당신 그 여자 언제 만나기로 했어?"

"여덟 시."

아빠는 기운 없는 목소리로 대답했다. 그 얘기는 이미 백 번도 더 한 것 같은 표정이었다.

"그럼 여기 이 인터뷰 기사에 대해서 내가 어떻게 생각하고 있는지 그 여자한테 가서 좀 전해 줘. 아주 하찮게 여긴다고 말이야!"

엄마는 빵에다 버터를 아무렇게나 바르기 시작했다.

"그런 얘기는 하지 않겠어. 난 일자리를 구하러 가는 거야."

"그 여자는 레스토랑에서 유대식 음식을 팔려고 하고 있어. 무슨 대단한 누벨퀴진*이라도 되는 것처럼 말야. 아마 그 여자는 자기 집 특식 요리도 그렇게 부르겠지."

엄마의 말투에 프랑스어 악센트가 들어갔다.

"그냥 보통 생선 요리가 아니라 무슨 감자와 섞은 멋진 생선 요리라고 광고할 게 분명해. 그 여자가 말하는 유대식 음식이란 건 그저 거짓 트릭에 불과해!"

"루시, 나한테는 일이야."

아빠가 말했다.

"작은 기적이 일어났으니 하나님께 또 감사드려야겠군."

엄마는 내 쪽으로 고개를 돌렸다.

"여기 있네. 그 여자한테 다섯 살짜리 아들이 있대. 이름은 막시밀리안이라는군. 혹시 그 애를 돌봐 줄 보모가 필요할지도 모르겠네."

"저는 지금 하고 있는 일로도 충분한걸요, 엄마?"

"그 생각도 나쁘지는 않은데, 공주님. 그럼 천체망원경을 살 돈을 저축할 수 있지 않겠니."

*누벨퀴진: 프랑스 고전요리에 대한 반발로 1970년대에 등장한 저칼로리 요리법

아빠는 나한테 눈을 깜박여 보였다.

"아니면 새 농구공 살 돈을 저축하든지."

엄마도 거들었다.

농담일까, 아니면 비아냥거리려고 일부러 그러는 걸까.

"그럼, 약속한 거다, 넬리? 좋아! 그럼 당장 오늘 저녁에 네 아빠랑 함께 그 집에 가보는 게 어떠니? 언제라고 했지, 여덟 시?"

엄마는 아빠한테 은근하게 미소를 지어 보였다. 마치 진한 마니스위쯔 와인처럼.

보모 일 따위를 할 마음은 전혀 없었다. 하지만 엄마가 일단 맘먹고 강요하면 나로서는 어쩔 도리가 없었다. 내가 아빠를 따라간 것은 아빠가 멜리사 민스키 부인과 일에 관해 얘기를 나누는 동안 그 애와 잠시라도 놀아 볼까 해서였다. 그리고 만약 그 애와 서로 잘 맞는다면 그때 가서 민스키 부인한테 혹시 보모를 구할 생각이 있는지 물어보려고 했다.

하지만 나한테 어떤 난처한 일이 닥칠지 그때까지는 정말 꿈에도 몰랐다!

우리가 도착했을 때 문을 열어 준 사람은 내가 지금까지 본 중 가장 매력적인 여인이었다. 그 사람이 바로 멜리사 민스키 부인이었다.

부인은 마치 1950년대와 60년대 영화계를 휩쓸던 은막의 여왕처럼 보였다. 한마디로 매혹적이었다! 마치 마릴린 먼로와 도리스 데이를 섞어 놓은 듯한 긴 머리가 정말 매력적이었다.

멜리사 민스키 부인은 내가 같이 오는 것을 전혀 몰랐는지 약간 놀란 듯하더니 우리를 거실로 안내했다.

"당신한테 이렇게 큰 딸이 있는 줄은 정말 몰랐어요."

멜리사 부인이 아빠에게 말했다.

"저도 몰랐습니다."

아빠가 말했다.

"아빠!"

나는 가볍게 아빠를 때렸다.

"아야!"

아빠는 아파서 쓰러지는 시늉을 했다.

멜리사 부인의 거실은 잡지 〈아름다운 주택〉의 표지로 써도 손색이 없을 것 같았다. 나는 혹시 신발 밑창에 개똥이라도 묻지 않았나 싶어 몰래 확인해 봤다.

"편히들 앉으세요. 마실 것도 좀 드릴까요?"

멜리사 부인이 치즈 조각이 놓인 쟁반을 가리키며 말했다.

"예, 저는 위스키에 얼음을 좀 넣어 주세요."

내가 대답했다.

두 사람은 웃었다. 그건 그냥 농담이었다. 솔직히 알코올이 들어 있는 강한 음료수도 잘 마실 수 있을 것 같긴 했지만.

보모 일 때문에 나는 상당히 불안했다.

"두 분이 괜찮으시다면 저는 잠깐 막시밀리안이랑 놀고 있을게요.”

“막스하고? 네가 막스하고 놀겠다고?”

멜리사 부인이 말했다.

“아, 죄송해요. 벌써 자고 있나요?”

“아냐, 아냐. 물론 아니지. 막스는 자기 방에 있을 거야. 문 앞에 팻말이 붙어 있단다.”

부인은 그렇게 말하면서 대충 복도 끝을 가리켰다.

막스의 방으로 가면서 나는 멜리사 부인과 아빠의 얘기에 귀를 귀울였다.

“방은 잘 찾을 거예요. 걱정 마세요. 그런데 저 애는 아직 한 번도 애를 돌본 적이 없어서요. 음, 이것 참 맛있네요.”

아빠가 말했다.

“아이를 돌보다니요?”

멜리사 부인이 물었다.

막스의 방문 앞에는 ‘출입 금지!’라는 팻말이 붙어 있었다. 그래도 나는 노크를 했다.

아무 대답이 없었다.

나는 다시 한 번 노크를 했다.

“막시밀리안?”

문에 귀를 갖다 대 보니 방 안에서 음악 소리가 들렸다. 〈세서미 스트리트〉 같은 텔레비전 프로그램은 아닌 것 같았다. 나는 방 안으로 들어가 보았다.

방 안은 캄캄했다. 오른쪽 벽에 문이 하나 더 있고 그 안쪽으로 또 다른 방이 있었다. 그곳에서 희미한 불빛이 새어 나왔다.

"막시밀리안? 막스? 너 안에 있니?"

나는 방 안에 있는 다른 문을 노크한 다음 살짝 열고서 안을 들여다보았다.

침대 위를 비추는 희미한 불빛만 보일 뿐 방 안은 상당히 어두웠다. 아, 침대에 유령이 누워 있는 것을 발견했다. 아니, 아니, 그건 쇠약하고 시체처럼 창백한 빈혈 환자였다. 아니, 아니, 다시 보니 그것은 건장한 흡혈귀였다. 침대에 길게 누운 그 사람은 검은색 양장본에 금색 글자가 박힌 커다란 책을 읽고 있었다. 다섯 살 먹은 애라고 보기에는 너무나 컸다. 거의 우리 아빠만큼이나. 그는—아니 그 애는—머리부터 발끝까지 온몸을 검은 천으로 감싸고 있었다. 얼굴은 창백했다. 글자 그대로 백묵처럼 하얬다. 뺨에는 검은색 거미줄 같은 게 그려져 있었다. 머리 끝부분과 눈썹은 검은 헤어젤로 강조하고 있었다. 머리는 무스를 발라 빳빳했고 끝부분은 가시처럼 솟아 있었다. 검은색 신발 앞쪽의 뾰족한 부분은 많이 닳아 있었다. 그 애가 입을 열었을 때 치열교정기가 없는 게 정말 다행이었다.

"제기랄, 넌 대체 누구야?"

그 애는 분명한 미국식 악센트가 섞인 영어로 말하고 있었다.

나는 한 번도 말문이 막히거나 한 적이 없었는데 이번만은 그렇게 되고 말았다.

"빌어먹을, 여기서 대체 뭘 찾고 있는 거냐고?"

그 애가 몸을 일으키는 바람에 읽고 있던 책이 바닥으로 떨어졌다. 금색 글자가 희미하게 빛났다. 그 애는 책에는 신경도 쓰지 않고 문 쪽을 가리켰다.

"너 글 읽을 줄 몰라? 저기 '출입 금지'라고 써 놨잖아!"

"나는 막스를 찾고 있어."

"막스? 뭣 땜에?"

"그 애하고 놀려고. 그 애를 돌봐 주려고."

그 검은 짐승 같은 사내가 몸을 완전히 일으켰다. 그 애는 정말 우리 아빠만큼이나 덩치가 컸다. 그가 내 쪽으로 한 걸음 다가왔다.

"돌봐 준다고? 그거 혹시 농담이겠지."

그 순간 마침내, 나는 깨달았다.

"이런 맙소사! 네가 막시밀리안이니?"

"여긴 아무도 들어오면 안 돼. 절대로. 당장 꺼져!"

"아빠!"

나는 거실로 뛰어 들어가며 소리쳤다.

"아빠!"

나는 화가 났고 당황스럽고 혼란스러웠다.

"저런. 내가 그럴 줄 알고 걱정하고 있었지."

멜리사 부인이 황급히 일어났다.

“그 애는 보모가 필요 없어요!”

나는 헐떡거리면서 말했다.

“네 말이 맞아. 그 애는 보모가 필요 없어.”

멜리사 부인은 내 말에 맞장구를 쳤다.

“그래요. 그 애한테 필요한 건 정신과 의사예요!”

아빠는 깜짝 놀라 고개를 저었다.

“넬리!”

“아뇨, 베니, 이 애 말이 맞아요. 그 애는 이미 정신과 치료를 받은 적이 있어요.”

“다섯 살짜리가요?”

아빠가 물었다.

“다섯 살이라뇨? 아, 그것 말이군요! 그 신문 기사를 읽은 거군요. 그건 인쇄가 잘못된 거예요. 다섯 살이 아니라 열다섯 살이랍니다.”

멜리사 부인이 말했다

“열다섯 살이요?”

아빠가 반문했다.

“하지만 그 애는 세 살짜리 애처럼 행동하던걸요.”

내가 말했다.

“넬리!”

아빠는 경고하듯이 손가락을 하나 들어 보였다.

"아뇨, 베니. 넬리 말이 맞아요. 가끔 그 애는 정말이지 세 살 먹은 애처럼 행동한답니다."

멜리사 부인은 이렇게 말하면서 아빠의 팔에 손을 얹었었다.

그런데 이 여자는 언제부터 아빠를 '베니'라고 불렀던 거지? 그리고 언제부터 우리 아빠 팔에다 자기 손을 저렇게 아무렇지도 않게 갖다 댄 거지?

'엄마!' 하는 소리가 들렸다.

돌아보니까 좀 전에 봤던 젊은 드라큘라 백작이었다. 그 애는 어깨에 검은 벨벳 망토를 두르고 있었다. 그 애를 본 아빠는 너무 놀라 휘파람 소리를 냈다.

"막스, 베니 에델마이스터 씨를 소개하마."

멜리사 부인이 말했다.

"따님이신 넬리하고는 이미 인사를 나눴지?"

젊은 드라큘라는 예의 바른 부인의 말을 무시했다.

"엄마가 나를 돌보라고 저 애를 보냈어요?"

"어머, 막스. 쓸데없는 소리는. 물론 아니다. 그건 착오였단다."

"미안해요."

그 애는 그렇게 말하고 그 자리를 떠났다. 그러나 문쯤에서 걸음을 멈추고는 몸을 돌려 손가락으로 나를 가리키며 말했다.

"너! 다시는 내 방에 들어오지 마! 알았어?"

쾅! 그 애는 방문을 닫고 사라졌다.

"막스는 주말부터 마크 트웨인 학교에 다닐 거란다. 이사는 몇 주 전에 왔지만, 막스가 우선 베를린에 익숙해져야 할 것 같았어. 이제는 베를린이 그 애한테 익숙해져야 할 것 같다는 생각이 들지만."

멜리사 부인이 말했다.

"막스가 저런 옷차림으로 거리에도 나갑니까?"

아빠가 물었다.

"유감스럽지만 그렇답니다. 어제만 해도요. 막스는 지금 힘든 시기를 보내고 있거든요."

멜리사 부인은 진지하게 말했다.

힘들다고? 나 같으면 저런 막시밀리안 민스키 같은 애한테 '힘들다' 는 표현은 쓰지 않을 거다. '정신병'을 앓고 있다는 말이 정확한 표현이겠지. 하지만 나는 그 말을 입 밖에 꺼내지는 않았다. 그보다는 멜리사 민스키 부인의 아름다움에 흠뻑 취해 감탄하느라 정신이 없었다. 부인의 모습은 정말 매혹적이었다. 움직임이 너무나도 우아했다. 마치 물 위를 걷는 것처럼 가벼운 움직임이었다. 방 안에 들어올 때 마치 거친 폭풍이 몰아치듯 씩씩거리는 우리 엄마와는 정말 정반대 타입이었다. 멜리사 부인은 알프스 초원에 부는 부드러운 오월의 미풍처럼 살포시 걸었다. 하지만 엄마는 나막신을 신은 네덜란드 하녀처럼 신발을 딸가닥거리며 힘주어 걸었다. 멜리사 부인의 발가락이 바닥에 닿지 않는 게 아닐까 하는 생각이 들 정도였다. 엄마는 굵은 면실로 짠 검은 천막 같은 옷을 입고 다녔다. 반면 멜리사 부인은 몸에 착 달라붙는 하얀 실크를 입고 있어서 움직일 때마다 우아한 주름이 활짝 펴지곤 했다. 엄마의 짧은 곱슬머리에는 벌써 흰 머리가 듬성듬성 나 있었지만, 멜리사 부인의 풍성하고 긴 금발은 어깨 근처에서 비단처럼 물결치고 있었다.

"막스한테 그토록 부정적인 인상을 받았다니, 유감이구나. 막스가 학교 애들하고 독일어 연습을 할 수 있다면 좋을 텐데."

부인이 나한테 말했다.

나는 예의 바르게 웃어 보였다. 나는 두 번 다시 막시밀리안 민스키하고는 얘기를 나누지 않을 거다. 어떤 언어로든.

우리는 그 집의 일층으로 내려갔다. 그곳은 얼마 후에 민스키 부인이 레스토랑을 열게 될 장소였다. 즉 베를린 최초의 '유대식 미국 델리 레스토랑'이 될 곳이다.

엄마가 뭐라고 하든 간에 나는 유대 음식이 좋았다. 미국 맨해튼에 갔을 때 브루스 외삼촌과 데비 외숙모네 근처 길모퉁이에 '엡슈타인'이라는 이름의 멋진 델리 레스토랑이 있었다. 나는 천체관측소에 갔다 올 때면 늘 그 레스토랑에 가서 양배추와 돼지고기를 섞어 만든 소시지에 그 집에서 직접 만든 감자튀김과, 셀러리를 먹었다. 레모네이드를 곁들여서. 내가 먹어 본 것 중에서 가장 맛있었던 건 3년 전에 데비 외숙모의 할머니 벨라 루스티히 부인의 집에 가서 먹은 것이었다. 루스티히 부인은 여든다섯 살이었는데도 팔인분의 카샤 바니시케를 직접 만드셨다. 그 요리는 국수를 메밀, 양파와 함께 닭고기 기름에다 볶은 것이었다. 어찌나 맛있는지 절로 고개가 숙여질 정도였다. 늘 그렇듯이 엄마는 그때 벨라 할머니한테서 그 요리법을 알아내려고 한바탕 설쳤지만 결국 흐지부지해지고 말았다. 혹시 멜리사 민스키 부인의 레스토랑에서도 그 카샤 바니시케를 팔까?

내 생각엔 베를린에서 민스키 부인의 레스토랑 같은 걸 열기에는 지금이 가장 좋은 때인 것 같았다. 그런 레스토랑은 몇 개쯤 더 있어도 좋을 거다. 솔직히 말해서 나는 엄마가 델리 레스토랑을 여는 것에 왜 그렇게 열을 내며 반대하는지 이해가 안 간다. 엄마는 베를린에 유대적인 것들이 더 많아지기를 바라고 있었다. 레스토랑은 물론이고 작가, 치과의사 등 더 많은 사람들이 자신이 유대인이라는 사실을 공개적으로 드러내야 한다면서.

"만약 유대인들이 일상 속에 융화되지 않는다면 어떻게 정상적인 사람들처럼 느껴지겠니? 언젠가 독일 텔레비전 방송에서 유대식 독일 시트콤을 방영하는 날이 모든 것이 정상으로 돌아가는 날이 될 거야."

엄마는 늘 단언하곤 했다.

나는 엄마한테 만약 시트콤이 그토록 중요하다면 직접 써 보는 게 어떠냐고 말하곤 했다. 그럴 때마다 엄마는 이렇게 대답했다.

"나는 내 책을 쓸 거다. 유대식 독일 시트콤은 독일인들보고 쓰라고 해. 나는 아니야. 그 사람들이 자기네들도 그런 걸 쓸 수 있다는 걸 깨닫는 날이 올 거야. 그리고 그때쯤 되면 싸움의 절반은 이긴 거다."

그럴까? 그렇다면 엄마는 왜 신문에 실린 멜리사 부인의 인터뷰 기사를 보고 화를 내는 걸까? 멜리사 민스키 부인처럼 너무나도 아름다운 유대계 독일 여성이 이제 뉴욕에서 베를린으로 돌아와 멋진 유대 음식 레스토랑을 열려고 한다는 인터뷰 기사야말로 지난 6개월 동안 유대인 공동묘지에서 파손되고 모욕당한 수많은 묘지 소식과는 비교도 안 될 만큼 기쁜 소식인데 말이다. 물론 그 묘들에 대한 소식을 듣고 싶지 않다는 얘기는 아니다. 그보다는 레스토랑이나 아름다운 여성들처럼 유대인에 관한 아주 일상적인 소식이 더 좋지 않을까? 유대인이 아닌 사람들과 마찬가지로 아주 정상적인 일을 하는 평범한 유대인들에 대한 소식.

"아줌마네 레스토랑에서도 카샤 바니시케를 팔 거예요?"

나는 멜리사 민스키 부인에게 물었다.

"카샤 바니시케?"

멜리사 부인의 얼굴이 환해졌다. 부인은 그 음식을 정말 좋아하는 것 같았다.

"만약 내가 그 요리를 내놓지 않는다면 지하에 계신 우리 할머니가 돌아누우실 거다. 그건 물어볼 필요도 없지!"

나는 눈앞에 주방을 떠올려 봤다. 이런 공간에서 음식을 만들기는 힘들 것 같았다. 지금은 여러 개의 빈 방들과 페인트 통, 연장, 의자와 식탁 몇몇 개, 벽에 난 많은 구멍들 외에는 별로 볼 게 없었다.

"여기에 무대를 설치할 거예요."

멜리사 부인은 구석 쪽으로 걸음을 옮기며 말했다. 부인은 뾰족하고 높은 굽 구두를 신고 있었다. 로지 할머니처럼. 하지만 멜리사 부인 쪽이 훨씬 더 멋졌다. 부인은 우리 아빠 쪽으로 몸을 돌렸다.

"저녁 식사 시간에 연주를 한다는 당신의 구상이 마음에 들어요, 베니. 당신하고 당신 악단은 일주일에 한 번 무대에 오를 거예요. 그리고 다른 날 저녁에는 당신이 알아서 예술가나 악사들을 미리 초청하세요. 될 수 있으면 미국인들이 좋겠어요. 독일인들은 미국에서 온 거라면 뭐든 좋아하니까요."

"그건 아빠도 알고 있어요. 아빠는 미국 여자와 결혼했으니까요."

내가 말했다.

멜리사 부인의 얼굴이 붉어졌다.

"나 역시 미국 남자와 결혼했었지."

그렇게 말한 멜리사 부인이 아빠를 쳐다봤다. 하지만 아빠는 눈길을 다른 데로 돌렸다. 멜리사 부인이 창가로 걸어갔다.

뒷면 벽은 전면이 창이었다. 높이가 거의 8미터는 되어 보였다. 창밖은 그 집의 안마당이었다. 유령처럼 안마당을 돌아다니는 막시밀리안이 보였다. 그가 무엇을 하고 있는지는 정확히 알 수 없었다. 멜리사 부인은 아들의 모습을 잠시 지켜보다가 다시 우리 쪽으로 몸을 돌렸다.

"넬리, 너 혹시 막스의 독일어 공부를 좀 도와주면 어떻겠니? 생각보다는 빨리 배울 거야. 어릴 때는 나하고 독일어로 얘기하곤 했거든."

막스의 공부를 도와주라고? 오, 꿈이 실현되려는가 보다.

"제안은 고맙습니다만 솔직히 말해서 제가 잘할 수 있을 것 같지 않아요."

"막스는 보이는 것처럼 나쁜 애는 아냐. 그저 나한테 반항하려는 거란다."

부인은 창가로 바짝 다가서더니 바깥을 살폈다.

나는 아빠를 쳐다보면서 세차게 머리를 흔들었다. 아빠가 고개를 끄덕였다. 아빠는 내가 아까 갑자기 나타났던 그 흡혈귀와 전혀 얽히고 싶어 하지 않는다는 걸 알아차렸다.

그때 갑자기 바깥에서 귀에 익은 소리가 들렸다. 농구공 튀기는 소리였다. 막시밀리안이 바깥에서 이리 뛰고 저리 뛰며 돌아다니고 있었다. 하지만 유리창에 빛이 반사되어 자세히 보이지 않았다. 나는 창문으로 가서 유리에 얼굴을 바짝 대고 바라봤다. 유리가 차가웠다. 아주 이상야릇한 향기가 느껴졌다. 바로 내 옆에 서 있는 멜리사 부인에게서 나는 향기였다. 그녀에게서 뉴욕의 '블루밍데일' 향수 가게에서 맡아 본 적이 있는 향기가 풍겼다. 매혹적이고 비싼 향수였다. 향수 냄새가 너무 강해서 코가 움찔거렸다.

"막스는 전에 다니던 중학교에서 농구팀 부주장이었어. 막스는 농구를 아주 잘한단다."

멜리사 부인이 좀 처량하게 말했다.

그때 나는 막스의 모습을 봤다. 마치 커다란 박쥐가 날아다니는 것 같았다. 막스가 공을 드리블하면서 가상의 적수를 향해 달려갈 때면 걸치고 있는 망토가 바람에 펄럭거려서 정말 날아가는 것처럼 보였다. 막스는 화살처럼 빠르게 마당을 가로지르다가 돌연 우뚝 멈추고는 훌쩍 점프를 하면서 슛을 했다. 공은 벽으로 날아갔다가 바스켓 속을 통과해 바닥에 튕겨진 다음 다시 막스의 손에 들어갔다. 막스는 또다시 공을 던졌다. 적중했다. 그리고 또 한 번 공을 던졌다. 다시 골인이었다.

"좋아요. 좋아요, 제가 할게요."

나는 멜리사 부인에게 말했다. 흥분을 가라앉힐 수가 없었다.

멜리사 부인이 당황한 얼굴로 나를 바라보았다. 아빠가 내 앞으로 한 걸음 다가왔다. 아빠의 눈동자가 도대체 무슨 일이냐고 크게 놀라서 묻고 있었다.

"제가 하겠어요."

나는 반복해서 말했다.

"내일부터 시작할게요. 내일은 막스의 첫 독일어 과외 시간이 될 거예요."

막스에게 과외하기

쾅! 하고 문을 거칠게 닫으면서 막스가 거실로 들어왔다. 막스는 다리를 벌린 채 내 앞에 버티고 서서 말했다.

"네가 알아두어야 할 게 하나 있어. 난 독일어가 싫어. 베를린도 싫어. 이 집도 싫고. 이 방도 싫어."

그는 의자에 풀썩 앉더니 《외국인을 위한 독일어》를 탁자 위에 내팽개쳤다.

"그리고 이 책도 싫어!"

마치 얼음판에서처럼 책상 위로 미끄러지는 책을 눈으로 좇을 수 있었다. 책은 내가 서 있는 곳 가까운 바닥에 떨어졌다. 나는 책을 집으려고 몸을 굽혔다.

"그냥 놔 둬!"

막스가 명령했다. 그러고는 의자에서 몸을 일으켰다.

막스는 나를 음침한 눈빛으로 뚫어지게 쳐다봤다.

나도 막스를 음침한 눈빛으로 뚫어지게 쳐다봤다.

"책상도! 싫어!"

막스가 덧붙였다.

나는 웃음이 터져 나올 뻔했지만 꾹 참았다.

몇 초 동안 우리는 서로를 뚫어지게 쳐다보았다. 막스는 얼굴에 하얗게 분칠을 하고 그 위에 거미줄 같은 것을 그려 놓았다. 그것도 모자라 코에 피어싱까지 하고 있었다.

"생각해 봤는데, 며칠 동안은 그냥 관용어를 연습하는 게 좋겠어요. 매일 사용하는 문장들 말이지요. 자, 6쪽을 펼쳐 보세요."

내가 선생님 같은 말투로 말했다.

막스는 믿어지지 않는다는 눈길로 나를 쳐다봤다. 파란색 눈동자였다.

나는 막스가 책을 주워 올릴 때까지 기다렸다.

마침내 막스가 책을 주웠다.

우리는 첫 장을 함께 공부했다. 단어 하나하나, 문장 하나하나를 꼼꼼히 훑어 나갔다. 참 지루하고 힘든 일이었다. 쯧쯧! 녀석은 노력하는 기미가 조금도 없었다.

부엌 쪽에서는 아빠와 멜리사 부인이 얘기를 나누고 있었다.

"너, 저 두 사람이 저 안에서 뭘 하고 있는지 알아?"

막스가 물었다.

"그게 무슨 말이니?"

막스는 입술을 일그러뜨리며 교활하게 웃었다. 그러고는 책상 가장자리에 놓여 있는 탄산음료를 집어 반 정도를 한 번에 들이 켠 다음 트림을 했다. 그것도 두 번씩이나.

정말이지 이런 녀석은 내 타입이 아니다. 전혀, 전혀, 아니다. 하지만 나는 막스가 필요했다. 그는 내가 버킹엄 궁전으로 갈 수 있는 티켓이었다. 막스를 나의 트레이너로 삼기 위해서는 그 애의 사고방식을 이해해야 했다. 나는 한숨을 내쉬고 시계를 봤다. 아직도 15분이나 남았다.

"좋아, 교재를 처음부터 다시 한 번 읽어 보자. 구텐 타크(안녕하세요)."

나는 책 속의 본문을 읽었다.

"구텐 타크."

막스는 하기 싫은 표정으로 따라 읽었다. 그러고는 책상 위에 놓인 접시에서 케이크를 한 조각 집어 입속에 쑤셔 넣었다.

"이히 하이쎄 넬리, 비 하이스트 두?(나는 넬리라고 해, 네 이름은 뭐니?)"

내가 말했다.

"이히 하이쎄 막스(나는 막스라고 해)."

막스는 입 주위에 묻은 케이크를 팔로 닦아 냈다.

"비 게에츠 디어, 막스?(너는 어떻게 지내니, 막스?)"

막스는 다시 한 번 무관심한 표정으로 나를 바라보았다.

"비 게에츠 디어, 막스?(너는 어떻게 지내니, 막스?)"

내가 다시 말했다.

"비 게에츠…… 비 게에츠……?"

"굿(좋아). 미어 게에츠 굿(나는 잘 지내)."

내가 말했다.

"웃기지 마! 내가 잘 지내는지 어떤지 네가 어떻게 알아?"

막스가 소파에서 벌떡 일어나 위협적인 자세로 나에게 말했다.

"어떻게 내가 잘 지내고 있다고 주장할 수 있냔 말이야?"

막스는 도전적인 눈으로 나를 노려보았다. 눈에 분노의 불꽃이 이글거렸다.

얘는 도대체 나를 뭐로 보는 거야? 지금껏 나한테 이런 식으로 말하는 사람은 아무도 없었다. 엄마를 빼놓고는.

나도 똑같이 벌떡 일어났다. 이런 식의 파렴치한 행동을 가만히 앉아서 당하고만 있을 수는 없다.

"네가 잘 지내고 있다고 주제넘게 추측해서 미안하구나."

"나는 조금도 잘 지내고 있지 않아! 조금도! 알아들어?"

"알려줘서 고마워. 안 그랬더라면 전혀 몰랐을 테니까. 과외 시간은 끝났어."

나는 가방을 집어 들고 문을 나섰다.

"그 애는 아마 금발일 거야. 하지만 확실히 말하기는 어려워. 염색을 했거든. 처음 봤을 때는 짙은 검정색이었는데 어제는 파란색이더라."

나는 피아에게 그 끔찍한 막스 녀석에 대해 설명해 주었다.

"그 밖에는?"

"그 밖이라니?"

"그러니까, 그 애 모습 말이야!"

"그 애 모습?"

나는 막스의 모습을 떠올려 보려고 애썼다.

"그러니까, 그 애는 우리 아빠보다 키가 조금 작아. 하지만 많이 작지는 않아. 그리고 가죽 바지를 입고 있는데 너무 꽉 조여서 우리 아빠처럼 셔츠 자락이 바지 밖으로 비어져 나오지는 않아."

점심시간, 피아와 나는 학교 식당에 앉아 있었다. 피아는 카카오를 마시면서 나한테 계속 얘기하라는 듯 눈짓을 했다.

"그리고 상당히 말랐어. 예를 들면 안톤보다 훨씬 더 말랐어. 안톤처럼 근육질은 아니야. 어쨌든 몸은 잘 빠졌어. 내 말은 그러니까, 그냥 뼈와 살만 붙어 있는 말라깽이는 아니라는 뜻이야."

머릿속에 막스의 팔꿈치 아래 부분이 떠올랐다. 막스는 검은 셔츠를 입고 있었는데 소매를 팔꿈치까지 접어 올리고 있었다. 팔 아랫부분에는 짙은 금색 털이 보송보송 나 있었다. 막스가 의자에 몸을 기대면서 몸을 뻗쳤을 때는 근육도 생겼다.

"그래서?"

피아가 말을 가로챘다.

"그래서라니?"

"그리고 또 뭐가 있었냐고."

"그 애는 짐승이야. 괴물이라고. 예의라고는 눈곱만큼도 없고, 제멋대로에다 우악스러워."

"내가 보기엔, 네가 그 애를 잘 참아낼 수 있을 것 같은데."

나는 눈이 휘둥그레졌다.

"너는 기괴한 인간한테 걸린 거야."

"기괴한 인간이라니? 무슨 소리야?"

"음울하고 극적인 거라면 뭐든 좋아하는 사람들. 그런 사람들은 늘 검은 옷을 입고 얼굴에는 하얀 분장을 해. 공동묘지 돌아다니는 걸 좋아하고. 조심하는 게 좋을 거야. 그 애가 망토 같은 걸 입고 있진 않니?"

"조심하라니? 그런 녀석 따위 하나도 안 무서워. 그래봤자 그게 다 쇼야. 그 애 엄마가 그러는데 그게 다 엄마의 분노를 자아내려고 하는 짓이래. 너도 그 애 엄마를 한 번 봤어야 하는데. 진짜 모델 같거든."

"분노를 자아내다니?"

"화나게 한다는 뜻이지. 그 애는 자기 엄마를 화나게 하려는 거야."

피아가 고개를 끄덕였다. 아이 참, 언제 시간이 나면 피아한테 단어 공부를 좀 시켜야 할 것 같다. 아주 쉬운 외래어마저도 실력이 형편없다니까.

"아무래도 독일어 과외를 그만둬야겠어."

“나라면 안 그럴 것 같은데. 농구팀 부주장이었던 애한테 코치를 받을 기회는 쉽게 오는 게 아니야.”

피아가 말했다.

“그 얘기는 아직 꺼내지도 못했어. 도대체 나한테 말할 기회를 줘야 말이지.”

“속도를 좀 더 내 봐. 2주 뒤면 농구팀 선발 경기야.”

“그 애는 분명 안 하려고 할 거야.”

“서로 한 가지씩 조건을 교환하자고 제안해 봐. 우리 둘이 한 것처럼.”

“하지만 어떻게? 그 애한테 무슨 조건을 제시하지?”

“넬리, 너는 입이 있잖아. 그냥 그 애한테 한번 물어봐.”

다음 날 나는 무슨 일이 있어도 막스에게 농구 얘기를 하려고 했지만 기회를 잡을 수가 없었다. 우리는 ‘데어, 디, 다스’ 같은 독일어 정관사를 연습하고 있었다. 영어가 모국어인 사람들에게 그건 귀찮은 장애물이었다. 나는 거실에 있는 물건들을 하나씩 가리켜 보였고, 막스는 그 물건에 맞는 독일어의 성을 관사로 맞추는 연습을 했다. 막스는 제법 잘했다. 막스가 그렇게 연습하기를 원했고, 내가 보기에도 재미를 붙인 것 같았다. 하지만 그러다가도 곧 그 모든 게 지겹다는 듯이 하품을 해댔다. 나는 처음으로 막스가 실제와는 달리 일부러 바보처럼 구는 것 같다는 생각이 들었다. 나는 벽을 가리켰다.

"디 반트(벽)."

막스가 독일어로 말했다.

나는 창가로 갔다.

"다스 펜스터(창문)."

나는 소파에 손을 얹었다. 아주 부드러웠고 눈처럼 하얀 소파였다. 혹시라도 소파를 더럽힐까 봐 나는 자주 앉지 않았다. 만약 내가 묻혀 온 모래를 떨어뜨리기라도 하면 어쩌지? 혹시 레몬주스를 쏟기라도 하면 어떡해? 혹시 실수로 잉크 얼룩이라도 남기면 어쩌지? 하는 두려움 때문이었다.

"다스 소파(소파)."

막스는 말했다. 그러고는 한 마디 덧붙였다.

"샤이쎄 소파(빌어먹을 소파)."

나는 막스를 쳐다보았다.

"샤이쎄(빌어먹을)."

그가 또 말했다.

"여기 와서 맨 처음 배운 말이야. 거리에 나갔더니 온통 그 말뿐이더라고."

막스는 그렇게 말하면서 불량하게 웃었다.

"좋아, 하지만 나 같으면 그 말에서 끝의 '에' 발음은 빼겠어. 그 뒤에 명사를 붙일 때는 그렇게 하는 거거든."

나는 짧게 대꾸했다.

다음 단어를 연습하도록 나는 책상을 가리켰다.

"데어 샤이쓰 티쉬(빌어먹을 책상)."

막스가 말했다.

막스는 배우는 속도가 빨랐다. 나는 터져 나오는 웃음을 꾹 참아야 했다.

벽에 몸을 기댄 채 나는 다음에 뭘 가리킬까 생각했다.

"데어 문트(입)."

막스가 말했다.

"아니면 입술?"

막스의 말투는 조롱이나 빈정거림처럼 들렸다.

그제서야 나는 내가 손가락을 입에 갖다 대고 있었던 걸 깨달았다. 나는 얼른 손가락을 치웠다.

"디 부젠(가슴)."

막스가 말했다.

나는 아래를 내려다보았다. 손이 가슴에 얹혀 있었다. 서둘러 두 손을 아래로 떨어뜨리면서 헛기침을 했다. 나는 점점 기분이 나빠졌다.

"디 부젠은 틀린 말이야."

"아하, 너는 가슴이 없나 보구나?"

나는 얼굴이 새빨개지는 걸 느꼈다.

"무슨 소리야? 그게 아니라, '디 부젠'이 아니고 '데어 부젠'이라고. 부젠은 남성 명사야."

막스의 파란 눈이 커다래졌다.

"아니, 가슴이 남성 명사란 말이야?"

"만약 여성 명사로 말하려면 '브루스트'라고 해야 돼. '디 브루스트'(가슴)."

"그럼 네 가슴은 남성이니 여성이니?"

막스는 나를 빤히 쳐다보았다. 사실 거의 있으나마나 한 내 가슴이 갑자기 근질거리는 느낌이 들었다. 나는 두 손과 시선을 어디에 둬야 할지 몰랐다. 나는 의자에 앉아 접시에 놓여 있는 샌드위치를 하나 집어 들었다.

"너희 엄마는 요리를 정말 잘하셔."

"지금 우리 엄마와 너희 아빠는 함께 무엇을 지글지글 끓이고 계실까?"

나는 부엌 쪽을 바라봤다. 그곳은 아주 조용했다. 너무나 조용했다.

어쨌든 나는 단단히 결심했다. 막스한테 농구 연습을 도와달라고 설득할 작정이었다. 다음 과외 시간에는 꼭 말해야겠다고 생각했다.

그날은 그 집 거실에 들어서자마자 공격적으로 나갔다. 가방에서 교재를 꺼낼 때《바보들을 위한 농구》를 일부러 함께 꺼냈다. 혹시 막스가 그 책을 발견하면 눈이 번쩍 뜨이지 않을까 해서였다. 실제로 그랬다. 막스는 마치 적의 목을 조이려고 덤벼드는 성난 황소처럼 그 책을 낚아챘다. 그런데…… 이런 빌어먹을! 책

속에 끼어 있던 윌리엄 왕자 엽서가 먼저 빠져나왔다.

"네 남자 친구 사진이냐?"

막스가 바보 같은 미소를 지으며 말했다.

나는 두 뺨이 화끈거렸다. 이건 미처 생각지 못했던 일이다. 잠시 막스의 관심을 딴 데로 돌렸다가 다시 농구 얘기로 옮겨가야겠다.

"교재 26쪽을 펼치도록 하자. 내가 말하는 걸 따라해 봐. '이것은 지도이다'."

나는 책 속에 있는 지도를 가리켰다.

"이것은 엽서다."

막스는 그렇게 말하면서 윌리엄 왕자를 가리켰다.

내가 말려들지 않으면 잠시 후에 막스 스스로 그만둘 것이다. 늘 그랬다.

"이것은 독일이다."

내가 말했다.

"이것은 윌리엄 왕자다."

"이것은 베를린이다."

"이것은 넬리의 애인이다."

"그만 해! 내일부터 학교에 가야 하잖아."

"그래서?"

"베를린은 독일에 있다."

"윌리엄은 넬리 위에 있다."

"막스!"

아니, 열다섯 살이나 먹은 애가 어쩜 이렇게 유치할 수 있담?

"이런 어리석은 짓은 이젠 신물이 나!"

막스는 소파에서 벌떡 일어나며 말했다.

"나도 그래!"

나도 자리에서 벌떡 일어났다.

"잘 들어 둬, 꼬마. 아주 솔직하게 말하지. 지금 내가 이 짓을 하는 건 모두 우리 엄마가 크리스마스 때 뉴욕으로 여행을 보내 주겠다고 약속했기 때문이야."

"그럼 나도 솔직하게 말하지."

내가 말했다. 물론 코에 피어싱을 하고 있는 이런 애한테 솔직한 얘기를 한다는 게 가능할지 모르겠지만.

"사실 난 네가 혹시 농구를 가르쳐 줄지도 모른다는 생각에 이 일을 시작한 거야."

"뭐라고?"

막스는 자기가 잘못 들은 게 아닌가 귀를 의심하는 것 같았다.

"난, 네가 나한테 농구를 가르쳐 줄지도 모른다는 희망을 가졌었다고."

나는 천천히 분명하게 반복해서 말했다.

"만약 네가 나를 도와줄 마음이 있다면, 나도 네가 원하는 걸 한 가지 해 줄게. 말해 봐, 네가 원하는 걸."

"내가 원하는 거?"

"그래, 서로 계약을 맺으면 되잖아. 혹시 너한테 정말로 필요한 걸 내가 해 줄 수 있을지도 모르잖아. 안 그래?"

"뭔가 내가 원하는 거라? 내가 원하는 거?"

막스가 물었다.

"그래."

막스는 다시 의자에 똑바로 앉았다. 그의 눈이 갑자기 반짝거렸다.

"왜 농구를 배우려는 건데?"

막스가 물었다.

대답하기 전에 나는 꿀꺽! 하고 침을 한 번 삼켰다.

"우리 학교 여학생 농구팀이 시합을 하러 영국으로 갈 예정이거든. 난 그 팀에 들어가고 싶어. 그래서 농구를 배우려는 거야."

"영국에 가고 싶다고?"

막스가 믿기지 않는다는 듯이 말했다.

"그래, 영국에 가고 싶어."

"뭣 때문에?"

"그것 때문에."

나는 내 뺨이 마음에 들지 않는다. 시도 때도 없이 붉어지는 뺨. 나도 막스처럼 얼굴에 하얀 분칠이라도 하고 다녀야겠다. 그러면 뺨 색깔이 어떻게 변하든 아무도 눈치 채지 못할 테니까.

막스는 내 뺨이 빨개지는 걸 지켜보고 있었다.

"그것 때문에 영국에 가고 싶다고? 바로 그것 때문에?"

그때 내 머릿속에 막스가 실은 꽤 영리한 아이가 아닐까 하는 생각이 번개처럼 스쳐 갔다. 아니나 다를까 막스가 물었다.

"윌리엄 왕자 때문에?"

그 순간 나는 피가 거꾸로 솟구치는 소리를 들은 것 같았다. 내 심장은 마치 42킬로미터를 달리고 온 마라톤 선수처럼 마구 쿵쾅거렸다.

막스는 다시 의자에 기대앉더니 입을 비죽거리며 웃었다.

"그래 좋아. 내가 뭘 원하는지 생각이 났거든."

뭔가 커다란 덩어리가 목에 걸려 있는 느낌이었다. 나는 그것을 꿀꺽 삼켰다.

"그래? 뭔데?"

"내가 원하는 건 섹스야."

"섹스?"

"그래, 섹스."

이 애가 나하고 섹스를 하고 싶다는 건가?

나는 정말 큰 소리로 웃지 않을 수 없었다.

막스는 기분이 상한 듯했다.

"그게 뭐가 우스워? 정말 웃기는 게 뭔지 말해 줄까? 네가 영국에 가려고 하는 거, 너 같은 꼬맹이가 왕자를 만나러 가겠다고 농구를 하는 거, 바로 그거야."

막스는 천둥 같은 소리로 웃음을 터뜨렸다. 귀가 아플 정도였다. 나는 방에서 뛰쳐나왔다.

"아빠! 아빠! 어디 있어요?"

나는 소리쳤다.

아빠는 도대체 어디 숨어 있는 거지? 뒤뜰에 있나? 화장실에? 부엌에?

"아빠!"

나는 부엌으로 뛰어 들어갔다. 멜리사 부인이 급히 달려 나왔다. 나 때문에 놀란 모양이었다. 부인은 식료품 창고로 통하는 문 옆에 서 있었다. 머리는 흐트러져 있고 블라우스가 바지 밖으로 비어져 나와 있었다. 아빠는 등을 돌린 채 창고 안에 서 있었다. 대체 아빠는 저기서 뭘 하고 있었던 거지?

"아빠!"

나는 아빠를 부르면서 그쪽으로 한 걸음 다가갔다.

아빠는 잠시 그렇게 서 있다가 마침내 내 쪽으로 돌아섰다.

"우리 공주님, 무슨 일이니?"

아빠의 머리가 완전히 헝클어져 있었다. 아빠의 와이셔츠도 바지에서 비어져 나와 있었다. 하지만 아빠의 그런 모습은 늘 보던 것이니까.

"여기…… 에…… 차 잘 마셨어요."

아빠는 말을 더듬으며 멜리사 부인에게 컵을 내밀었다.

"우리 가도 되죠? 독일어 공부는 끝났어요."

내가 아빠에게 말했다.

아빠하고 나는 아무 말 없이 집으로 걸어갔다. 가을 냄새가 났다. 나무들은 벌써 이파리를 잃어 가고 있었다. 나는 가을에 낙엽 사이를 걷는 게 좋았다. 베를린의 도로 옆길을 따라 떨어져 있는 오렌지색, 붉은색, 노란색 나뭇잎들 사이로 걷는 게 좋았다. 나뭇잎을 밟을 때 나는 바삭바삭 소리가 정말 듣기 좋았다. 피오나가 여기 살 때는 가을이 되면 함께 낙엽을 밟으며 많이 돌아다녔다. 그런데 오늘 저녁에는 비가 내려서 낙엽이 축축하고 눅눅해서 재미없었다.

"아빠! 아빠 농구 잘해요?"

"거의 못 하는 셈이지. 공주님, 나는 피아가 널 도와주고 있는 줄 알았는데."

"그건 장님이 장님을 가르치는 거하고 똑같아요. 선발시합이 바로 2주 후거든요."

"막스는 어때?"

"그 애는 미쳤어요. 그 애가 멜리사 부인의 아들이라니, 믿어지지 않아요."

우리는 부랑자들이 머물고 있는 옛날 주유소 옆을 지나고 있었다. 나는 '시인' 이 있나 눈여겨봤지만 보이지 않았다.

"저 사람들도 곧 자취를 감출 거야. 점점 추워지니까."

아빠가 말했다.

부랑자들이 우리를 쳐다봤다.

"어이, 동전 하나 있수?"

우리는 그냥 지나갔다. 아빠는 나를 보호하려는 듯이 내 어깨를 감싸 안았다.

"저 사람들은 우리를 해치지 않아요. 나쁜 사람들이 아니라고요."

"그래도."

멜리사 부인과 막스의 모습이 떠올랐다. 그 두 사람이 엄마와 아들 사이라는 건 정말이지 믿어지지 않았다. 그들은 완전히 반대였다. 좋은 것과 나쁜 것, 흰 것과 검은 것, 미녀와 야수처럼.

"그런데 내가 막스하고 공부할 때 아빠하고 그 아줌마는 뭘 하세요?"

나는 알고 싶었다.

아빠는 나를 물끄러미 쳐다보았다.

"그게 무슨 뜻이지?"

회피하려는 듯한 목소리였다.

"아무 뜻도 없어요. 그냥 물어본 거예요. 두 분은 뭘 하시나 궁금해서요."

"우리는 얘기를 나눈단다."

"무슨 얘기요?"

"무슨 얘기?"

아빠는 그냥 나를 쳐다보기만 했다. 오히려 나한테서 대답을 기다리는 것처럼.

"음악 얘기예요?"

내가 물었다.

아빠의 얼굴이 환해졌다.

"그래, 물론이지. 우리는 음악에 대해서 얘기를 나눈단다. 물론 그렇고말고."

그러고 나서 우리는 집에 도착했다.

"대체 얼마나 중요한 일이 있었기에 약속을 잊어버린 거야? 바트-미즈바 때 부를 출장요리에 대해 얘기할 참이었잖아."

엄마는 신문을 읽던 눈길을 들어 아빠를 쳐다보며 말했다.

"오, 이런. 잊어버렸어. 깜빡 잊었어."

아빠가 말했다.

우리는 방금 집으로 돌아와 엄마의 서재 앞에 서 있었다. 아빠는 아빠의 작업실로 들어가려던 참이었다. 그리고 나는 손을 씻은 다음에 잠깐 리자 할머니 방에 가 볼 생각이었다. 엄마 책상 위에는 신문 몇 가지와 엄마가 즐겨 읽는 잡지 〈뉴요커〉 한 뭉치가 흩어져 있었다. 방바닥에는 여행 팸플릿들이 여기저기 놓여 있었다. 미국, 미국의 대도시들, 뉴욕, 뉴잉글랜드 등의 여행 안내서였다.

사실 엄마는 크리스마스 때 나와 함께 뉴욕에 갔다가 버몬트로 스키를 타러 갈 계획이었다. 내가 스키를 타러 가다니. 햐! 그런데 〈시네마스코프〉가 폐간되는 바람에 우리의 계획은 수포로 돌아가고 말았다.

엄마는 신문을 내던졌다. 구인 광고지였다.

"베니! 어떻게 그걸 잊을 수 있어?"

엄마는 완전히 신경질적으로 변해 있었다.

"미안해."

가방을 들고 내 방으로 가는데 아빠의 목소리가 들렸다. 나는 발뒤꿈치를 살짝 들고 문 쪽으로 다가가 엿들었다.

"미안해, 여보. 넬리를 기다리느라 그렇게 됐어."

아빠가 말했다.

잠시 말이 없던 아빠가 신문을 힐끗 보더니 물었다.

"거기 뭐가 좀 있어?"

"물론 있지. 대학을 갓 졸업하고 박사 타이틀에 파멜라 앤더슨처럼 예쁜 외모의 사람한테는 당연히 있고말고. 하지만 가슴도 안 나온 배불뚝이 마흔일곱 살 여자한테 해당되는 일은 아무것도 없어."

나는 엄마가 왜 저런 식으로 자신을 비하하는지 정말 이해할 수가 없다. 그것이 엄마의 장점인지 단점인지 말하기 어려웠다.

"당신 알아, 베니? 넬리는 혼자서도 충분히 집에 올 수 있어."

물론 엄마 말이 옳다. 하지만 나는 아빠랑 함께 있는 것이 좋다. 그리고 아빠도 나와 함께 있는 걸 좋아한다. 왜 아빠가 나를 데리고 집으로 돌아오면 안 된다는 거지?

"당신, 넬리를 기다리는 동안 그 여자랑 도대체 뭘 해?"

엄마가 물었다.

나도 역시 궁금했다. 엄마는 아까 내가 아빠한테 물었던 것과 똑같은 것을 묻고 있었다. 엄마와 나는 때때로 당황스러울 정도로 비슷한 점이 있다.

"우리는 대화를 나눠, 루시."

"무슨 대화?"

"음악에 대해서. 우리는 음악에 대해 얘기를 나눠."

이번에는 아빠가 주저 없이 대답했다.

그 말에 대해서 엄마는 아무 말도 하지 않았다. 적어도 내게는 아무 말도 들리지 않았다.

손과 얼굴을 씻는 동안 오전에 막스가 나를 당황하게 했던 일이 떠올랐다. 그때 내 몸에 대해 얼마나 창피스러운 생각이 들었던가. 그런데 그 애는 도대체 무슨 생각으로 '섹스'라고 말한 걸까? 막스에게 좀 더 분명히 말해 달라고 할걸 그랬다.

나는 거울 앞으로 가서 비스듬히 섰다. 내 가슴은 또렷이 솟아 있었다. 나는 그 주위에 두 손을 올려놓고 살짝 눌러 봤다. 내 가슴은 마치 두 개의 작은 베개처럼 보드라운 느낌이었다. 좋아, 내 가슴이 이본느의 가슴처럼 눈에 확 띄지는 않을지도 몰라. 그래도 어쨌거나 내게도 가슴이 있다고. 부득이한 경우엔 직접 눈으로 확인할 수도 있는!

나는 몸을 굽혀 서랍장 맨 안쪽에서 작은 화장품 가방을 끄집어냈다. 엄마가 작년 카니발 때 선물한 것이다. 그러나 아직 한 번도 열어 본 적이 없었다. 나는 처음으로 그것을 열어 부드럽고 반짝거리는 립스틱을 하나 꺼냈다. 립스틱에는 '연분홍'이라는 색깔 표시가 되어 있었다. 나는 엄마가 늘 하던 것처럼 립스틱을 바르고 거울 속의 나를 들여다봤다.

그리 나쁘지 않았다. 전혀 나쁘지 않았다.

립스틱은 달콤했고 나무딸기 향기가 났다.

나는 오른손을 내 엉덩이에 얹고 요부처럼 엉덩이를 흔들어 봤다. 한 손에는 담배를 들고 있는 것처럼 포즈를 취해 봤다.

"넬리."

리자 할머니가 나를 불렀다.

"좀 늦었구나. 어서 와라."

나는 황급히 입술에 바른 립스틱을 지웠다.

허리에서부터 무릎 아래까지 부드러운 벨벳이 내 몸을 휘감았다. 바트-미즈바 때 입을 치마가 거의 완성되었다. 하지만 윗도리는 어떤 모양으로 할지 아직 못 정했다. 나는 거울을 들여다보았다. 하늘색은 내게 너무 잘 어울렸다. 그야 당연하지. 우리가 좋은 색깔을 골랐으니까.

리자 할머니는 내 곁에 서서 옷감 가장자리에 가봉 핀을 꽂았다. 할머니는 거울 속의 나를 바라보면서 말했다.

"그래, 천지창조 얘기에서는 뭐가 가장 중요하지?"

나는 거울 속의 할머니를 쳐다보면서 얼굴을 찡그렸다. 할머니 뒤쪽으로 방의 모습이 비쳤다. 방 안의 고풍스런 장식이며 액자에 넣은 십여 개의 사진들, 재봉틀, 옷 만들 때 사용하는 마네킹, 할머니의 단순하고 소박한 가구들이 보였다. 거울 맨 뒤쪽에는 욕실로 통하는 문이 열려 있는 게 보였다. 욕실은 할머니와 내가 함께 쓰고 있다.

"좀 더 짧게 해야 할 것 같아요."

"꼬마 아가씨, 너는 바트-미즈바에 가는 거다. 파티에 가는 게 아니야."

"저도 알아요. 하지만……."

나는 더 이상 말하지 않았다. 거울 속에 있는 우리의 모습이 나를 온통 사로잡았기 때문이다. 리자 할머니가 거울 앞에 비스듬한 각도로 서 있으니까 할머니의 목에 걸린 인조보석이 빛을 반사했다. 그 빛은 마치 할머니의 가슴에서 흘러나오는 것처럼 밝게 빛났다.

"그래 어떠니?"

"뭐가요?"

"천지창조 말이다! 암송을 하려면 그게 무슨 내용인지도 알아야 한단다. 단지 히브리어를 줄줄 읊는 것만으론 충분하지 않아."

"다른 애들은 자기가 암송하는 대목을 해석하지 않던데요."

"그건 상관없어. 너는 너야. 그리고 난 너의 선생님이고. 그리고 나는 '내용을 알아야 한다!'고 말하고 있다. 다시 말하마. 천지창조 얘기에서는 뭐가 중요하지?"

"아담과 이브가 에덴동산에서 쫓겨나는 대목이요."

리자 할머니는 내 옷에 계속 핀을 꽂고 있다.

"아담과 이브는 하나님의 말씀을 잘못 이해했어요. 그래서 하나님이 그들을 내쫓은 거예요. 이것이 우리한테 주는 교훈은 우리에게 주어진 말씀을 존중해야 한다는 거예요. 그리고 또 우리가 저지르는 잘못에 대해서 책임을 져야 한다는 것도요. 만약 그들이 모든 잘못을 시인하고 책임을 다른 데로 돌리지 않았더라면, 그러니까 뱀과 심지어 하나님한테까지 그 책임을 돌리지만 않았더라면 하나님은 아마 그들을 내쫓지 않았을 거예요. 그리고 카인과 아벨의 이야기가 우리한테 가르쳐 주는 것은……."

"의자에서 내려와 봐라. 장식을 달아야겠다."

리자 할머니가 말했다.

나는 의자에서 껑충 뛰어내렸다. 리자 할머니는 내 팔 치수를 재기 시작했다. 할머니는 긴 소매 옷을 만들려는 모양이다.

"나는 긴 소매는 싫어요."

리자 할머니의 눈이 가늘어졌다. 우리는 나란히 서 있었다. 할머니는 키가 작고 몸이 탄탄해 보였다. 너무 마르지도 뚱뚱하지도 않았다. 젊었을 때는 분명 '멋있다'는 말을 많이 들었을 거다.

"긴 소매가 싫다고?"

"네, 짧은 소매가 더 좋아요."

"하나님의 집에 들어가는 일인데도 말이니?"

"소매가 전혀 없는 옷이면 더 좋고요."

나는 한술 더 떴다.

나는 어깨가 보이도록 옷감을 아래로 잡아당겼다.

"그곳은 교회야. 사우나가 아니란다."

"바트-미즈바는 환영식예요. 예배가 아니잖아요. 나는 그냥 그런 옷차림을 하고 들어가면 어떨까 궁금해서요."

리자 할머니는 내키지 않는 마음으로 어깨가 없는 모양이 되게 옷감을 접어서 내게 보여주었다. 나는 거울 속의 나를 들여다봤다. 이탈리아 영화 《달콤한 인생》에 나오는 아니타 에크베르그 같았다. 아빠가 좋아하는 영화다. 어쨌든 약간은 그런 모습이었다. 특히 검은 머리가 비슷했다.

리자 할머니는 내 땋은 머리를 잡아당기며 물었다.

"머리는 어떤 모양으로 할 거니?"

"엄마가 그러시는데, 옛날에 엄마는 다리미로 머리카락을 빳빳하게 폈대요."

"다리미로? 꼬마 아가씨야, 네 머리카락은 정말 멋지단다!"

나는 눈을 부릅떴다.

"좋아, 너는 아주 형편없는 머리카락을 갖고 있어. 그럼 이제 카인과 아벨 얘기를 해 볼까."

"카인과 아벨의 얘기가 우리한테 가르쳐 주는 것은, 우리는 서로에 대해서 책임을 져야 한다는 거예요."

"좋아. 우선은 좋다."

할머니가 말했다.

"정말 그렇게 생각하세요?"

나는 거울 속에 비친 내 옷을 미심쩍게 살펴보면서 말했다.

"내 맘에 쏙 드는 책이었어."

피아가 《블랙홀, 하얀 난쟁이, 교활한 아이들》이란 책을 돌려주면서 말했다.

쉬는 시간이었고 우리는 운동장에 나가 있었다. 주위에서는 전교 학생의 반 이상이 뛰어 놀고 있었다. 맑은 날씨에다 햇빛까지 비치고 있었기 때문이다. 나는 뚜렷이 기억하고 있다. 가을에 베를린에서 그처럼 아름답게 햇살이 비치는 날은 별로 없기 때문이다. 그래서 얼마 안 되는 그런 날들을 사람들은 잊지 못한다.

"책이 마음에 들었다니 기뻐. 네가 읽기에 좀 어렵지 않았니?"

"뭐? 그 책 말이야? 음…… 잘 모르겠어."

피아는 어깨를 으쓱거렸다.

아마 책이 피아한테는 너무 어려웠나 보다. 하지만 그 사실을 인정하기란 고통스럽겠지. 나는 재빨리 화제를 바꿨다.

"그 애가 섹스를 하고 싶대."

"뭐? 누가? 뭘? 어디서?"

갑자기 피아의 얼굴이 환하게 빛났다.

"막스가."

피아의 눈이 휘둥그레졌다.

"그 애가 너한테 농구를 가르쳐 주겠대? 그럼 만약 그 애한테…… 아이고, 세상에!"

"피아! 하지만 그건 안 돼. 난 아직 그런 일에 대해선 잘 모른단 말이야."

나는 킥킥 웃으며 말했다.

"그럼 책을 구해 봐. 《바보들을 위한 섹스》 뭐 그런 책 말이야. 그 애가 말해 줬어? 어떤 종류의 섹스인지? 그 애는 너하고 어느 정도까지 가고 싶은 걸까?"

나는 웃음이 나오는 걸 도저히 참을 수 없었다.

"아니, 난 그 애가 원하는 걸 자세히 말하기 전에 도망쳐 나왔어."

"히야. 나 같으면 진지하게 생각해 봤겠다. 얼마나 좋은 기회니. 만약 네가 실제로 윌리엄 왕자를 만나게 된다면 경험이 있는 편이 낫지 않겠어?"

"흐음. 그 생각을 미처 못 했구나."

피아의 말이 전혀 틀린 것은 아니었다.

"좋아, 그 일은 다시 잘 생각해 봐야겠다."

나는 가방을 끌어당겨 옆 주머니에서 안톤에게 쓴 편지를 꺼냈다. 벌써 두 통째였다. 아무도 눈치 채지 못하도록 우리는 머리를 바짝 갖다 댔다.

"사랑하는 안톤."

피아는 나지막한 소리로 편지를 읽었다.

"또다시 나야, 너의 아름다운 미지의 소녀. 나는 너를 바라볼 때면 언제나……. 잠깐만. 넬리, 우리 여기 '너의 아름다운 미지의 소녀' 대신에 '너의 경건한 여자 친구'라고 쓰면 어떨까?"

"경건한 여자 친구, 왜?"

"너라면 그 이유를 바로 알아차릴 줄 알았는데! '경건하다'라는 말이 라틴어로 '피우스'잖아. '피아'는 '경건한 여자'라는 뜻이야. 이렇게 약간 암시를 주면 안톤이 이 편지가 나한테서 온 거라는 걸 금방 알아차릴 거야."

나는 눈을 한번 부릅떠 주려다가 간신히 참으면서 말했다.

"계속 읽어 봐."

"또다시 나야, 너의 아름다운 미지의 소녀. 나는 너를 바라볼 때면 언제나 나의 리-비-도가 살아난단다."

피아가 내게 묻는 듯한 눈길을 던졌다.

"리비도. 그 말은 강렬하게 원한다는 뜻이야."

"아, 그래."

피아가 갑자기 편지를 내려다보고 있던 눈길을 들었다.

"너 립스틱 발랐구나!"

나는 뺨이 화끈 달아올랐다. 대체 얘는 그런 걸 어쩌면 이렇게 큰 소리로 떠드는 거야? 도대체 무슨 상관이람!

"입술 보호 크림이야. 입술이 너무 건조해서."

피아는 내 입술을 자세히 살펴보았다.

"정말? 전혀 그렇게 안 보이는데."

"벌써 괜찮아졌어."

"아하?"

그걸로 만족한 듯 피아는 다시 편지로 눈길을 돌렸다.

"특히, 나는 축구할 때의 네 모습이 좋아. 햇빛 아래 너의 둔부…… 둔부…… 근육이……."

피아는 다시 나를 쳐다보았다.

"둔부 근육. 그건 엉덩이에 붙은 근육을 말하는 거야."

피아는 계속 문장을 읽어 나갔다.

"특히, 나는 축구할 때의 네 모습이 좋아. 햇빛 아래 너의 둔부 근육이 드러날 때."

피아는 킥킥 웃었다.

"나도 아직 그렇게 자세히 본 적이 없는데. 너는 그랬니?"

"그건 윌리엄한테 보내려고 썼던 내 이메일에서 뽑아 온 거야."

"윌리엄 왕자한테 이메일을 보냈다고?"

"아니, 그냥 써 놓기만 했어."

우리는 큰 소리로 웃었다. 갑자기 학교 운동장이 조용해졌다. 말하고 있던, 숨 쉬고 있던, 달리고 있던 모든 애들이 갑자기 멈춰 버린 것이다. 오직 어느 교실에서 저학년 애들 몇몇이 부르는 '올드 맥도널드'라는 노랫소리가 들릴 뿐이었다.

나는 위를 올려다보았다. 검은 형체가 가까이 다가오고 있었다. 배트맨과 〈스타워즈〉에 나오는 다스베이더를 섞어 놓은 것 같았다. 당당하게 나타난 그 암흑의 왕자는 바로 막시밀리안이었다!

"오, 맙소사!"

피아가 속삭였다.

"저 애가 그 애니? 맙소사. 저런 애와 네가 섹스를 하다니……."

"그런 적 없어!"

운동장에 있던 모든 애들이 당황한 모습으로 굳어진 채, 최면에 걸린 듯 멈춰 섰다. 하긴, 막스의 그런 모습을 그냥 보아 넘길 사람은 아무도 없을 것이다. 우리 학교에는 별난 애들이 상당히 많다. 하지만 이건 정말 심하다. 몇 가지는 없애야 할 것 같았다. 어쨌든 얼굴에 칠한 하얀 분, 빰의 거미줄, 머리 염색, 가죽 바지, 끝이 뾰족한 부츠와 망토 정도는 봐 줄 수 있었다. 그리고 푸른 독가시처럼 솟구친 머리까지도. 하지만 코의 저 피어싱은 어쩐단 말인가?

"도저히 이해가 안 된다. 저런 모습으로 학교에 오다니."

나는 막스를 뚫어지게 쳐다보았다.

도와줘, 안 돼! 저 애가 혹시 나한테로 다가오고 있는 건가? 나한테로? 나는 하늘로 시선을 피했다.

"사랑하는 하나님. 맹세할게요, 앞으로 매일 바트-미즈바를 위해 열심히 공부할게요. 지금 저 애가 내 쪽으로 오지 않게만 해주시면요, 사랑하는 하나님!"

"하나님이 네 말을 못 들으신 것 같다."

점점 가까이 다가오고 있는 막스를 바라보며 피아가 말했다.

"난 이만 가 봐야겠어."

나는 급히 물건들을 챙겨 도망치려고 했다. 하지만 이미 때는 늦었다.

"야, 넬리! 뭐가 그렇게 급하냐? 좀 기다려!"

막시밀리안이었다.

어떡하지? 모두들 나를 쳐다보고 있잖아! 나는 지금껏 만난 사람들 중에서 가장 이상한 괴물인 그 녀석과 서로 눈이 빠지도록 노려보고 있다.

"적어도 네 친구 정도는 소개해 줄 수 있잖아."

막스는 시큰둥하게 씩 웃었다.

저 애는 사람들이 자기와 알게 되는 것을 무슨 대단한 일로 여기는 줄 아는 걸까? 그런 생각을 하고 있는데 누가 나를 옆으로 밀쳤다.

"하이."

이본느가 엉덩이를 흔들며 다가와 막스에게 말을 건넸다.

"나는 넬리의 친구야. 이본느 코헨이라고 해."

갑자기 나타난 이본느는 막스에게 아주 매혹적인 미소를 던졌다. 저런 천박한 것!

막스도 이본느에게 미소로 답했다.

소용없는 일이다. 남자 애들하고는 되는 일이 없다. 농구 연습을 하기로 한 일도 어쩌면 안 될 것 같다. 그 애가 독일어를 배우든 말든 나하고 무슨 상관이람? 게다가 그 애를 가르쳐서 버는 돈은 시간당 10마르크였다. 그걸 모아서 천체망원경을 사는 건 불가능했다. 그렇게 힘들게 번다고 해도 빅센 천체망원경의 가격인 700마르크를 모으려면……. 엄마가 절반을 부담한다고 하더라도 포기하는 게 나을 것 같다. 그 일은 그만두자! 나한테는 끝난 일이다. 오늘 오후를 마지막으로.

그런데 내가 도착했을 때 막스는 집에 없었고, 멜리사 부인도 막 외출하려는 참이었다.

"약속이 있단다, 넬리. 막스는 곧 들어올 거야. 부엌에 간식을 만들어 두었어. 너희 집처럼 편하게 있으렴."

멜리사 부인은 그렇게 말하고 외출했다. 멜리사 부인이 나간 뒤에도 향수 냄새가 진동했다. 정말 향기가 짙었다. 잠시 몽롱해진 나는 그 자리에 서서 달콤한 향수의 안개 속에 몸을 맡겼다. 숨을 들이쉬면서 그 향기를 내 머리카락과 옷으로 받아들이고 있었다. 그런 다음 거실로 가서 막스를 기다렸다.

기다리고 또 기다렸다.

나는 지루해졌다. 부엌에 가서 먹을 것과 마실 것을 조금 가져왔다. 그리고 다시 거실을 잠시 왔다 갔다 하다가 '출입 금지!' 팻말이 붙어 있는 막스의 방을 지나 가족용 방으로 꾸며진 큰 방을 지나쳤다. 나는 거기서 멈춰 섰다가 다시 돌아왔다. 나는 다시 막스의 방 앞에, '출입 금지!' 라는 팻말이 붙어 있는 동굴 같은 방 앞에 섰다.

흠…… 잠깐 들여다보는 건 괜찮겠지, 하는 생각이 들었다. 지난번에 잠깐 들어갔을 때는 안이 워낙 어두워서 아무것도 보이지 않았다. 나는 손잡이를 돌려 문을 열었다. 끼익! 소리가 났다.

대체 난 뭘 기대했던 걸까? 악마를 섬기는 제단? 아니면 프랑켄슈타인이 들어 있는 관? 아니면 검은 회칠을 한 벽들로 둘러싸인 음침한 동굴?

내가 발견한 건 그냥 보통 남자 애들 방과 똑같은 그런 방이었다. 방 안은 미국 청소년들이 갖고 있을 만한 물건들로 가득 차 있었다. 스포츠 펜던트, 대학 펜던트, 모형 자동차들, 사인이 있는 야구 글러브 등등. 방문 손잡이에는 스케이트가 매달려 있었고, 벽에는 〈스타워즈〉 달력과 위협적인 바다 위를 쏜살같이 항해하는 '타이티닉 호' 포스터가 걸려 있었다. 나는 바닥에 떨어져 있는 책을 밟아 비틀거렸다. 책을 집어 올렸다. 그건 바로 우리가 처음 만났던 날 막스가 읽고 있던 검은색 양장본 책이었다. 표지에 금색 글씨로 '존재와 가상, 독일어 교습을 위한 현대사'라고 쓰여 있었다. 독일어 책? 나는 책장을 조금 넘겨 보았다. 독일어로 쓰여 있었다. 독일어라니? 책의 첫 장에는 막스의 이름이 있었다. 책 속 여기저기에 사인펜으로 밑줄이 그어져 있었고, 그 옆에는 설명이 쓰여 있었다. 그것도 막스의 필체로. 아니, 막스가 독일어를 읽을 줄 안다는 거야? 귀퉁이를 접어 놓은 곳도 꽤 많았다. 분명 그 책을 열심히 읽었다는 흔적이다. 혹시 막스? 모든 사람을 속인 장본인이 바로……?

나는 자리에서 일어났다. 점점 시간이 늦어지고 있었다. 지금 당장 막스가 나타나지 않으면 그만 돌아갈 생각이었다. 나는 서랍장 쪽으로 가 보았다. 그 위에는 여러 개의 농구 트로피와 액자가 놓여 있었다. 그중 하나를 집어 들었다. 지금보다 훨씬 어린 막스가 손에 농구공을 들고 미소 짓고 있었다. 그리고 그 곁에는 한 남자가 서 있었다. 농구 코치일까, 아니면 아빠일까? 그 남자는 막스와 멜리사 부인이 함께 찍은 다른 사진 속에도 있었다. 막스의 아빠인 모양이다. 하지만 막스는 그 남자에 대해서 얘기한 적이 없다. 흠, 그거야 다른 때도 별로 말이 없으니까…….

"빌어먹을, 너 여기서 뭘 하고 있는 거야?"

나는 소스라치게 놀라 돌아섰다. 너무 놀란 나머지 손에서 액자를 떨어뜨려 깨뜨리고 말았다.

"도대체 여기서 뭘 하는 거냐고! 내가 분명히 말했을 텐데, 여기는 들어오면 안 된다고!"

막스는 정말로 화가 난 표정이었다. 방 안 여기저기에 깨진 유리 조각들이 널려 있었고 나무 액자는 부서졌다.

"미안해. 정말 미안해."

나는 몸을 굽혀 깨진 유리 조각 사이에서 사진을 끄집어냈다.

"네가 그 사진을 왜 만져. 이리 내놔!"

막스는 내 팔을 거칠게 잡고 사진을 낚아채더니 나를 문 쪽으로 밀쳤다.

"나가!"

"말했잖아, 미안하다고."

"꺼지란 말야."

나는 밖으로 나왔다. 코앞에서 방문이 꽝! 닫혔다. '출입 금지!' 팻말이 좌우로 흔들렸다.

"난 네가 구역질나게 싫어! 너의 그 사람을 무시하는 태도가 구역질난단 말이야! 그리고 그 병스러운 행동도! 네 기괴하고 역겹고 징그럽고 추한 얼굴을 이제 더 이상 참고 봐 줄 수가 없어! 이 일은 그만둘 거야!"

내가 소리쳤다.

방문이 확 열렸다.

"너는 어떻고? 너는 걸어 다니는 사전 같은 지겨운 애야. 이봐, 꼬맹이. 이건 인생이야, 낱말 테스트가 아니라고!"

막스가 격식을 차린 듯한 말투로 말했다.

막스와 나는 너무 가까이 서 있어서 나는 막스가 방금 케밥을 먹었다는 걸 알 수 있었다.

"그리고 한 가지 더 알려 주지, 이 교활하기 짝이 없는 꼬맹아. 그 단어는 '병스러운'이 아니라 '병적인'이야."

순간, 일 초도 안 되는 사이에 나는 정말 막스의 말이 맞는지 따져 봤다. 유감스럽게도 내 머릿속에 저장된 사전에는 그 단어에 대한 정확한 정보가 없었다. 나는 차갑게 대꾸했다.

"네가 알고 있는 정보는 잘못된 거야. 그건 둘 다 사용할 수 있는 말이야. 둘 다. '병스러운'이든 '병적'이든. 그리고 너 알아?

나는 둘 다 역겨워. 너의 그 병적인 행동과 병스러운 행동 둘 다!"

막스가 여전히 내 앞에 바짝 붙어 서 있었기 때문에 나는 한 걸음 뒤로 물러섰다. 그러자 막스가 다시 한 걸음 내 앞으로 다가섰다. 나는 또 한 걸음 뒤로 물러섰다. 막스는 마침내 내 등이 벽에 닿을 때까지 나를 밀어붙였다. 그래서 나와 막스, 벽 이렇게 셋만 남았다.

"네가 가든 말든 내가 무슨 상관이냐? 네가 독일어 과외를 해 준 건 어차피 나한테서 농구를 배우려는 속셈에서였잖아. 영국에 가려고. 윌리엄 왕자 뒤꽁무니나 따라다니려고 말이야. 윌리엄 왕자라니! 그야말로 내가 지금껏 들은 것 중에서 가장 유치하고, 가장 어리석고, 가장 어처구니없고, 가장 창피스런 일이다!"

"왜 이래? 방금 내가 걸어 다니는 사전이라 지겹다고 한 게 누군데?"

"알고 싶지 않냐? 너하고 그 왕자의 관계가 어떤 건지? 넌 말이지, 남자 애들한테 완전히 겁을 먹고 있어. 누가 네 손을 잡기라도 할까 봐, 누가 네 몸에 손이라도 댈까 봐 두려움에 떨고 있다고. 누가 너를 쳐다만 봐도 두려워하지. 그래서 너는 그 빌어먹을 왕자를 꿈꾸고 있는 거야. 네가 그 왕자를 만나서 사귈 가능성은 마이너스 무한대라고 해도 좋을걸. 네가 서른 살이 되든 마흔 살이 되든 그건 마찬가지야. 너는 그런 식으로 끝까지 너의 쥐구멍 같은 동화 세계에 숨어 지내는 거지. 그렇게라도 해야 아무도 너한테 시도조차 안 해봤다는 뒷말은 안 할 테니까."

막스가 한 말을 내가 자세히 들었는지 잘 모르겠다. 다만 한 가지 기억나는 것은, 내가 돌아가려고 했다는 것이다. 그것도 될 수 있으면 빨리. 나는 일단 내 윗옷과 가방을 획 집어 들었다.

"그런 말은 듣고 싶지 않아."

"어딜 가려고? 집에? 네 아빠한테? 아마 집에 안 계실걸."

"대체 무슨 소리를 하는 거야?"

"너는 아주 교활하면서 또 아주 멍청해!"

"그게 대체 무슨 말이냐고?"

막스는 내가 정말 어느 먼 우주에서 지금 막 지구에 도착한 사람이라도 되는 것처럼 나를 쳐다보았다.

"어디선가 지금 우리 엄마한테 붙으려 하고 있을 테니까."

어디서 나온 건지 알 수 없었다. 하지만 갑자기 그것이 나왔다. 눈물이었다. 그것은 내 뺨을 지나 목으로 흐르다가, 옷깃을 타고 마침내 가슴으로 흘러내렸다.

"우리 아빠가 너의 엄마한테 붙으려 하고 있다고?"

나는 울먹였다.

"그러니까, 우리 아빠가 너의 엄마한테 붙으려 하고 있다고?"

'붙으려고 한다'는 말은 내 평생 한 번도 써 본 적이 없다. 그 말이 대체 무슨 뜻인지 내가 분명히 알고 있는지조차 나는 알 수 없었다.

나는 후다닥 현관문으로 달려갔다.

"제발 좀 어른이 돼라!"

막스의 목소리가 들렸다. 등 뒤로 문이 쾅! 닫혔다.

집으로 가는 길을 어떻게 찾았는지 모르겠다. 그 정도로 나는 제정신이 아니었다. 옛날 주유소를 20미터 정도 남겨둔 곳에 이르러서야 비로소 기억이 되살아났다. 거기에 있던 부랑자 중에 엄마가 시인이라고 부르는 사람이 내 쪽을 바라보고 있었다. 나는 아무 생각이 없었다. 머리를 하얗게 염색하고 팔에 뱀 문신을 한 사내가 숨어 있다가 갑자기 내 앞에 나타났을 때까지도 내 머릿속은 패닉 상태였다.

"헤이, 아가씨, 1마르크 있어?"

내가 가까이 다가가자 그 사내가 물었다.

"이리 와, 그 애는 그냥 놔 둬. 그 애는 그냥 어린애야."

시인이 말했다.

"니네 엄마 진짜 잘 빠졌더라. 너도 그러냐?"

뱀 사내가 내 쪽으로 어슬렁어슬렁 다가왔다.

"미안해요, 지금은 돈이 없어요."

내가 말했다.

뱀 사내는 내 쪽으로 손을 뻗었다.

"그럼 가방 속엔 뭐가 있지?"

"야, 마르코, 그 애는 그냥 놔두라니까."

시인이 우리 사이에 끼어들어 뱀 사내를 잡아당겼다.

나는 당장 그곳을 떠나려 했다. 하지만 생각지 않게 상황이 점점 꼬여 가고 있었다. 등을 돌렸을 때 시인의 재킷에 쓰여 있는 시가 눈에 들어왔다.

천둥이 치고, 벼락이 치고, 세차게 비가 내리네.

눈물방울이 조용히 땅을 적시네.

내 심장은 소리 지르네, 어두운 밤 속으로.

내 사랑, 내 사랑을 나는 다시는 찾지 못했네.

아니, 몇 달 동안 그토록 읽고 싶어 했던 게 겨우 이거였단 말이야? 이 무슨 조잡하기 짝이 없는 시인가. 그런 생각을 하고 있는데 뱀 사내가 시인의 팔을 뿌리치고 다시 내 쪽으로 다가왔다. 나는 두렵지 않았다. 전혀 두렵지 않았다. 어쩌면 너무 순진해서인지는 몰라도 아무튼 그랬다. 그때 뒤에서 누군가의 목소리가 들렸다.

"돈 터치 허!"

나는 화가 치밀었다. 막시밀리안이었다! 아니, 저 애가 도대체 여기서 뭘 하는 거지?

나는 뱀 사내나 시인이 영어를 알아들었을까 의아했다. 하지만 그들은 막스의 말을 금방 알아들었다. 막스가 힘주어 말했기 때문에 표정만으로도 알 수 있었던 모양이다. 시인이 어깨를 으쓱했다. 뱀 사내가 입술을 핥았다. 인디언 머리의 부랑자 두 명이 무슨 일이 생겼나 하고 이쪽으로 다가왔다.

"이 쥐새끼 같은 녀석은 또 뭐야?"

뱀 사내가 독일어로 막스에게 소리쳤다. 뱀 사내가 가슴을 부풀리자 지저분한 가슴 털이 거미줄 같이 드러나 보였다. 다른 부랑자들도 막스를 에워쌌다. 막스의 출현이 그들에게 도전적으로 보인 게 분명했다.

"한 대 맞고 싶다는 거야, 뭐야?"

인디언 머리를 한 사내가 말했다.

"빨리 가, 넬리."

막스가 명령했다.

저런 멍청이가 어디 있담? 자기가 무슨 타잔이라도 되는 줄 아나, 느닷없이 왜 끼어드는 거야? 하지만 일단 막스가 끼어들었으니 나는 도망치는 수밖에 없었다.

나는 그곳에서 달아났다. 몇 발자국 뛰어가다가 길가에 서 있는 자동차 뒤로 몸을 숨겼다. 뱀 사내가 막스를 한 대 쳤다. 그 다음에는 그 일당이 한꺼번에 달려들어 순식간에 막스를 만신창이로 만들어 놓았다.

막스가 내게 몸을 기댔다. 너무 무거웠다. 가장 힘든 건 우리 아파트가 5층이라는 사실이었다.

"정말이지 쓸데없는 짓이었어. 대체 왜 그런 거야? 그 작자들한테 하마터면 죽을 뻔했잖아."

"죽을 뻔했다고? 그러는 너는 어땠는데? 눈이 먼 거야, 아니면 멍청한 거야? 거리에서 급습 당했다는 얘기도 못 들어 봤어? 강간이나 상해를 입었다는 얘기 같은 거 말이야?"

"내 몸은 내가 지킬 수 있어."

나는 좀 전보다는 낮아졌지만 불퉁거리는 소리로 말했다. 막스는 정말 걱정을 하고 있었다. 막스가 힘들게 숨을 쉬었다.

"모든 게 다 네 잘못이야."

나는 힘없이 변명을 했다.

"내 잘못이라니? 대체 집에서 달려 나간 게 누군데?"

"나한테 꺼지라고 소리친 사람이 누군데?"

"무작정 내 방에 들어온 사람이 누구였더라?"

"아무리 기다려도 안 온 사람은 누구였고?"

"너무 일찍 온 사람이 누군데?"

우리는 3층과 4층 사이의 계단에 쭈그려 앉아 한숨 돌린 다음 다시 올라갔다.

나는 집 열쇠를 찾느라 더듬거렸다.

"리자 할머니가 눈치 못 채시게 내 방으로 들어가면 돼. 우리 엄마는 아마 집에 없을 거야."

막스는 고개를 끄덕였다. 하나님 맙소사, 막스의 몰골은 정말 말이 아니었다! 코는 뭉그러지고 눈두덩은 부어올라 있었다. 얼굴에 흰 분칠을 하고 있어서 피부가 파랗게 멍들었는지, 시커메졌는지, 보라색인지 알 수 없었지만, 몸은 온통 피투성이였다.

지친 듯 막스가 문에 몸을 기댔다. 이런! 그러다 실수로 초인종을 누르고 말았다. 곧 안에서 발소리가 들렸고 문이 열렸다. 리자 할머니가 막스와 나를 번갈아 쳐다보았다.

"맙소사, 이게 무슨 일이니."

상처는 꿰매지 않아도 되겠다고 리자 할머니가 결정 내렸다. 뭐 하러 막스를 병원에 보내냐는 것이다. 할머니는 나한테 물을 데우고, 수건, 붕대, 반창고, 연고, 샴푸, 그리고 코냑을 한 병 찾아오라고 했다. 그런 다음 나를 문밖으로 내보냈다. 처치는 할머니 혼자 하겠다고 했다. 나도 그렇게 하는 편이 한결 마음이 가벼울 것 같았다. 막스의 신음 소리가 부엌까지 들렸다. 듣기만 해도 끔찍했다. 나는 혹시라도 커서 의사가 될 일은 절대로 없을 거라는 생각이 들었다.

리자 할머니는 막스의 처치를 끝낸 뒤 목욕을 시키고 머리까지 감겨 주느라 한 시간이 훨씬 지나서야 나를 다시 방으로 불렀다.

날이 제법 어두워졌다. 리자 할머니는 너무 환한 불빛이 막스에게 좋지 않을 것 같아서 스탠드 불빛을 약하게 해 놓았다고 했다. 하지만 내 생각엔 막스의 모습이 너무 흉측해서 일부러 잘 보이지 않게 하려고 그런 것 같았다.

막스는 침대에 반듯이 앉아 다리를 길게 뻗고 있었다. 나는 막스의 얼굴을 보기가 겁나서 그의 검은 가죽 바지에만 눈길을 주었다. 검은 가죽 바지는 장미무늬 분홍색 침대 시트와 너무나 대조를 이루고 있었다! 이어서 내 눈길은 더듬듯이 그의 팔로 올라갔다. 팔은 다치지 않은 것 같았다. 걷어 올린 셔츠 소매 아래로 진노랑 빛 털이 보였다. 다행히 뼈도 부러지지 않은 것 같았다.

그런 다음 막스의 얼굴을 보았다.

그 순간 나는 너무 놀라 숨이 막힐 정도였다.

"누가 생각이나 했겠니? 그 괴상망측한 분칠을 벗겨 보니까 이런 멋진 사내아이가 나오지 않겠니. 응, 넬리야?"

리자 할머니가 말했다.

얼굴에 발랐던 모든 칠이 사라졌고 더덕더덕 덧칠한 거미줄 역시 지워지고 없었다. 남은 건 그의 맨 얼굴이었다. 얻어터져서 붓고 상처투성이였지만 어쨌든 사람의 얼굴이었다. 막스의 얼굴이었다. 머리카락은 금발이었다. 방금 감은 숱 많고 곱슬거리는 금발. 그리고 눈은 파란, 아주 파란 색이었다.

"어."

막스가 말했다.

아마 내가 미소를 지은 모양이다.

"어이."

막스가 다시 말했다. 그러고는 한 번 더 부드럽게 불렀다.

"야."

"너 내 뒤를 따라온 거지?"

리자 할머니가 방을 나간 뒤에 내가 막스에게 한 첫마디였다.

"왜 그랬어?"

막스는 어깨를 움찔거렸다.

"나도 몰라."

하지만 잠시 생각하더니 알겠다는 듯이 말했다.

"사과를 하고 싶었어. 기분이 안 좋았거든."

"우리 아빠 얘기 때문이지."

"그래. 그리고 내가 화를 낸 것도."

"그리고 나에 대한 얘기 때문에도 그랬을 거야."

"아냐."

"뭐, 아니라고?"

"그래, 그것 때문에 기분이 안 좋았던 건 아냐. 너에 대해 말한 건 모두 사실이니까."

나는 얼굴이 붉어졌다.

"그래, 넌 진짜로 신사구나."

막스는 미소를 지으려 애썼다. 하지만 굳어진 입술이 말을 듣지 않는 것 같았다.

"내가 널 제대로 이해한 거라면 네가 기분이 안 좋았던 건 우리 아빠에 대해 틀린 얘기를 했기 때문이야."

"아니, 난 그냥 그걸 너한테 얘기한 게 후회가 됐던 것뿐이야."

"너 정말 세심하구나. 그래, 참 솔직하기도 하다."

"나는 솔직한 인간이거든."

"아, 그래? 그런데 왜 독일어를 못한다고 거짓말을 했니?"

막스의 눈이 커다래졌다. 아주 잠깐이지만 내가 정곡을 찔렀다는 걸 알 수 있었다.

"너를 처음 봤던 날, 그날 넌 책을 읽고 있었어. 제목이 금박으로 쓰여 있는 검은 책. 아까 네 방에서 그 책을 다시 봤는데 그 안에 네가 쓴 메모가 잔뜩 있었어. 거의 독문학자 수준이던데."

"쪼그만 게, 스파이처럼 냄새나 맡고 다니다니!"

"나는 냄새를 맡으려던 게 아냐! 그냥 심심했을 뿐이야. 그래서 네 방에 들어갔다가 우연히 그 책을 밟아 넘어질 뻔했고, 호기심에 펼쳐 본 것뿐이야. 그래서……."

바로 그때 지금껏 전혀 생각지 못했던 뭔가가 머릿속을 스쳐 지나갔다. 황금처럼 귀중한 발견이었다. 이튼으로 갈 수 있을지도 모른다!

"그래서 뭐?"

막스가 따지듯 캐물었다.

"그래서 생각해 봤는데, 만약 네가 독일어를 잘한다는 걸 너의 엄마가 알게 된다면 어떨까. 과연 너를 그냥 뉴욕으로 보내 주실까? 어쨌든 너의 엄마도 그 사실을 아셔야 되겠지? 만약 네가 나한테 농구를 가르쳐 준다면, 나도 입을 다물 테지만……."

"너, 지금 협박하는 거야? 소용없어. 우리 엄마도 내 독일어가 그리 서툴지 않다는 것 정도는 알고 있어."

막스가 말을 막았다.

"어떻게 아는데?"

"어렸을 때는 엄마하고 독일어로 얘기했으니까. 너도 그건 알고 있잖아?"

어렴풋이 그런 말을 들었던 기억이 났다.

"그렇다면 너의 엄마는 왜 나한테 독일어를 가르쳐 주라고 부탁하신 거지?"

"그건 아마도 문법을 조금 배워 두는 게 좋겠다고 생각해서겠지. 그런데 넌 ABC부터 가르치려 들더라."

나는 이마를 찡그렸다.

"알았어. 그러니까 넌 더 이상 독일어 과외가 필요 없다는 얘기지?"

"처음부터 난 네가 전혀 필요 없었거든, 꼬맹아."

하지만 나는 지금 막스가 필요했다. 이 우쭐대는 원숭이 같은 녀석이.

"그래 좋아. 만약 내가 너한테 필요 없다면 과외 따위는 그만두기로 해."

"좋았어."

"그렇지만 너의 엄마한테는 아무 말 말기로 하자. 너의 엄마는 독일어 과외를 계속 한다고 생각하시면서 나한테 10마르크씩을 주실 거야. 네가 나한테 농구를 가르쳐 주고 그 돈을 대신 갖는 거지. 어때?"

"넌 진짜 포기를 모르는구나, 응?"

막스가 웃었다. 만약 아프지 않았다면 아마 좋아 죽었을 거다.

나는 막스를 바라보며 잠시 다음 할 말을 생각해 봤다. 이렇게 덩치 큰 남자 애가 내 침대에 앉아 있는 걸 보고 있으려니 이상했다. 갑자기 그의 다리가 참 길다는 생각, 그리고 막스가 있으니까 내 방에서 다른 냄새가 난다는 생각이 들었다. 무슨 사향 냄새 같았다. 막스의 가죽 바지에서 나는 냄새일까? 아니면 양말에서? 아니면 몸에서?

막스가 자세를 바꿔 누웠다. 그러자 다시 내 문제가 떠올랐다.

"좋아. 만약 너한테 돈이 별로라면 섹스를 하기로 해."

내가 말했다.

정말 내가 그 약속을 지킬 수 있을지 없을지는 모르겠다. 하지만 적어도 막스의 반응을 불러일으킬 수는 있을 것 같았다.

아주 짧은 순간, 막스의 두 눈이 커다래진 듯 보였지만 그는 아무런 내색도 하지 않았다.

"내 말 들었니? 너하고 섹스를 하겠단 말이야."

막스는 나를 쳐다보지도 않았다. 귀가 먹은 걸까?

"섹스. 네가 나하고 섹스를 해도 된다고 말했어."

나는 다시 말했다.

마침내 막스가 나를 쳐다봤다.

"좋아, 너의 엄마는 언제쯤 집에 들어오시니?"

나는 심장이 멈추는 것 같았다.

"지금? 너 지금 그걸 하려는 거야?"

나는 더듬더듬 애원하듯이 말했다.

막스가 천천히 내게로 몸을 굽혔다. 점점 더 가까이. 1센티미터씩 점점 가까이. 나는 숨을 멈췄다. 막스는 바로 내 코앞까지 다가왔다가 몸을 돌려 일어났다.

"나는 당연히 돈을 갖겠어. 내일 4시야."

막스가 말했다.

뭐? 섹스를 안 한다고?

나는 힘들게 침을 삼켰다. 나는 홀가분해진 걸까, 아니면 실망한 걸까?

막스는 가죽 재킷을 움켜잡더니 어깨에 걸쳤다. 탁! 하고 재킷이 그의 등을 치는 소리가 났다.

막스는 갔다.

10시 반이었다. 하늘에는 달이 떠 있었다.

1시 15분. 나는 몇 시간 전부터 내 방 창가에 앉아 있다. 그 사이에 달은 창문의 맨 끝 모퉁이로 옮겨가 있었다. 아빠는 아직 돌아오지 않았다.

솔직히 나는 아빠와 멜리사 부인의 관계를 어떻게 생각해야 할지 몰랐다. 하지만 아빠를 조금은 이해할 수 있었다. 누가 멜리사 부인 같은 여자를 뿌리칠 수 있을까? 하지만 두 사람이 함께 있는 모습을 상상하면 정말 기분이 나빴다. 한번은 멜리사 부인의 식당에서 아빠가 부인한테 노골적으로 '붙으려고 하는' 모습을 본 적이 있다. 그때 나는 속이 울렁거려서 화장실로 뛰어 들어갔다. 비록 토하지는 않았지만 30분이 지난 후에도 계속 속이 메스꺼웠다.

식당에서? 나는 상상을 해 보았다. 차를 마시면서? 게다가 내가 옆방에 있는데도? 엄마가 뭔가 눈치를 챈 걸까? 아닐 것이다. 사실은 엄마가 불쌍하다는 생각이 들어야만 했다. 그리고 사실 그랬다. 하지만 화가 나기도 했다. 단지 아빠한테만 화가 나는 게 아니라 그런 일이 일어나지 않도록 막지 못한 엄마한테도 화가 났다. 만약 엄마가 늘 그렇게 잔소리를 퍼붓고 무시하지만 않았다면, 만약 엄마가 허벅지 정맥이 보기 흉하게 퍼져 가는 걸 제때에 막았더라면…….

이날 밤 내게 유일하게 위안이 되었던 건 최소한 제대로 농구를 배울 수 있을 거라는 기대였다.

나는 피곤했다. 스탠드를 켜고 잠옷을 입은 뒤 옷을 넣어 두려고 옷장으로 갔다. 갑자기 윌리엄 왕자의 모습이 눈에 들어왔다. 짙은 청색 캐시미어로 짠 가는 세로줄무늬 스웨터를 입은 당당한 모습. 나는 그의 앞에 섰다. 내 머리는 그의 관자놀이에까지밖에 닿지 않았다. 나는 의자를 가져와 그 위에 올라섰다. 그렇게 하니 좀 나았다.

"헤이."

그가 말했다.

"헤이."

그는 내게 키스를 했다. 완벽한 키스였다. 얼떨떨하면서도 따스한 느낌이 몸 전체에 퍼지는 것 같았다. 그 느낌은 발가락 끝에서부터 손가락 끝까지 파고들었고, 내 귓속으로 그리고 더 아래로 내려가 뱃속으로까지 흘러 온몸으로 퍼졌다. 윌리엄은 나를 품에 안아 자기 가슴에 내 머리를 갖다 댔다. 그렇게 껴안은 상태로 마치 부드러운 담요에 등을 문지르며 낮게 그르렁거리는 고양이처럼 나를 애무했다. 그는 내 턱을 들어 올렸다. 그러고는 키스를 했다. 다시 또 한 번.

그때 노크 소리가 났다.

나는 급히 침대로 뛰어 올라가 농구 안내서를 움켜쥐었다.

"네, 들어오세요."

아빠였다. 나는 몰래 윌리엄 왕자 쪽으로 시선을 던졌다. 아, 안 돼! 그의 입술이 촉촉히 젖어 있었다. 제발 아빠가 그걸 알아채지 못해야 하는데.

"불이 켜져 있어서 그냥 잘 자라는 말을 하려고 왔다."

아빠가 내 침대에 걸터앉았다.

"책을 읽기에는 너무 늦은 시간인 것 같구나, 안 그러니?"

보통 때 같으면 아빠를 두 팔로 껴안았을 거다. 하지만 지금은 그러고 싶지 않았다. 나는 그냥 어깨를 으쓱해 보였다.

아빠는 몸을 굽혀 나한테 키스를 했다.

그때 나는 그 냄새들을 맡았다. 담배 냄새, 술 냄새, 향수 냄새. 멜리사 부인의 향수 냄새였다. 아빠는 어쩌면 이렇게도 멍청하게 모든 걸 다 드러내고 다니는 걸까.

"아빠한테서 이상한 냄새가 나요. 향수 냄새요."

"새 면도 화장수를 말하는 거니?"

나는 아빠의 눈을 똑바로 들여다보았다.

"몰라요. 그럴 수도 있겠죠."

아빠는 내 시선을 피해 농구 책을 집어 들었다.

"도와줄 사람은 찾았니?"

"네, 막스요. 막스가 도와주기로 했어요."

내 목소리에 갑자기 쾌활한 기운이 돌았다. 그리고 그 쾌활함에 놀란 것은 아빠뿐만이 아니었다.

넬리에게 과외하기

막스가 나한테 제대로 된 실력을 갖추게 해 줄 시간은 고작 10여 일 정도였다. 분명 너무 짧은 시간이다. 10주, 아니 10개월만 됐어도. 이런, 무슨 소리야. 10년이 걸려도 제대로 못할 텐데.

"맙소사, 너 진짜 드리블도 할 줄 모르는 거야?"

첫날 농구장에서 막스가 한 말이다. 그리고 둘째 날도 똑같은 소리를 했다. 나도 내가 뭘 해야 할지 정도는 안다. 공을 손바닥이 아닌 손가락 끝으로 누르면서 튕겨야 한다는 것, 그리고 슛을 할 때는 바스켓 뒤의 사각형을 겨냥해야 한다는 것. 공을 생각하지 말고 항상 그걸 생각해야 한다. 그리고 공을 몸에 밀착시켜야 하며 눈앞의 공이 아니라 경기장 전체를 주시해야 한다. 나는 모든 것을 알고 있다. 정말이다. 그렇지만 실제로 몸을 움직일 때는 손 전체로 공을 감싸 쥐었다. 그리고 언제나 바스켓 뒤에 판자가 있다는 걸 잊었다. 내가 한 지점에 멈춰 서면 공은 멋지게 내 곁으로 다가왔다. 그러나 움직이기 시작하면 공은 곧 제멋대로 달아났다. 내가 공에서 한순간이라도 시선을 떼면 다음 순간 내 몸은 영락없이 막스와 부딪치거나 담장 쪽으로 달려가거나 아니면 나뭇가지에 걸려 비틀거리곤 했다.

그래도 다행인 건 막스의 잔소리 덕분에 안전 장비를 이것저것 다 갖추고 있었다는 거다. 무릎 보호대, 발목과 손목에 감는 붕대, 안전 농구화, 심지어 입마개까지 하라고 성화였으니까. 만약 이 장비들을 갖추지 않았더라면 나는 벌써 응급실로 실려 갔거나, 최악의 경우 시체실에 들어가 있을지도 모른다. 장비들은 다 아빠가 사 주었다. 아빠는 내가 막스하고 잘 지내면서 농구 연습까지 하자 몹시 기뻐했다. 반대로 엄마는 전혀 좋아하지 않았다. 물론 엄마는 내가 짧은 바지에 소매가 없는 유니폼을 입고 땋은 머리가 흐트러질 정도로 땀 흘리며 뛰는 모습을 좋아했다. 하지만 내가 운동을 하는 이유 자체는 불만이었다. 내가 막스에 대해서 어떤 얘기를 해도 엄마는 달갑게 여기지 않았다. 그건 엄마의 얼굴에도 나타났다. 막스 얘기를 할 때마다 입이 일그러지고 코 주위에 경련이 일었으니까.

간단히 말해, 내 농구 연습은 분명 엄마의 상처에 소금을 뿌리는 일이었다. 더구나 그것 때문에 나는 바트-미즈바 준비마저 소홀했다.

멜리사 부인이 내 바트-미즈바 날인 10월 25일 토요일에 레스토랑 개업식을 하겠다고 알려 왔을 때 마침내 엄마의 화는 머리끝까지 치솟았다.

"이런 못된 것. 이런 요부. 더러운 여자 같으니라고."

엄마는 수다쟁이 친구 베키 베른슈타인 아줌마와 통화하면서 이렇게 말했다.

아빠는 성난 파도처럼 날뛰는 엄마를 달래 보려고 애썼지만 소용없었다.

"멜리사 부인도 날짜가 겹친 걸 알고 개업 날짜를 바꾸려고 했어. 하지만 이미 초청장을 다 인쇄한 뒤였으니 어쩌겠어?"

아빠가 우리한테 해명을 했다.

"초청장은 다시 인쇄하면 되잖아."

엄마가 말했다.

아빠가 한숨을 내쉬었다.

"당신, 그날 혹시 그 여자 레스토랑 연주 때문에 넬리의 바트-미즈바 행사에서 도망칠 생각이라면 어림없어!"

엄마가 씩씩거렸다.

"당신 도대체 나를 뭘로 보는 거야? 넬리는 내 딸이야!"

아빠는 불퉁거리며 도망치듯 문 쪽으로 나갔다.

내가 딸인 건 알고 계시는군. 나는 엄마 아빠를 무시하려고 애썼다. 두 분은 분명 얼마 안 가서 다시 조용해질 것이다. 늘 그렇듯이.

셋째 날, 다른 날보다 특히 더 힘든 연습을 마치고 막스는 내 인생을 뒤바꿀 만한 결정을 내렸다.

"헤이, 너, 이리 좀 와 봐."

막스는 브루클린식 억양으로 말했다. 막스는 이탈리아 마피아 같은 말투에 익숙해져 있었다. 로버트 드 니로가 주연한 영화를 너무 많이 본 모양이다. 나는 그 꼴이 정말 우스웠다. 막스도 그걸 알고 있었다. 그 애 수준으로는 그게 다정함을 나타내는 괴상한 제스처였다.

"귀가 먹은 거야, 뭐야? 더 빨리, 빨리, 속도를 내라고 몇 번이나 말했잖아!"

막스가 로버트 드 니로 같은 표정으로 투덜거렸다.

나는 온몸이 열기로 화끈거리고, 숨이 차고, 발은 땀에 흠뻑 젖고, 농구화 속 발가락은 감각이 없을 정도로 마비된 상태로 그에게 달려갔다. 정신이 약간 몽롱한 가운데 날씨가 상당히 쌀쌀하다는 걸 느꼈다. 찬 공기가 코끝을 스치자 뺨이 움찔했다. 날이 벌써 어두워졌고 운동장 근처에서 놀고 있던 어린애들이 떼를 썼다. 엄마들이 아이들을 유모차에 앉혀 안전띠를 채우고 비스킷을 주며 달랬다.

"엉덩이를 좀 움직여."

내가 막스한테서 약 2미터 정도 떨어진 곳까지 달려갔을 때 그가 내게 공을 던졌다. 공이 배에 세게 맞았다. 나는 몸을 웅크렸고 공은 빠져 굴러갔다.

"아프잖아!"

"이런, 미안하다. 공을 잡았어야지."

나는 공을 집어 들었다.

막스는 큰 소리로 숨을 토해 냈다. 생각을 가다듬고 있는 것 같았다. 그의 얼굴은 여전히 엉망이었다. 노란색이던 눈두덩은 파랗게 변했다가 다시 보라색으로 바뀌고 있었다. 오른뺨에는 반창고가 붙어 있었다. 입술도 아직 부어올라 있었다. 코에 피어싱과 얼굴에 흰 칠은 더 이상 하지 않았지만 머리카락은 다시 전기 충격에 꼿꼿해진 것 같은 스타일로 돌아왔다. 다른 애들은 그런 모습을 보고 '쿨' 하다고 했지만 내가 보기엔 그저 그랬다. 중요한 건 단 하나, 내게는 농구 코치가 필요하다는 사실이었다. 여학생 농구팀에 들어가기 위해서. 이튼에서 열리는 경기에 참가하기 위해서. 윌리엄을 만나기 위해서. 이유는 그렇게 간단했다.

"더 이상은 안 될 것 같다."

막스가 말했다.

그래 그럴 거라고 예상했다. 빌어먹을 자식!

"아무리 해도 안 돼."

막스는 자기가 진지하게 말하고 있다는 걸 나한테 납득시키려는 듯 보통 때 막스 민스키의 목소리로 말했다.

"오늘이 마지막 연습이야. 네 돈은 다시 가져가라."

심장이 목까지 조여 올 듯 너무도 세차게 뛰어서 나는 질식할 것 같았다.

"영국에 갈 다른 방법을 찾아보는 게 어떠니? 청소년 별자리 관측대회나 뭐 그런 거."

"싫어, 나는 농구팀을 따라갈 거야."

"왜 하필, 빌어먹을!"

"몰라서 물어?"

"추워진다, 그만 가자."

막스가 일어섰다.

그는 출구 쪽으로 걸어갔다.

"런던으로 그냥 쇼핑 여행 같은 걸 가면 안 되냐? 주말에 너의 엄마하고. 헤러즈나 옥스퍼드로 가 봐. 거기서 기분 좋게 핫케이크와 차를 시켜 놓고 버킹엄 궁전을 바라보는 거지. 어쩌면 왕자가 집에 있을지도 모르잖아."

"비웃지 마. 단지 그 때문만은 아니니까! 알아들었니? 단지 그것 때문은 아니라고!"

내 목소리는 다른 때보다 두 옥타브는 높았다.

막스가 돌아봤다.

"그럼 대체 뭣 때문인데? 너 자신을 괴롭히는 게 그렇게 좋아? 마조히스트냐? 정신병자냐? 네가 절대로 될 수 없는 게 한 가지 있거든. 그게 바로 농구 선수야!"

"나는 할 수 있어. 할 수 있단 말이야."

나는 주먹으로 내 허벅지를 쳤다.

"넬리, 넌 안 돼! 재능이 없단 말이야. 진실을 들여다 봐. 너는 농구를 할 수 없어."

"할 수 있어. 빌어먹을, 다시 말하지만, 난 할 수 있어!"

눈물이 쏟아져 나왔다. 나 자신에게 화가 났다. 울지 않으려 했는데. 나는 강해지고 싶었다.

"나는 해낼 거야! 나 혼자 증명해 보이겠어. 너한테 증명해 보일 거야. 학교 사람들한테도 다 보여 줄 거야. 그리고 우리 엄마한테도. 모두한테! 두고 보라고! 알아들었니?"

막스가 나한테 공을 휙 던졌다. 하마터면 또 맞을 뻔했다. 그렇지만 이번에는 공을 잡았다. 내가 공을 잡은 것이다!

"나쁜 자식!"

나는 공을 다시 그에게 던졌다.

"나한테 보내면 어떡해, 바보야! 저 바스켓에 넣어야지. 바스켓에 넣으라고!"

막스는 공을 다시 내게 던졌다.

나는 공을 바스켓 쪽으로 던졌다. 공은 골대에 맞고 튕겨져 나왔다. 내 팔 안으로.

"다시 해. 젠장, 다시 던져! 리바운드하라고! 자, 뛰어!"

나는 공을 던졌다. 공은 바스켓 안으로 들어갔다.

"다시 한 번! 다시!"

막스가 말했다.

나는 다시 한 번 골을 겨냥하여 슛을 했고 골인시켰다. 나는 떨어지는 공을 잡으려고 높이 뛰어올랐다. 하지만 막스가 나보다 빨랐다. 갑자기 어디선가 휙 뛰어오르더니 공을 잡아채 바스켓 쪽으로 드리블해 갔다. 퍽! 나는 막스한테서 공을 빼앗았다. 기적이었다! 나는 몇 걸음 더 오른쪽으로 공을 드리블하다가 재빠르게 슛을 했다. 골인이었다. 공은 망 아래로 떨어져 몇 번 튕기더니 저쪽으로 굴러갔다. 막스가 공를 쫓아갔다. 나는 멈춰 섰다. 숨을 헐떡이면서 그 자리에 서 있었다. 막스가 다시 돌아왔다.

"알아둬, 조그만 신경질쟁이야. 방금 네가 한 건 다섯 살짜리 꼬맹이도 할 수 있는 거야. 그것도 너보다 더 잘."

막스가 말했다.

사전 경고도 없이 막스가 내게로 공을 던졌다.

나는 공을 잡았다.

"내일 같은 장소, 같은 시간이다. 윌리엄 왕자가 내가 지금 여기서 그를 위해 뭘 하고 있는지 제발 알아줬으면 좋겠다."

막스는 출구 쪽으로 달려갔다.

몇 분 뒤에 나는 막스를 뒤쫓아 갔다.

"고마워."

막스는 나를 쳐다보지도 않았다.

"이상한 상상은 하지 마. 나는 혹독한 도전을 좋아하니까."

잠시 동안 우리는 말없이 나란히 걸었다. 막스가 씨익 웃으며 말했다.

"화내니까 정말 무섭던데?"

"그럼 뭐 나는 화낼 줄도 모르는 줄 알았니?"

내 말에 막스는 내 손에 있던 공을 툭 치더니 튀어 오른 공을 붙잡아 톡톡 쳤다. 그러고는 공을 가지고 빙빙 돌면서 현란한 연속 드리블을 보여 줬다. 그가 나를 쳐다봤다.

"우리 엄마 말이 내가 괴상한 분장을 하고 다녔던 건 내 안에 쌓인 공격성을 드러내기 위한 나만의 방식이래. 아빠와 이혼하고 나를 베를린으로 데리고 온 엄마한테 화가 나서."

"그 말이 맞니?"

막스는 미소를 지었다. 그러더니 눈길을 떨구었다.

"그래, 적어도 베를린에 대해서는. 아빠 일은, 그건 그저 지나간 과거의 이야기야."

우리는 길모퉁이에 다다랐다. 신호등이 빨간색으로 바뀌었다. 나는 재킷 단추를 잠갔다. 여름이 끝나가고 있었다. 파란 신호등을 기다리는 동안 막스는 불안하게 공을 위아래로 튕겼다.

"아빠가 보고 싶어."

막스가 갑자기 말했다.

"왜냐고 묻지 마. 우리 아빠는 도박사였어. 엄마가 도망친 건 당연해. 우리 엄마는 아빠한테서 떠나야 했어. 뉴욕에서도. 하지만 왜 하필 여기로 와야 했는지, 난 그게 묻고 싶어."

신호등이 파란색으로 바뀌었다.

"그러고 다니는 게 불안하진 않았니? 드라큘라처럼 하고 다니는 거?"

"불안? 그렇진 않았지만 가려웠어! 분칠에 알레르기가 있나 봐. 처음 겪는 알레르기는 아니지만."

"내 말은, 그러고 다니는 게 너를 더 힘들게 하진 않았냐고."

"왜 그렇게 관심이 많지? 너, 내 심리치료사라도 될 작정이냐?"

"난 너를 도우려는 것뿐이야."

나는 연극배우처럼 과장된 제스처로 두 손을 가슴에 갖다 댔다. 맹세의 표시였다.

"집에 있을 때만 분장을 했어. 엄마한테 보이려고."

막스가 말했다.

그가 내 어깨를 주먹으로 다정하게 쳤다.

"그리고 너도 보라고. 학교에 처음 등교하던 날도 그랬고. 꼭 연극하는 기분이더라. 하나의 배역을 연기하는 기분. 나는 분장하고 치장하는 길 아주 좋아해. 나는 배우가 되는 게 꿈이야. 너 내가 뉴욕에 있을 때 연극협회 회원이었던 거 알아?"

"진짜?"

"내가 〈우리 마을〉에서 조지 역을 연기한 걸 네가 봤어야 하는데. 내가 아내 에밀리의 무덤 앞에서 작별 인사를 할 때 여자들이 다 감동의 눈물을 흘렸다고."

집에 가니까 아빠가 식탁에 앉아서 빵과 소시지를 먹고 있었다. 리자 할머니는 부엌과 식료품 창고 사이를 왔다 갔다 하면서 방금 닦은 그릇을 식기세척기에 넣고 있었다. 나도 식탁에 앉아 빵 한 조각을 집어 들고 말없이 버터를 발랐다. 아빠가 빵을 씹다가 목으로 넘기는 소리가 들렸다. 갑자기 그 소리가 너무 크게 들렸다. 소시지가 아빠 입속에서 침과 섞이는 소리까지 그대로 들리는 것 같았다. 진짜 역겨웠다!

아빠는 멜리사 부인하고 있을 때도 저런 소리를 낼까? 아주 잠시 동안이지만 나는 아빠가 멜리사 부인과 함께 침대에 누워 있는 모습을 상상해 보았다.

하지만 내 머릿속은 그런 생각을 완강히 거부했다.

"브르르."

나도 모르게 나온 소리였다.

아빠가 나를 쳐다봤다.

"너 지금 뭐라고 했니?"

나는 고개를 저었다. 아빠는 내가 아빠의 비밀을 알고 있다는 걸 알까? 엄마는 그 사실을 알고 있을까?

"그래, 오늘 낮엔 뭘 했니?"

아빠가 물었다.

나는 아빠의 사생활에 대한 생각을 쫓아버리려고 했다.

"난 지금 지저분하고 땀에 흠뻑 젖어 있어요. 운동복에서는 냄새도 나고요. 그런데도 아빠는 나한테 뭘 했냐고 묻는 거예요?"

"미안, 더러운 공주님."

나는 미소를 지으려고 애썼다.

"오늘은 성과가 좀 있었어요."

"그래, 다행이구나. 네가 자랑스러워."

아빠는 잠깐 말을 멈췄다가 덧붙였다.

"어떤 경우에도 나는 네가 자랑스럽다. 네가 농구팀에 들어가든 못 들어가든 상관없이."

"들어가든 못 들어가든이라니요? 난 들어갈 거예요."

"나도 그러길 바란다."

아빠는 내 쪽으로 몸을 굽혀 이마에 키스를 했다. 그러고는 혀로 입술을 핥았다.

"음, 이런. 이게 무슨 맛이지? 농구공이 흘린 땀인가?"

아빠는 입을 크게 벌리고는 혀를 길게 내밀었다.

"어휴."

나는 웃으면서 아빠의 팔을 때렸다.

"아빠도 구역질나요."

"꼬맹이 아가씨, 너도 어서 샤워하러 가는 게 좋겠다! 정말 먼지투성이구나. 이 손 좀 봐라!"

리자 할머니가 얼른 끼어들었다.

내가 얼굴을 찡그리자 할머니는 다시 부엌으로 들어갔다.

아빠는 갑자기 몹시 진지해졌다.

"공주님, 네가 뭘 원한다고 해서 그걸 꼭 얻을 수 있는 건 아니란다. 너도 잘 알고 있지?"

"아빠! 난 바보가 아니에요. 하지만 적어도 시도는 해 볼 수 있잖아요."

"물론이지."

"그리고 충분히 노력한다면 원하는 걸 얻을 수 있을 거예요."

아빠는 고개를 저었다.

"아니야, 그렇지 않아. 너는 대체 어디서 그런 생각을 배운 거니? 엄마한테서? 아니면, 멍청한 미국 시트콤에서?"

아빠는 맥주를 한 모금 들이켰다. 아빠는 왠지 화가 나 있었다. 내가 상처를 준 걸까? 하지만 아빠가 성공한 음악가가 되지 못한 건 충분히 노력하지 않아서가 아닐까?

아빠가 내 생각을 읽고 있었나 보다. 곧이어서 아빠가 이렇게 말했기 때문이다.

"자기가 바라는 걸 위해서 노력하는 것과 또 스스로 노력했다는 걸 아는 것, 그게 우리를 행복하게 해 주는 거란다. 목표 자체는 그리 중요하지 않을지도 몰라. 그것을 향해서 가는 길이 더 중요하지. 결국 우리는 그 길을 가는 동안에 자기 자신을 극복하며 많은 걸 배우게 되거든."

"그런 멍청한 소리를."

막 식당으로 들어서던 엄마가 말했다. 엄마는 식탁에 앉아 아빠를 쳐다봤다.

"당신은 꼭 칼릴 지브란처럼 말하는데, 베아테 같은 여자들이야 그런 말에 죽고 못 살겠지. 하지만 그런 히피 같은 헛소리보다는 살아가는 데 구체적으로 도움이 될 얘기를 해 주는 게 넬리한테 더 의미 있지 않을까? 목표가 의미가 없다면 도대체 왜 그것을 향해서 나아가는데? 그건 시간 낭비일 뿐이야."

엄마는 어쩜 이렇게도 천박할 수 있담? 막무가내로 온 집안 분위기를 망쳐 버리다니. 게다가 방금 자신이 한 말은 스스로도 믿지 않으면서. 물론 엄마가 착실히 노력해서 목표를 꼭 이루는 사람이라는 건 알지만, 목표를 이루는 과정이 더 중요하다는 건 엄마도 잘 알 것이다.

"아빠는 너한테 아무것도 강요하지 않을 거야. 네가 뭘 하든 상관없이, 그걸 즐겼으면 좋겠구나."

아빠는 엄마의 말을 무시했다.

아빠는 일어서서 맥주를 한 모금 더 마시더니 잔과 접시를 치우고 식탁을 떠났다. 엄마 쪽으로는 눈길 한 번 주지 않은 채. 아빠의 와이셔츠 끝자락이 바지에서 비어져 나와 있었다.

아빠가 나가자 엄마는 의자에 털썩 주저앉았다.

"빌어먹을. 이런, 빌어먹을."

엄마가 말했다.

아마 엄마는 울기 시작했을 것이다. 하지만 확실히는 모른다. 왜냐하면 나는 곧 손을 씻으러 갔기 때문이다.

내가 식당으로 돌아왔을 때 엄마는 리자 할머니와 낮은 소리로 얘기를 나누고 있었다. 나는 식당 입구에 서서 귀를 기울였다.

"모르겠어요. 난 정말이지 모르겠다고요."

엄마의 피곤한 목소리가 들렸다. 기분도 몹시 나빠 보였다.

"넬리는 그 민스키라는 애하고 다시 만나고 있어요. 넬리가 《토라》 대목을 마지막으로 연습한 게 언제였지요?"

"루시, 네가 단지 넬리 일뿐 아니라 많은 일들을 걱정하고 있다는 거 안다."

리자 할머니가 말했다.

"넬리는 지금껏 아무것도 안 하고 있었던 거예요!"

엄마는 더 크고 단호한 목소리로 말했다.

나는 아무렇지도 않은 듯 다시 식당으로 들어갔다.

"저 다시 왔어요."

"넬리, 네 바트-미즈바가 이제 몇 주밖에 안 남았다. 그 일을 먼저 해야지."

엄마가 말했다.

"먼저라니요?"

하지만 엄마는 토론을 벌이고 싶은 마음이 없는지 오히려 설교를 했다.

"너는 이런저런 일에 시간을 빼앗기고 있어. 천문학을 위해서, 피아를 위해서, 책을 위해서, 학교를 위해서. 거기다 그 왕자를 위해서도. 그리고 이번에는 농구로구나. 그럼 바트-미즈바는 어떻게 되는 거지?"

엄마의 목소리가 잠겨 들었다.

리자 할머니가 엄마의 어깨에 손을 얹었다.

"루시, 얘야."

"너는 농구를 하느라 허송세월을 보내고 있어. 그래 봤자 아무런 진전도 없을 거라는 걸 모르겠니?"

엄마가 따졌다.

"엄마가 어떻게 알아요? 그리고 그게 무슨 뜻이에요? '진전'이라는 게? 엄마가 말하는 '진전'이라는 게 도대체 뭔데요?"

내가 소리 질렀다. 내 목소리가 너무 컸는지 엄마는 잠시 말을 잃었다.

"이제 그만들 해라! 둘 다!"

리자 할머니가 끼어들었다. 리자 할머니의 권위가 효력을 발휘했다. 의기소침해진 우리는 입을 다물었다. 리자 할머니가 나를 쳐다보았다.

"넬리, 내일부터 매일 30분 동안 《토라》 공부를 하는 거다. 더 이상 변명도 필요 없고 특별 규칙도 안 돼. 그리고 만약 네가 영국 왕실의 족보를 1500년대까지 거슬러 올라가 외우고 싶다면, 《토라》를 다 외운 후에 하도록 해라."

나는 침을 꿀꺽 삼켰다. 리자 할머니가 내게 그런 식으로 말한 적은 지금껏 한 번도 없었다.

할머니는 엄마에게도 이렇게 말했다.

"그리고 너, 루시. 부탁인데 농구를 그냥 일종의 비유로 이해하거라."

"그렇지만 리자 아주머니, 제발."

엄마가 자리에서 일어서며 말했다.

"앉아!"

엄마는 다시 자리에 앉았다. 엄마의 그런 공격을 저지할 사람이 있다니 얼마나 좋은가.

"최근에 읽은 책이 있는데 두 사람한테 얘기해 주고 싶구나. 들어주겠니?"

리자 할머니가 말했다.

엄마는 어쩔 수 없겠다는 듯 눈길을 옆으로 피했다.

리자 할머니가 이야기를 시작했다.

"그거 아니? 위대한 신학 저서인 《미드라시》에서 《토라》를 한 소녀가 갖고 노는 공에 비유하고 있는 거. 거기에 이렇게 쓰여 있어. '한 아이가 다른 아이한테 공을 던지듯이 《토라》는 모세가 시나이 산에서 받아들여 여호수아한테 전했으며, 여호수아로부터 부족장들에게, 그리고 부족장들로부터 선지자들에게 계속 전해졌다. 그리고 그것은 선지자들의 손에서 이후에 거대한 부족회의의 수장들에게로 전해졌다' 라고."

엄마와 나는 조용히 듣고 있었다. 리자 할머니가 얘기를 하면 자연스럽게 귀를 기울이게 된다. 우리는 거기 앉아서 할머니가 하는 말에, 할머니의 시선에, 그리고 진짜 보석처럼 빛나는 할머니 목에 걸린 인조보석에 완전히 홀린 듯했다.

"비유적으로 말하자면 바트-미즈바라는 건, 젊은 처녀한테 공을 던져 줄 시간이 되었다는 뜻인 거지."

리자 할머니는 마치 혼잣말을 하듯 낮은 목소리로 말했다.

"그 처녀는 공을 붙잡는 방법을 알아야 해. 공이 어떻게 생겼고, 그 촉감이 어떻고 그것이 어떻게 돌면서 튀는지. 그래야 그 공을 자신의 아이들과 다음 세대 사람들에게 잘 전해 줄 수 있지 않겠니?"

리자 할머니는 엄마를 쳐다보았다.

"이해하겠니, 루시? 넬리가 농구를 하도록 내버려 둬라. 넬리가 공을 잘 잡고 잘 던질 수 있게 해 줘야지. 우리한테는 그렇게 해야 할 책임이 있어."

엄마와 나는 한동안 멍한 상태로 앉아 있었다. 우리들 가운데 누구도, 그 어떤 사람도, 아마 하나님마저도 유대교를 농구에 비유할 생각은 못했을 것이다. 그건 정말 독창적이었다. 진짜 독창적이었다.

"햐!"

나는 엄마한테 말했다.

"아셨죠?"

그 다음 주는 여러 가지 활동으로 떠들썩했다. 그때를 돌이켜 보면 많은 일들이 영화처럼 빠르게 스쳐 지나간다. 나는 아침에 일어나 학교에 가고, 급히 집으로 돌아와 농구 훈련복으로 갈아입고는 막스를 만난다. 농구 바스켓에 슛하는 연습을 하고, 멜리사 부인의 식당에서 카샤 바니시케를 2인분씩 먹어 치우거나, 막스와 함께 리자 할머니가 만든 치즈케이크를 먹으러 달려간다. 샤워를 하고, 양로원으로 서둘러 달려가고, 하프타라를 연습하고, 내가 암송할 《토라》의 대목을 분석하고, 로지 할머니, 레비 할머니, 그리고 리자 할머니와 함께 카드 게임을 하고, 패스트푸드를 먹었다.

엄마는 내 삶의 주변인으로만 등장한다. 아침이 되면 '잘 잤니, 몸은 어떠니'라고 묻고, 저녁이면 '잘 자라'고 인사한다. 요즘 들어 엄마는 잠자리에 들기 전에 독한 술을 마시곤 한다. 엄마는 텔레비전 방송이나 신문을 보면서 일자리를 구하고 있다. 엄마는 아빠를 찾고 있다. 아빠는 대부분의 시간을 집밖에서 떠돌며 보낸다. 아빠 역시 내 삶의 주변인 역할밖에 못한다. 클라리넷을 연주하고, 아빠의 밴드와 함께 연습을 하고, 멜리사 부인한테 붙으려고 한다. 아빠의 음악 속에는 절망적인 저음 하나가 끼어 들었다. 그런데도 나는 목표를 향해 잘 나아가고 있다. 나는 성공을 향해서 가고 있다. 이본느는 톡톡 쏘는 짓을 멈추지 않았고, 안톤은 계속 나한테 기분 나쁜 눈길을 던지곤 하지만 그런 게 무슨 상관인가? 나는 피아에게 마지막으로 안톤에게 줄 가장 멋진 편지를 써 주겠다고 약속한다. 막스와 나는 서로 잘 지내려고 무지 애를 쓴다. 나는 공을 패스하고 방어하고 슛하는 법을 배운다. 나는 더 나아지고 있다. 그래, 정말이다. 거의 믿기지 않지만 사실이다. 막스는 그것을 안다. 나도 그것을 안다. 농구 바스켓도 그것을 안다. 공도 알고 있다. 공은 점차 내가 원하는 대로 움직여 준다.

막스와 리자 할머니는 친구가 되었다.

"이제 그런 옷은 입지 말아라."

방으로 들어서는데 리자 할머니의 목소리가 들렸다.

"네 엄마의 개업식 날 정말 그러고 갈 작정이니? 그 스웨터는 좀 벗으렴."

막스는 통이 넓은 버뮤다 반바지와 모자가 달린 청색 스웨터 재킷을 입고 있었다. 거기에는 '슈트이베산트'라는 상표가 붙어 있었다. 그 아래로 소매 없는 티셔츠가 보였다. 막스가 스웨터를 벗자 맨팔이 드러났다. 무척 길고 가늘었다. 어깨는 상당히 힘이 세 보였다. 위급한 상황에 잘 방어할 수 있을 것 같았다.

내가 쳐다보고 있다는 걸 알아챘는지 막스가 내쪽으로 돌아섰다. 나는 시선을 다른 데로 돌렸다. 나는 자리에 앉아 리자 할머니가 막스의 몸 치수를 재는 것을 바라보았다.

농구 선발 경기가 열리기 전날 오후였다. 리자 할머니는 막스 엄마의 레스토랑 개업식을 위해서 막스에게 새 옷을 만들어 주겠다고 했다. 그날 어떤 모습으로 가는 게 좋을지 할머니가 막스에게 충고하는 동안, 나는 내 방에서 몰래 안톤에게 보낼 마지막 편지를 썼다. 나는 편지를 프린트해서 봉투에 넣고 주소를 쓴 다음 가방에 집어넣었다. 내일 피아를 만나면 읽어 보라고 줄 생각이었다. 일을 끝낸 나는 내일 있을 대망의 선발 경기 전에 마지막 연습을 하고 싶어 속이 탔다. 하지만 리자 할머니와 막스는 서두르지 않았다. 리자 할머니는 천천히 여유 있게 치수를 재고 있었다.

"원, 이런! 너는 제세상으로 떠난 내 사랑하는 남편 레오폴트와 치수가 꼭 같구나. 좋은 체격이야."

할머니는 그렇게 말하면서 막스에게 눈짓을 했다.

막스의 얼굴이 빨개졌다. 리자 할머니의 말이 마음에 들었나 보다. 리자 할머니도 그런 식으로 막스를 놀리는 게 재미있는 모양이었다. 할머니는 마지막으로 치수를 확인하고 뒤로 물러서서 막스에게 눈짓을 했다. 막스는 다시 스웨터 재킷을 입었다.

"할아버지가 그리우세요?"

막스가 물었다.

나는 리자 할머니가 그렇게 당황한 모습은 처음 봤다. 우리는 한 번도 할머니한테 그런 질문을 한 적이 없었다. 아주 간단한 질문이었는데도. 그리고 난 그 이유를 알고 있었다. 할머니가 그걸 원하지 않기 때문이다.

리자 할머니는 줄자를 감는 데 온 신경을 집중하고 있었다. 그러다가 느닷없이 말했다.

"그이는 이미 죽은 지 오래다. 벌써 칠 년이 넘었어."

"예에?"

막스가 말했다. 할머니의 대답이 충분하지 않은 모양이다.

리자 할머니는 막스의 눈을 들여다보았다.

"물론 그이가 그립지."

나는 막스한테 더 이상 질문을 계속하지 말라고 눈짓을 보냈다. 막스가 알아차렸다.

"아주 멋진 보석이에요."

막스는 화제를 바꾸려고 리자 할머니의 목에 걸린 인조보석을 가리켰다.

나는 눈을 부릅떴다. 자기가 무슨 보석 전문가라도 되나. 아마 저 애는 월석과 담석도 구분 못할 거다.

"이거 진짜예요?"

막스가 물었다.

"물론 진짜고말고. 여기 이것 말이지?"

리자 할머니는 목에 걸고 있는 인조보석을 막스에게 가까이 보여 주었다.

"다이아몬드나 뭐 그런 거예요?"

"다이아몬드? 애야, 만약 이게 다이아몬드라면 나는 벌써 옛날에 프랑스의 리비에라 휴양지로 가서 은퇴 생활을 즐기고 있을 거다. 이건 그냥 유리야. 집안 대대로 내려온 유물이란다. 여러 세대를 거쳐 여자들한테 물려 내려온 거지."

할머니는 잠시 동안 아무 말도 하지 않았다.

"우리 어머니와 나는 우리 집안에 마지막으로 남은 여자였지."

리자 할머니는 헛기침을 했다.

"내겐 자식이 없었어. 그래서 때가 오면 이걸 루시한테 물려줄 생각이다. 루시의 어머니인 한나, 그러니까 넬리의 외할머니가 내 어릴 적 가장 친한 친구란다."

"멋져요."

막스는 조금 당황한 듯 말했다.

"맞아요, 참 아름다운 추억이에요."

내가 말했다. 두 사람이 내가 옆에 있다는 걸 알아줬으면 했다.

"나는 어렸을 때 늘 이 돌을 갖고 놀았단다."

리자 할머니는 미소를 지으며 말했다.

"이건 빛을 반사하거든. 그래서 나는 햇빛이나 다른 빛이 전혀 들어오지 않는 어두운 구석에서 이걸 꺼내 보는 게 좋았어. 그렇게 어둠 속으로 빛이 들어올 수 있을지 확인해 보는 게 아주 흥미로웠단다."

리자 할머니는 우리를 보고 있지 않았다. 할머니는 다른 어딘가에 있었다. 과거의 기억들은 마치 돌에 새겨진 십계명처럼 할머니의 머릿속에 새겨져 있었다.

"그러다가 전쟁이 터졌지. 더 이상 놀고 있을 시간이 없었어. 어린애로 머물러 있을 시간이 없어진 거야. 우리는 숨어야 했어. 하지만 그때도 이 돌은 항상 갖고 다녔어. 이건 우리에게 행운을 가져다주는 물건이었단다."

나도 처음 듣는 얘기였다. 할머니가 전쟁 이야기를 하시다니 놀라웠다. 숨어 지냈던 삶, 할머니의 부모님 이야기. 나는 막스를 쳐다보았다. 그는 리자 할머니 방에 있는 소박한 소파에 기대앉아 마법에 취한 사람처럼 할머니 얘기에 귀를 기울이고 있었다.

"하지만 행운은 금방 우리를 떠났지. 우리 부모님이 헤어졌을 때 나는 너보다 조금 더 나이가 많았을 뿐이었단다, 넬리."

리자 할머니는 나를 바라보면서 말했다.

"아주 어둡고 추운 시절이었다. 내 인생 최악의 시기였지. 하지만 내 주위를 감싸고 있던 온갖 어둠에도 불구하고, 또 외로움과 배고픔, 죽음에 대한 두려움에도 불구하고, 또 부모님을 다시는 못 볼 거라는 두려움에도 불구하고, 그 모든 것들에도 불구하고 어느 날 나는 내가 살아 있다는 걸 깨달았단다. 그 생각은 마치 구름 속을 뚫고 비추는 햇살 같았어. 그 생각이 내 몸을 따스하게 해 줬고, 나에게 희망을 주었지. 그리고 그 희망, 나의 그 놀라운 희망이 내 주위 사람들의 삶까지 밝게 비췄단다. 갑자기 이 돌과 내게 뭔가 공통점이 있다는 생각이 들었지. 암흑 속에서 빛을 발하는 공통점."

리자 할머니는 눈을 들어 우리를 바라보았다. 처음에는 막스를, 그 다음엔 나를.

"그래서 나는 늘 이걸 몸에 지니고 다닌단다. 그 생각을 잊지 않으려고."

할머니는 한참 동안 내 눈을 들여다봤다. 할머니가 얘기를 다 끝낸 건지, 그래서 이제 내가 무슨 말인가를 해야 하는 건지 잘 알 수 없었다. 무슨 말을 해야 좋을지 몰랐다. 그냥 침묵을 지키고 있었다. 막스도 아무런 말이 없었다. 그러자 리자 할머니가 말했다.

"빛은 도처에 있단다, 넬리. 암흑 속에도. 그걸 찾아서 우리의 일부가 되도록 하면 돼. 진심으로 노력한다면 우리도 언젠가는 다른 사람들의 길을 밝혀 줄 수 있단다."

할머니는 지친 듯 의자에 몸을 기댔다.

"이런, 나도 어느새 감상적인 노인이 돼 버렸군."

할머니는 미소를 지으며 나지막하게 말했다.

할머니는 똑바로 몸을 일으켜 앉더니 막스에게 말했다.

"이제 말해 보렴. 너도 네 아빠가 보고 싶니?"

너무 놀란 막스는 처음엔 아무 말도 하지 않았다. 막스는 생각을 가다듬은 후에 리자 할머니 곁에 가서 앉았다.

"예, 아빠가 보고 싶어요. 아빠하고 보낸 시간이 많지도 않은데 이상하죠. 그리고 친구가 없는 게 아쉬워요. 프로야구 월드시리즈를 볼 수 없는 것도, 정신과 의사인 란돌프 씨를 볼 수 없는 것도 아쉽고요. 그 사람하고는 꽤 많은 시간을 함께 보냈거든요."

막스가 웃었다.

나는 얼른 연습을 하러 가야 한다는 걸 눈치 채게 하려고 공을 몇 번 튕겼다. 하지만 막스는 알아차리지 못했다.

"할머니는 왜 전쟁이 끝난 후에 독일로 다시 돌아오셨어요? 그러니까, 어떻게 그럴 수 있으셨냐는 거예요. 독일인들이 한 짓이 있잖아요."

막스가 할머니에게 물었다.

나는 속으로 막스를 저주했다. 아무도 리자 할머니 앞에서 그런 얘기를 꺼낸 적이 없었는데.

"레오폴트는 자신이 독일인이라고 생각했단다."

"그래서요?"

"정말 어려운 걸 묻는구나, 얘야. 하지만 저 참을성 없는 아가씨가 더 이상 기다리지 않도록 짤막하게 말하마."

리자 할머니는 나를 힐끗 쳐다보며 말했다.

나는 즉시 튕기던 공을 잡았다.

리자 할머니는 초콜릿 봉봉이 담겨 있는 은쟁반을 막스에게 내밀었다.

"좀 먹어 보거라."

막스는 고개를 저었다.

"저는 초콜릿을 싫어해요."

리자 할머니가 고개를 끄덕였다.

"안됐구나."

할머니는 나를 쳐다보았다.

"여기, 너도 하나 먹어라."

나는 두 개를 집었다.

"막스 몫도 가져갈게요."

리자 할머니는 얼굴을 찡그리더니 다시 막스에게 열중했다.

"그걸 설명하는 건 쉽지 않구나. 너처럼 여기 살고 싶지 않아 하는 사람한테는 특히. 레오폴트는 베를린에 일자리가 생겼지.

좋은 자리였단다. 그리고 막 전쟁이 끝난 후라 더욱이 그런 좋은 자리를 거절할 수가 없었어. 이해할 수 있겠니? 우리는 가진 게 아무것도 없었단다. 의자 몇 개와 셔츠 몇 벌, 동전 몇 푼이 전부였어. 하지만 레오폴트, 그에게는 아직 베를린이 있었지. 베를린은 그의 삶이었고, 그의 도시였단다. 그가 숨 쉬는 데 필요한 공기였어. 그의 문화였거든. 베를린은 또 우리 어머니가 태어난 도시이기도 하니까. 뉴욕이 네가 태어난 도시이듯이. 그러니까, 뉴욕이 너의 도시인 것처럼 말이다. 그래서 레오는 다시 돌아왔단다. 너의 엄마가 다시 돌아왔듯이. 그리고 네가 언젠가는 다시 뉴욕으로 돌아갈 생각인 것처럼."

"그렇지만……."

"그렇지만? 아, 그래. 어떻게 그럴 수 있었는지가 알고 싶은 거로구나. 어떻게 나한테 그럴 능력이 있었는지. 그렇지만, 왜 안 되지? 왜 우리가 여기서 살 수 없다고 생각하니? 빌어먹을 그자들이 누군데? 그들은 자기네가 우리를 모두 죽이지는 못했다는 걸 조용히 지켜보면서 살아야 할 거다."

"여기 살면서 혹시 다른 별에서 온 존재처럼 느낀 적 없었니? 유대인으로서 말이야. 다른 사람들과 다르게 사는 거. 혹시 전쟁 때 군인이었을지도 모를 노인들을 보면서 '저 사람이 혹시 나에게도 총을 겨누었을까?' 하는 생각이라던가."

계단을 내려가면서 막스가 물었다.

언젠가 막스가 내게 이런 질문을 할 거라고 생각했다. 새로 이 도시에 온 사람들이 유대인들에게 처음 던지는 질문이 이거다. 그들은 모두가 그런 질문을 한다.

"너를 보니까 한나 할머니가 생각나."

나는 현관문을 열면서 말했다.

"우리 엄마의 엄마 말이야. 그분은 벌써 돌아가셨어. 4년 전에. 하지만 난 할머니가 우리 집에 오셨던 날이 또렷하게 기억나. 내가 여섯 살 때였어. 나는 할머니랑 둘이서 동물원으로 소풍을 갔었어. 길을 가다가 할머니가 갑자기 멈춰 서더니 바바리코트를 입은 어떤 노인을 가리키는 거야. 그 사람은 길가 간이매점에서 맥주를 마시며 담배를 피우고 있었어. 할머니는 '오, 하나님, 오, 하나님! 넬리, 저기 있는 저 사람이 멩겔레다, 멩겔레 의사야.' 라고 말씀하셨어."

막스는 웃었다.

"나는 멩겔레 의사가 누군지 몰랐어. 그 당시에 내가 아는 의사라고는 내 안과 의사랑 치과 의사, 그리고 소아과 의사뿐이었거든. 그중에 멩겔레라는 사람은 없었으니까. 집으로 돌아와서 내가 그 이야기를 했더니, 엄마는 당황하면서 외할머니한테 화를 냈어! 엄마는 나를 의자에 앉힌 다음 아빠를 불렀지. '베니, 당신이 할 일이에요. 넬리한테 설명해 줘요.' 그때 아빠가 그 얘기를 들려줬어. 오십 년 전에 독일인들이, 멩겔레 의사 같은 사람들이 리자 할머니와 레오폴트 할아버지 같은 사람들에게 끔찍한 짓을 저질렀다고. 나는 아빠한테 물었어. '어떤 독일 사람들이요?' 그러자 아빠가 '나치스'라고 대답했지. 어디선가 들어 본 말 같았는데, 아빠한테 정확히 그게 뭐냐고 물었더니 아빠는 '나쁜 독일 사람들'이라고만 말했어. 그래서 내가 '폼플룬 씨 같은 사람이요?' 그랬더니 아빠는 그건 잘 모르겠다고 했지. 나는 또 안네리제 할머니와 한스-오토 할아버지도 나치스였는지 물어봤어. 아빠는 '아니다, 하지만 그분들과 함께 자랐던 사람들이 나치스였단다' 라고 말해 줬어."

막스와 나는 잠시 동안 침묵을 지키며 나란히 걸었다. 내가 멈춰 섰다.

"근데, 내가 왜 이 얘기를 너한테 한 거지?"

"내가 물어봤잖아. 혹시 다른 별에서 온 것 같지 않느냐고."

"아, 그랬지. 하지만 난 그렇지 않아. 내가 유대인이라서 뭔가 다르다고는 생각하지 않거든. 나는 이곳에 혼자 사는 게 아니니까. 다른 사람들도 있어. 많지는 않지만, 그래도 충분해."

"너는 두려움 같은, 그런 거 없어? 신문에 계속 기사가 나잖아. 예를 들어서 누가 너의 바트-미즈바 행사 때 폭탄을 던지지 않을까 하는 두려움이라든가."

"오, 하나님! 우리 엄마가 그 얘기를 들으면 심장마비에 걸리겠다. 행사장을 온통 꽃으로 장식할 텐데, 푸!"

막스가 너무나 큰 소리로 웃어서 코미디언 같아 보였다.

"두려움 같은 건 별로 생각해 본 적 없는 것 같아. 학교에 가면 유대인 아이들이 아주 많아. 심지어 유대교 수업도 있는걸. 너 혹시 안톤 바이센베르거라는 애 알아?"

"그 슈워제네거 말야?"

막스가 오른팔에 근육을 만들어 보이며 말했다.

"응, 맞아. 그 애 아빠가 랍비야."

우리는 미소를 지었다. 우리는 공범자였다. 우리는 마치 아주 오래전부터 친구였기 때문에 상대방이 무슨 생각을 하는지 다 알고 있는 사람들 같았다. 전에 피오나와 내가 머리가 빈 사람, 가슴이 큰 여자, 그리고 엠씨엠 가방 등에 대해서 같은 의견을 가졌던 것처럼.

"이본느 코헨도 알지?"

나는 막스가 이번에도 공범자처럼 나와 똑같은 미소를 지을 거라고 생각했다. 하지만 막스는 미소 짓지 않았다. 심지어 내 시선을 피하기까지 했다. 갑자기 거북한 느낌이 들었다. 그렇지만 아주 짧은 순간이었다. 막스가 나를 다시 쳐다보자 다시 속이 괜찮아졌다. 그때 그에게 고백했다.

"그래도 한 가지는 기뻐. 내가 절반은 미국인이라는 게. 하지만 이 얘기 우리 엄마한테는 비밀이다!"

막스는 주먹을 쥐어 마이크처럼 입에다 갖다 댔다.

"여보세요, 에델마이스터 부인. 여기는 비밀경찰입니다. 우리 추측에 의하면 댁의 따님이……."

"잠깐, 잠깐! 다시 설명할게. 미국인이라는 건 별로 중요하지 않아. 나는 뭐든 될 수 있어. 뭐든지. 내가 백 퍼센트 독일인이 되지 않는 한."

막스는 나를 의심스러운 눈으로 바라보더니 다시 주먹 마이크를 입에 대고 말했다.

"여보세요, 에델마이스터 부인. 듣고 계십니까? 제 생각에 이건 중요한 일입니다."

그는 내 손을 마이크처럼 내 입에다 갖다 댔다.

나는 머릿속으로 할 말을 골랐다.

"독일인들은 자기 자신을 좋아하지 않아. 특히 요즘 독일 아이들은 그게 몹시 서툴러. 끊임없이 양심의 가책을 느끼면서 살고 있지, 그건……."

"특히 저 불쌍한 네오나치들. 그들은 양심의 가책으로 끔찍이 괴로워하고 있어!"

"아니, 지금 문제는 그게 아냐. 들어 봐. 내가 계속 내 친구들이 나쁜 사람이라고 생각하면서 살아야 한다고 상상해 봐. 독일 사람들은 아이들에게 그들 부모 세대가 얼마나 끔찍한 사람들이었는지, 어떤 학살자였고 얼마나 나약한 들러리였는지 다 알려 줘야 한다고 생각해. 아이들도 그 일을 알아야 한다고 생각하지. 겨우 두 세대 전에 일어난 일이니까. 바로 그 아이들의 할아버지 세대. 하나님 맙소사. 바로 그 사람들이 학살자였어. 그렇지만 난 그런 양심의 가책으로 괴로워하지 않아도 된다는 게 기뻐. 난 그래도 백 퍼센트는 아니니까. 그게 얼마나 짐이 되는 줄 아니?"

"저런, 불쌍한 독일 애들. 가련한 독일 청소년들이여, 흑흑."

막스가 비아냥거렸다.

"하지만 그게 그들의 죄는 아니잖아, 막스. 그들은 그저 죄를 유산으로 물려받았을 뿐이야."

"너 진짜 많이 생각해 본 모양이구나."

"독일에 살면서 그런 생각을 안 하기란 불가능해. 하지만 오해는 하지 마. 나는 여기가 좋아. 마음에 들어. 아주 좋아. 베를린은 나의 도시야, 알겠니?"

"너는 진짜 생각이 많은 아이야."

나는 얼굴이 빨개졌다.

"내 이 약점이 언젠가 나를 감옥에 처넣고 말 거야."

"칭찬이었어."

내 뺨이 뜨겁게 달아오르면서 금방이라도 녹아 버릴 것 같았다. 나는 손에 들고 있던 공을 몇 차례 땅에 튕겼다.

"전에는 머릿속에 생각이 너무 많아서 내가 생각해도 내가 너무 변덕쟁이 같았어. 그런데 지난 몇 주 사이에 그게 좀 달라졌어."

"신선한 공기를 많이 마셔서 그런 거야."

막스가 선생님 같은 말투로 말했다. 그러고는 예고 없이 내 손에서 공을 낚아채 드리블을 시작했다.

나는 그를 뒤쫓아 달렸다.

우리는 농구장까지 달려갔다. 본격적으로 연습을 시작하기 전에 우리는 '어라운드 더 월드'와 '5대 3대 1' 게임을 했다. 나는 반원 형태를 그리며 코트를 내달려 연달아 공을 바스켓에 슛했다. 오른쪽 코너에서, 라이트 윙에서, 자유투 구역에서, 그리고 바스켓 주위를 몇 번 돌다가 다시 돌아와 슛하고, 붙잡고, 다시 겨냥하고, 리바운드하기를 되풀이했다. 마치 두 명의 스케이팅 선수처럼 우리는 혹독한 훈련을 했다. 처음에는 공격 드리블과 패스, 드리블, 점프 슛, 그런 다음에는 다시 방어 훈련을 했다. 막스는 코트를 내질러 드리블을 하면서 뛰어갔고 나는 그를 막았다. 처음에는 성공하지 못했다. 하지만 다음 시도는 성공이었다. 혹시 막스가 일부러 봐준 걸까? 그런 다음 우리는 제대로 경기를 했다. 막스와 격렬한 몸싸움을 하다 보니 팔이며 손이며 두 다리가 완전히 풀려 제멋대로 움직였다. 내 몸이 내 몸 같지 않았다. 머리도 회전을 멈췄다. 나는 계속 공격하면서 드리블을 하고 점프를 했다. 공을 놓쳤다 다시 잡고, 파울을 범하고 공을 빼앗기도 했다. 잠시도 쉬지 않았다. 전혀 쉴 수가 없었다. 너무 속도를 내어 달리다 보니 멈추기가 힘들었다. 그렇게 나는 농구 코트 위를 화살처럼 질주하고 다녔다.

그렇게 뛰어다니다가 뭔가에 빵! 하고 부딪치면서 멈췄다. 뭐지? 벽인가? 어떤 힘, 어떤 몸, 바로 막스였다. 그가 내 어깨를 두 손으로 꽉 부여잡고 멈춰 세운 것이다. 그는 스웨터를 벗어던진 채 숨을 헐떡였다.

나 역시 숨을 헐떡였다. 안경이 땀에 흠뻑 젖었다. 뺨도 활활 달아올랐다. 땋은 머리가 풀어져 흐트러진 머리카락 때문에 얼굴이 간지러웠다.

"비가 내리고 있어."

막스가 말했다.

나는 헐떡이는 숨을 멈추려고 했다.

우리는 아주 가까이 서 있었다. 너무 가까워서 막스의 몸이 내뿜는 열기를 느낄 수 있을 정도였다. 땀방울들이 작은 다이아몬드처럼 그의 윗입술에 맺혀 있었다. 정신이 몽롱한 상태에서 나는 그가 손을 살짝 올리는 걸 봤다. 심장이 너무나 거칠게 뛰어서 금방이라도 쓰러질 것 같았다. 마침내 그 애의 손가락 끝이 내 이마를 스쳤다. 그러고는 내 얼굴에 흐트러져 있는 머리카락을 짜릿할 만큼 천천히, 그리고 부드럽게 쓸어 올렸다.

"잘했어. 아주 좋았어. 어쩌면 해낼 수 있을지도 몰라."

그가 말했다.

저녁 식사 전, 나는 창가에 앉아 하늘을 바라보며 꾸벅꾸벅 졸고 있었다. 그러다가 눈을 번쩍 떴다. 내 몸이 어두워져 가는 밤하늘을 향해 부웅! 떠올랐다. 윌리엄 왕자가 그곳에서 기다리고 있다는 느낌이 들었다. 그리고 그는 정말 그곳에 있었다. 수백만 개의 반짝이는 별들 사이를 떠돌면서. 그런데 뭔가 달랐다. 그는 더 이상 짙은 청색 캐시미어로 짠 가는 세로줄무늬의 스웨터 차림이 아니었다. 그는 통이 넓은 버뮤다 반바지에 모자 달린 스웨터 재킷을 입고 있었다. 그런데도 우리는 서로를 알아보고 키스를 했다. 늘 그랬듯이.

블랙홀

블랙홀에 한번 빨려 들어가면 빠져나올 수 없다고 한다. 그 안에서는 빛마저도 흡수된다. 한번 빨려 들어가면 끝이다. 모든 게 사라진다. 시간도, 빛도, 너도, 굿바이다.

한편, 어떤 우주 과학자들은 아인슈타인의 이론을 좇아 주장하기를, 블랙홀에 빠지더라도 죽지는 않으며, 거기에서 소위 벌레 구멍을, 즉 시공간의 일부를 다른 시공간과 연결해 주는 터널을 통과해 빠져나오면 우주의 다른 편에 도달하게 된다고 한다. 다른 시간의 차원에 존재하는 다른 우주에.

비유적으로 말하자면, 그 당시 나에게 그와 비슷한 일이 일어났던 것 같다. 블랙홀 속으로 빨려 들어가 벌레 구멍 같은 곳을 통과한 다음, 우주의 다른 편으로 튕겨져 나가는. 그곳에서는 모든 게 새롭고 낯설었다.

이미 몇 주 전부터 그 블랙홀은 나를 빨아들이고 있었다. 다만 눈치 채지 못했을 뿐이다. 그날 밤 식탁에 앉았을 때 비로소 그 사실을 깨달았다.

"막스 말로는, 내가 농구팀에 선발될 수도 있을 것 같대요."

나는 엄마와 아빠에게 말했다. 막스와의 마지막 농구 연습을 생각할 때마다 따스하고 기분 좋은 느낌이 내 몸속을 뚫고 지나갔다.

"선발 경기는 4시에 시작해요. 대체육관에서요."

"미안해, 넬리. 레르너 씨가 내일 방송사 프로듀서와 만나기로 약속을 해 놨지 뭐니. 차마 거절할 수가 없었어."

엄마가 말했다.

놀랍게도 그 말에 나는 몹시 실망했다. 아마도 승리하는 순간을 엄마에게 꼭 보여 주고 싶었던 모양이다. 엄마 없이는 승리의 달콤함이 반으로 줄 테니까. 그리고, 엄마는 정말 약속이 있는 걸까? 아니면 그냥 핑계를 댄 걸까?

"하지만 리자 할머니는 무슨 일이 있어도 참석하실 거야. 그리고 네 아빠는……."

"내가 원망할까 봐 두려워요?"

나는 불쑥 엄마에게 덤벼들었다.

"원망? 넬리, 그게 무슨 말이니? 왜 내가 원망을 들어야 하지?"

"나중에 언제든 엄마가 지금 했던 변명을 상기시켜도 돼요?"

"무슨 소리니? 너 때문에 정말 못 살겠다! 내가 왜 원망을 들어야 해?"

"하지만 엄마는 어쨌든 안 올 거잖아요."

"나도 가고 싶지만 그럴 수가 없잖니. 약속할게. 너의 진짜 첫 번째 시합에는 꼭 가겠다고. 오케이?"

엄마는 내게 윙크를 했다.

나는 아빠를 쳐다봤다.

"나도 내일이라는 건 전혀 몰랐는데……."

아빠는 내 시선을 피하며 더듬거렸다.

엄마가 들고 있던 포크를 마구 휘둘렀다.

"나는 못 가는 분명한 이유가 있어. 그렇지만 당신은?"

엄마의 목소리가 여느 때와 달리 날카로웠다.

아빠는 그저 앞을 응시하고 있었다.

엄마는 잘게 자른 소고기가 남아 있는 접시를 든 채 벌떡 일어났다. 순간적으로, 엄마가 이제 곧 그 접시를 아빠 얼굴에다 던질 거라고 생각했다. 영화에서 7층 높이로 쌓아 올린 크림 케이크를 다른 사람 얼굴에 던지는 장면처럼. 하지만 엄마는 그 자세 그대로 멈춰 서 있었다.

"바트-미즈바 때 부를 출장요리사가 곧 올 거야."

엄마는 감정을 억누르듯이 말하고는 냉장고 쪽으로 갔다.

"카샤 바니시케도 나와요?"

나는 긴장된 분위기를 조금 누그러뜨리려고 물었다.

"카샤 바니시케? 아마 안 나올걸."

엄마가 말했다.

"네가 언제부터 카샤 바니시케를 좋아했다고 그러니?"

"멜리사 부인 집에서 먹어 봤는데 정말 맛있었어요. 그래서……."

엄마는 안절부절못하며 주위를 서성거렸다.

"멜리사, 그 여자네 집에서?"

아빠는 손을 이마에 얹더니 고개를 떨어뜨렸다.

엄마는 접시를 식기세척기 안에 그대로 던져 버렸다.

"그냥 제안해 본 거예요, 엄마. 그날 뷔페 음식에 카샤 바니시케도 함께 내놓으면 어떨까 하고요."

"안 돼!"

"안 돼요? 왜 안 돼요?"

"내가 안 된다면 안 돼."

나는 화가 치밀었다.

"엄마가 안 된다고 해서요? 그런 게 어디 있어요? 왜 꼭 모든 게 엄마 입맛에 맞아야 돼요?"

나는 눈물이 쏟아져 나오려는 걸 억지로 참았다. 나는 마음을 가라앉히려고 한 걸음 다가갔다.

"도대체 바트-미즈바가 뭔데요? 바트-미즈바 준비를 열심히 하라고 할 때는 언제고, 내가 무슨 말만 하면 잔소리를 하고 소리를 치시잖아요. 지겨워요!"

"아니, 넬리!"

나는 눈물이 앞을 가려 더 이상 아무 말도 할 수 없었다. 나는 밖으로 뛰쳐나갔다.

"오, 하나님! 제 딸이 저렇게 못된 말을……."

엄마의 목소리가 들렸다.

엄마는 내 뒤를 따라 달려 나왔다. 아빠의 의자가 부엌 타일을 긁는 소리가 들렸다. 아빠도 따라 나왔다. 나는 방으로 뛰어 들어가 문을 걸어 잠그고 침대에 몸을 던졌다. 아빠와 엄마는 내 방 앞에 서 있었다.

아빠가 아마 엄마 어깨에 손을 얹으려고 했던 모양이다. 갑자기 엄마가 거칠게 소리를 질렀다.

"건드리지 마. 빌어먹을 작자 같으니!"

"루시."

아빠가 말했다.

"뭐? 루시? 왜?"

나는 베개를 끌어다 귀를 막았다. 하지만 문밖의 소리는 여전히 또렷했다.

"당신, 하고 싶은 말이 뭐야? 털어놔 봐. 자, 다 말해 보라고."

엄마가 소리를 질렀다.

"루시, 나는……."

"뭐? '루시, 나는……'이라니? 내가 대신 말해 볼까? 루시,

나는 당신을 더 이상 사랑하지 않아. 루시, 나는 다른 여자를 사랑해. 루시, 나는 당신의 마음을 상하게 했어. 루시, 나는 사과하고 싶어. 루시, 나는…… 또, 뭐? 빌어먹을, 또 뭐냐고?"

나는 울음을 멈추었다. 엄마 혼자 우는 것만으로도 우리 두 사람 몫의 충분한 눈물이었다.

"일이 우리가 원하는 대로 되지는 않는 것 같아."

아빠가 말했다.

"어쨌거나 좋아! 당신 오늘 집에서 기분 좋은 저녁을 보낼 생각이었다면 안됐지만 꿈 깨. 지금 내가 당신을 쫓아낼 거니까. 지금 당장. 가서 그 멜리사하고 달콤한 밤을 보내면 되겠네. 만약 그게 잘 안 되면, 그래, 혹시 또 알아? 베아테가 당신을 위해 잠자리를 마련해 줄지!"

나는 숨을 멈췄다.

베아테라니? 베아테 아줌마가 이 일과 무슨 상관이지? 베아테 아줌마라면, 틀림없이 엄마의 옛날 친구인 그 베아테 아줌마?

"베아테라니?"

아빠가 말했다.

"그래, 베아테! 당신은 내가 바보인 줄 알아?"

엄마가 말했다.

"루시. 넬리가 듣겠어."

아빠는 낮게 잠긴 목소리로 중얼거렸다.

"듣건 말건 상관없어! 넬리도 알아야지. 아니, 넬리도 이미 다 알고 있을걸!"

나는 모르고 있었다! 적어도 지금까지는. 나는 정말 생각지도 못했다. 베아테 아줌마라니.

"넬리도 당신이 얼마나 형편없는 인간인지 알아야 해. 그리고 내가 얼마나 형편없는 인간인지도 말야."

그러더니 엄마는 울기 시작했다. 그냥 우는 것이 아니라, 숨이 넘어갈 듯이 펑펑 울었다. 어쨌든 내 귀에는 그렇게 들렸다.

그리고 곧 아빠도 울기 시작했다. 나는 여태까지 아빠가 우는 걸 한 번도 본 적이 없다.

"루시, 루시, 정말 미안해."

아빠는 계속 훌쩍거렸다.

엄마가 갑자기 조용해졌다. 혹시 아빠가 우는 걸 그냥 지켜보고 있는 건가?

잠시 후에 엄마가 조용히 말했다.

"나는 더 이상 이렇게 살고 싶지 않아, 베니. 신물이 난다고. 당신의 여자관계, 당신의 거짓말, 당신의 약속들. 지쳤어. 나는 이제 나 자신한테도 신물이 나."

그러더니 아주 조용해졌다. 컴퓨터 화면에서 태양 주위를 빙빙 돌고 있는 천체들의 붕-붕-붕- 소리 외에는 아무 소리도 들리지 않았다.

"가 봐. 가, 이제."

엄마가 나직하게 말했다.

"루시, 날 그냥 내버려 둬……."

아빠가 얘기하는 것 같았지만, 거의 들리지가 않았다.

"가라고, 말했잖아! 꺼져 버려!"

엄마가 날카롭게 소리쳤다.

나는 벌떡 일어섰다. 심장이 가슴을 뚫고 나와 터져 버릴 것만 같아 손으로 가슴을 꾹 눌렀다.

이웃집 폼플룬 씨네 셰퍼드 세 마리가 거칠게 짖어 댔다.

아래층으로 내려가는 아빠의 발소리가 들렸다. 그 소리는 점점, 점점 멀어졌다. 그러고는 아무런 소리도 들리지 않았다.

거실 문이 열렸다 닫히는 소리가 들렸다.

아빠는 떠나갔다.

아빠가 떠난 것이다.

아빠.

아주 천천히 방문을 조금 열었다. 나는 복도 바닥에 아주 비참한 모습으로 쪼그리고 앉아 있는 엄마를 보게 되리라고 생각했다. 하지만 엄마는 없었다.

거실은 어둠 속에 가라앉아 있었다. 벌써 날이 어둑해져 있었다. 복도 끝에서 희미한 불빛이 새어 나왔다. 그 빛을 따라 거실로 들어갔다. 완전히 깜깜해진 거실 한가운데, 녹색 소파 위에 엄마가 앉아 있었다. 엄마는 혼수상태에 빠진 환자처럼 멍하니 앞만 바라보고 있었다. 엄마는 소파에 등을 바짝 대고 있어서 발이 바닥에 닿지 않았다. 동화에 나오는 여자아이처럼 불쌍하고 힘없는 모습이었다. 에나멜 구두만 신고 있다면 영락없이 그런 모습일 것이다. 나는 엄마 곁으로 다가가 엄마를 안고 위로해 주고 싶었다. 엄마의 모습이 너무 안타까워 나는 눈물이 날 뻔했다.

그때 엄마가 몸을 일으켜 나를 쳐다봤다. 다시 어른다운 모습이었다. 나의 엄마, 슈퍼우먼 루시 블룸-에델마이스터 부인의 모습이었다.

속에서 뭔가 울컥하고 올라왔다. 눈앞에서 번개가 번쩍 하고 지나간 것처럼 시렸다. 다시 화가 치밀었다. 불같은 분노였다.

"다 엄마 잘못이에요!"

엄마가 나를 쳐다봤다.

"그럴지도 모르지."

"아빠는 작별 인사조차 하지 못했어요."

"그건 내 잘못이 아니야."

눈물이 쏟아져 나왔다.

"아아, 넬리."

엄마가 내게 다가왔다.

엄마가 나를 안으려는 순간, 내가 엄마 품에 안기려는 순간, 아니 내가 막 엄마를 뿌리치려는 순간 문 손잡이가 끼익! 하고 날카로운 소리를 냈다. 피가 얼굴로 솟구쳐 오르는 느낌이었다. 엄마 역시 얼굴색이 돌아왔다. 나는 현관으로 달려갔다. 엄마가 내 쪽을 돌아다보았다. 아빠가 다시 돌아온 것이다!

나는 문을 벌컥 열었다. 그러나 그곳에는 대머리에 몹시 뚱뚱하고 뺨이 붉은, 아빠하고는 전혀 닮은 데가 없는 한 남자가 서 있었다.

"안녕하세요! 빌코 콤파츠키 출장요리 회사에서 나왔습니다. 예약하셨지요? 아! 네가 바로 그 행운의 바트-미즈바를 치르는 아이구나!"

그 남자가 나를 내려다봤다.

나는 그날 밤을 무사히 넘겼다. 막스의 말이 옳았다. 신선한 공기를 마신 것이 역시 몸에 좋았던 모양이다. 나는 중간에 한 번도 깨지 않고 잘 잤다.

나는 잠에서 깨자마자, 엄마와 리자 할머니가 일어나기 전에 집을 나섰다. 막스와 얘기를 해 봐야 했다. 당장. 혹시 막스도 우리 부모님 일을 알고 있을까? 아빠는 어젯밤 멜리사 부인에게 갔을까? 아빠가 정말 그랬을까?

하지만 학교 어디에도 막스는 없었다. 나는 운동장으로 가 보았다. 시끄럽게 떠드는 애들 속을 아무리 눈 씻고 찾아봐도 막스의 모습은 보이지 않았다.

"너 귀먹었니?"

누군가 내 귀에다 대고 버럭 소리를 질렀다. 피아였다.

나는 얼굴을 약간 찡그렸다.

"날 보고 무지하게 기뻐하는구나."

나는 어깨를 한 번 으쓱해 보이고는 계속 사람들 틈에서 막스를 찾았다.

"네 얼굴이 정말 끔찍해 보이는 거 아니? 맙소사, 대체 무슨 일이니?"

피아가 갑자기 큰 관심이 생긴 듯 물었다.

나는 금방이라도 눈물이 쏟아질 것 같았다. 왜 이 애는 나한테 이렇게 다정하게 구는 걸까? 그냥 막스를 찾게 놔두면 좋겠는데.

"몰라, 아무것도 아냐. 우리 엄마 아빠 일이야. 상관 마."

"그래 좋아. 아무튼 너, 편지는 갖고 왔지?"

"여기 어디 있을 거야."

나는 가방을 마구 뒤적거렸다. 필통, 지갑, 나무딸기향 립스틱, 공책…….

"도대체 왜 그래? 너무 안돼 보인다."

나는 눈을 치켜떴다.

"안돼 보인다고? 오늘은 말을 좀 가려서 해 주겠니? 더구나 그 얘기는 하고 싶지 않다니까."

나를 소리를 치고 말았다.

이따금 일이 잘 안 풀릴 때가 있다.

"가끔씩 넌 진짜 이상해. 그거 알아?"

피아가 콧방귀를 뀌며 말했다.

"나는 그런 뜻이 아니라……."

그때 막스를 발견했다.

그리고 그 순간 굉장히 당황스러운 일이 벌어졌다.

내 안에 뭔가 따뜻한 것이 스쳐 가는 느낌이었다. 거대하게 밀려오는 파도처럼. 막스가 나를 보며 미소를 짓고 있었다. 그러자 세계가, 내가 알고 있던 세계가 조용히 멈췄다. 나와 막스, 그리고 공기밖에 없었다. 내가 다가가자 막스가 내게 윙크를 했다. 그런데 막스의 시선이 내가 아니라 내 뒤에 있는 어떤 목표물을 향하고 있는 것 같았다. 반사적으로 나는 고개를 돌렸다. 이본느가 보였다.

뱃속이 경련을 일으키며 죄어들었다.

막스가 미소를 보낸 사람은 이본느였다! 내가 아니었다.

나는 두 사람이 인사를 나눈 뒤 즐겁게 걸어가는 모습을 지켜봤다. 흥에 겨워 재잘거리며 걸어가는 모습이 꼭 텔레비전에 나오는 무설탕 껌 광고 같았다. 아니면 생명보험 광고 같기도 했다.

나는 학교 복도라는 현실 속으로 되돌아왔다.

"나를 못 봤을 거야."

"정말 그럴까?"

피아가 제법 짓궂게 말했다.

"하이."

우리 뒤에서 부르는 소리가 들렸다.

안톤이었다. 피아의 얼굴이 순식간에 록펠러 센터 앞에 서 있는 크리스마스트리처럼 환해졌다. 막스를 봤을 때 내 표정이 저랬을까.

"너 선발 경기에 나간다며? 여학생 농구팀 말이야."

안톤이 말했다. 언제부터 안톤이 내게 이런 투로 말했지?

"그래, 맞아. 아니, 나중에, 나중에 해 볼 거야……."

내가 무슨 말을 하고 있는지 나도 몰랐다. 내 눈에는 막스와 이본느가 복도를 따라 사라지는 모습만 보일 뿐이었다.

"어느 쪽으로 가니? 좀 같이 걸을까?"

안톤이 말했다.

피아의 얼굴이 백지장처럼 하얘졌다. 가엾게도. 안톤은 왜 피아한테 교실까지 함께 가 주겠다고 말하지 않는 걸까? 어쨌든 나는 그가 필요 없었다. 그건 분명했다. 비록 엄마가 지금 안톤의 모습을 봤더라면 마침내 랍비의 아들이 자기 딸의 존재를 인식하기 시작했다고 기뻐했을 테지만. 할렐루야. 수업 종이 울렸다.

"고마워, 하지만 혼자 갈 수 있어. 저기는 네가 같이 가 줄 수 없을 것 같아서, 안 그래?"

나는 여학생 화장실 쪽을 가리켰다.

나는 안톤에게 미소를 지어 보인 다음 피아에게 눈짓을 하고는 화장실 쪽으로 급히 걸어갔다. 나는 피아가 내 뒤를 따라올 거라고 생각했다. 그런데 피아는 오지 않았다. 나는 화장실의 안으로 들어가 문을 닫았다. 돌연 끔찍한 절망감이 나를 덮쳤다. 아빠가 복도를 지나가는 환상이 보였고, 멀리서 아빠 발소리가 들리는 것 같았다. 엄마가 소파에 앉아 허공에 시선을 두고 있는 모습, 아빠가 문을 닫는 모습, 엄마의 얼굴에 눈물이 흐르는 모습이 보였다. 내 목에 차오르는 덩어리가 점점 커지고 있었다. 그때 옆 화장실 문이 열렸다 닫히는 소리가 들렸다.

"피아니?"

"아냐."

누군가가 대답했다.

옆 칸에 누가 있는데 울 수는 없었다. 그래서 대신 화장지로 코를 풀고는 막스의 모습을 떠올려 보려고 애썼다. 생각보다 쉽게 그렇게 되었다. 다시 뱃속이 뜨거워지면서 메스꺼워졌다. 여태 한 번도 이런 일을 겪어 본 적이 없었다! 나는 눈을 꼭 감고 민소매 셔츠를 입고 있는 막스의 모습을 떠올렸다. 그러자 다시 속에서 파도 같은 것이 올라왔다.

막스는 이본느한테 무슨 볼일이 있을까? 이본느한테 관심이 있는 걸까? 속이 점점 더 메스꺼워졌다. 안타깝게도 편해지지가 않았다.

변기의 물을 내린 다음 거울 앞으로 갔다. 그 순간 피아의 말이 옳다는 걸 알았다. 정말 내 모습은 끔찍했다. 나는 머리를 매만지고 앞머리를 빗질한 다음, 나무딸기향 립스틱을 입술에 살짝 바르고 뺨에도 조금 문질러 탁탁 두드리며 마사지를 했다. 아무튼 막스를 만나서 얘기를 해야 한다. 아니, 그 전에 피아한테 그 빌어먹을 편지를 건네줘야 했다. 나는 가방 맨 밑에서 편지를 찾아 들고 복도로 나갔다. 피아는 보이지 않았다. 나는 편지를 다시 가방 앞주머니에 아무렇게나 쑤셔 넣고 복도를 따라 걸어갔다.

쉬는 시간에 나는 막스를 발견했다. 막스는 몇몇 남자 애들과 축구를 하고 있었다. 축구장 한쪽에는 여자 애들 몇 명이 추위에 벌벌 떨면서 경기를 구경하고 있었다. 이본느의 모습도 보였다. 나는 무거운 가방을 내려놓고 축구장 한쪽에서 기다리기로 했다. 몸의 온기를 유지하려고 팔짝팔짝 뛰기도 하고, 기다리는 일이 싫증 나 발로 땅을 긁기도 하면서, 막스가 한 번쯤 내 쪽을 바라봐 주기를 바랐다.

하지만 아무 소용없었다. 마침내 같이 축구를 하던 애들 중 한 명이 막스에게 내가 있다는 걸 귀띔해 주었다.

"나 지금 경기 중이야."

내 쪽으로 달려오면서 막스가 말했다.

"나도 알아. 하지만 급한 일이야."

우리는 다른 사람들이 우리의 얘기를 듣지 못하도록 조금 떨어진 곳으로 갔다.

"야, 막스! 빨리 와! 너 언제부터 책벌레하고 어울렸냐?"

남자 애 한 명이 말했다.

"그래 금방 갈게."

막스가 소리쳤다. 그러고는 다시 내게 몸을 돌렸다. 그의 목소리가 부드러웠다.

"잘 지냈어?"

"최고야. 지금처럼 잘 지낸 적이 없어."

"너의 아빠는 어제 우리 집에서 주무셨어. 거실에서. 혹시 그게 알고 싶다면 말이야. 그리고 오늘 아침에 우리 엄마가 너의 아빠를 집 밖으로 쫓아냈어. 엄마의 목소리가 들렸는데, 뭐라더라, '당신은 더 이상 어린애가 아니에요. 당신이 결정을 내려야 해요' 라던가. 그리고 '우리 집에는 이미 틴에이저가 한 명 있어요. 더는 필요 없어요' 라고."

"아빠는 그런 일을 당해도 싸! 너 아니? 우리 아빠는……."

나는 더 이상 말을 잇지 못했다.

"뭔데?"

"아빠는……."

하나님 맙소사, 눈물이 쏟아지려는 거 아냐? 여기, 모두가 보는 앞에서?

"우리 엄마의 가장 친한 친구하고도 무슨 일이 있었대!"

막스는 휘파람 소리를 냈다.

"엄마의 제일 친한 친구하고!"

그렇게 말하고 나서 나는 울음을 터뜨리지 않으려고 숨을 깊이 들이마셨다.

내 분노에 나 스스로도 놀랐다. 하지만 곧 내가 아빠를 배신한 게 아닌가 싶어 양심의 가책을 느꼈다.

"아마도 너의 아빠는 우리 엄마를 마음속에 두고 있는 것 같아. 엄마 말이 여전히 너의 아빠가 자기한테 붙어 있으려고 하는 것 같대."

"됐어, 그만 해!"

막스는 눈을 부릅떴다.

"내 생각엔 너의 아빠가 정말로 우리 엄마를 좋아하는 것 같아. 그냥 단순한 연애 따위가 아니라."

이제는 내가 눈을 부릅뜰 차례인 것 같다.

"우리 엄마가 너의 아빠를 내쫓은 건, 문제가 생기는 걸 원치 않기 때문일 거야."

막스가 말했다.

"너무 늦은 거 아니니? 이미 너의 엄마가 유부남하고 잠자리를 했다는 거잖아. 문제가 생기는 건 뻔한 일 아니니?"

막스가 씩 웃었다.

"어쩌면 우리 엄마는 너의 엄마가 10킬로그램쯤 되는 무거운 프라이팬을 들고 나타날까 봐 두려웠을지도 모르지."

나는 엄마가 10킬로그램이나 되는 무거운 프라이팬을 휘두르는 모습을 상상해 보았다. 그 모습이 눈앞에 너무 생생히 떠올라 하마터면 웃을 뻔했다.

"아무리 그래도 아빠는 우리한테 돌아올 거야."

그렇게 말하고 나니 마음이 조금 가벼워졌고 기쁘기까지 했다.

"하지만 확신하지는 마."

"왜?"

"난 경험이 있거든."

"막스, 너 축구 할 거야? 안 할 거야?"

아까 그 남자 애가 다시 소리쳤다.

"그 애를 지금 덤불 속으로 데려가서 확 껴안든가, 아니면 얼른 와!"

"쪽쪽."

다른 애가 키스하는 소리를 내며 비아냥거렸다.

"지금 갈게!"

막스가 소리쳐 대답하고는 다시 나를 돌아보았다. 그의 얼굴이 붉어졌다.

"나 가 봐야 해!"

나는 한숨을 쉬며 대답했다.

"그럼, 선발 경기 때 보자."

막스는 자신의 운동화를 내려다봤다. 운동화는 검은색이었다. 그가 지니고 다니는 거의 모든 것들처럼.

"그때는 다른 볼일이 있어."

막스가 말했다.

분명하지는 않지만 막스가 이본느에게 몰래 눈길을 준 것 같았다.

"볼일이 있다고? 왜? 뭣 땜에? 그렇지만 내……."

"넬리, 우리는 친구야. 결혼한 부부가 아니라고. 내 인생에는 다른 일들도 많아. 우리는 거래를 했고, 그건 이미 끝났어."

막스는 운동장을 바라보았다. 모두들 멈춰 서서 재촉하듯 그를 기다리고 있었다.

"그럼 나중에 봐."

막스가 달려갔다.

아, 그랬군. 우리는 거래를 했던 거지. 그리고 거래는 끝났고. 그럼 섹스는? 그건 어떻게 되는 거지?

하늘은 짙은 잿빛이었다. 바람이 얼마나 차갑게 불던지, 구름은 또 얼마나 낮게 드리워져 있던지. 이본느가 내 쪽을 계속 쳐다보고 있다. 나는 시무룩해져서 되돌아가려다가 안톤과 부딪쳤다.

"넬리, 이걸 발견했는데. 저기 저쪽에서."

안톤이 몹시 빨개진 얼굴로 말했다.

안톤이 피아의 편지가 들어 있는 봉투를 보여줬다.

"잔디 위에 떨어져 있더라. 네 가방 옆에."

빌어먹을, 제기랄, 빌어먹을! 가방을 내려놓을 때 떨어진 게 분명했다.

"봉투에 내 이름이 있기에. 그래서 열어 봐도 될 것 같아서. 그리고…… 생각해 봤는데……."

말을 더듬거리며 얼굴을 붉히는 모습이 평소 내가 알고 있던 우악스런 안톤 바이센베르거하고는 전혀 달랐다. 그럼 나는? 나 역시 그 순간 그가 알고 있던 넬리가 아니었다. 그때처럼 당황해서 말을 더듬은 적이 없었다. 쥐구멍이라도 있으면 들어가고 싶었고, 벌레 구멍으로라도 사라지고 싶었다. 그 모든 일들이 나한테는 너무 버거웠다.

"미안해. 일부러 그런 건 아니었어…… 그러니까…… 내가……."

나는 더듬거리며 말했다.

"나도 그게 너일 거라고 생각하고 있었어."

안톤이 말했다.

"아, 아냐. 그건 오해야. 그게 아니라, 나는……."

안톤은 자기 엉덩이를 손으로 툭툭 쳤다.

"너 말고 둔부 근육이 뭔지 아는 사람은 없을 테니까."

안톤이 팔을 쭉 뻗어 보였다.

"그래 여기, 이 이두박근도 만져 봐."

"아, 아냐. 난 그럴 수 없어."

"아니야, 괜찮아."

곁눈으로 보니 막스가 가다가 멈춰 서서 우리를 바라보고 있었다. 순간, 막스에게 보여 줘야지, 하는 생각이 들어 안톤의 팔에 손을 갖다 댔다. 하지만 동시에 피아가 우리 쪽을 쳐다보고 있다는 걸 깨달았고, 머리가 지끈거리기 시작했다.

당황한 나는 손을 뒤로 빼려 했지만 안톤이 잽싸게 내 손을 잡았다. 나는 그 애의 팔 근육이 뽀빠이처럼 부풀어 오르는 것을 느꼈다. 안톤은 자랑스러운 듯 나를 보며 미소 지었다.

"그러니까, 정말…… 정말 멋져."

나는 안톤에게 마음에 없는 말을 했다. 운동장 다른 쪽에서 막스가 여전히 우리를 뚫어지게 쳐다보고 있었기 때문이다. 내 시선을 느낀 막스가 자기 스웨터를 벗어 이본느의 어깨에 둘러 주었다. 무언가가 마음을 옥죄이는 것 같았다. 잠시 후 또 한 번 그런 느낌이 들었다. 내가 질투를 하고 있다는 걸 그때 깨달았다.

불행은 잇달아 일어나는 법이다. 할리우드 영화에서처럼. 영화에서 내리는 비는 그냥 비가 아니라 억수 같은 비다. 주인공이 막 목적을 달성하려는 순간에 뭔가가 끼어들어 일이 꼬인다. 그리고 이 사소한 방해가 큰 문제로 발전해서 또 다른 문제를 일으킨다. 그리고 그것이 중간 정도의 파국 상황을 만든다. 그러고 나면, 오, 맙소사, 진짜 심각한 파국이 일어난다. 그런 다음, 주인공이 고통을 겪을 만큼 겪어서 더 이상은 나쁜 일이 생기지 않을 거라고 생각될 즈음 또 한 번 커다란 시련이 닥쳐온다. 마치 원자폭탄이 투하되듯이.

선발 경기에 입고 나갈 옷으로 갈아입으려고 여학생 탈의실로 걸어가는 내내 머릿속에서는 그런 생각들이 맴돌았다. 아빠와 엄마가 참석하지 못하는 걸로도 부족했다. 아빠가 우리를 버리고 떠난 것으로도 부족했다. 엄마가 혼수상태에서 헤매고 있는 것으로도 부족했다. 막스가 나한테 퇴짜를 놓은 것으로도, 피아가 나한테 화를 낸 것으로도, 그리고 안톤이 내 꽁무니를 쫓아다니는 것으로도 부족했다. 논리의 법칙이 나에게 그 모든 일들이 나아지기보다는 한층 더 악화될 거라고 말해 주는 듯했다.

피아는 오랫동안 벼르던 일을 드디어 감행했다. 나는 잠시 후에 있을 중요한 경기를 앞두고 단단히 무장을 하고 있었다. 그때 피아가 탈의실로 쳐들어왔다. 빨간색 긴 머리가 더욱 빨갛게 이글거리고 있었다.

"난 너를 친구라고 생각했어."

"나는 네 친구야."

나는 조용히 대꾸했다.

"그런데 왜 나한테서 슈워제네거를 빼앗아 간 거니?"

"빼앗지 않았어. 그렇게 보였을지 모르지만, 그런 게 아니야."

피아가 불쌍했다. 하지만 내가 뭘 어쩌겠는가? 또 무슨 말을 해야 하지?

"안톤은 그 편지들을 네가 썼다고 생각하고 있어."

피아가 말했다.

"문제는 그 편지를 쓴 사람이 정말 나라는 거야, 피아. 하지만 그 편지를 보낸 사람이 너라고 그 애한테 말하면 돼, 안 그러니?"

"그렇게 할 거야!"

"하지만 조심해, 둔부 근육이 뭔지 정도는 미리 알아 둬야 할 거야."

악의를 갖고 한 말은 아니었다. 하지만 내 말투가 좀 이상했던 모양이다.

"어쩜, 그럴 수가 있니! 어쩜 나를 그렇게 완전히 바보 멍텅구리 취급할 수가 있어?"

그 말을 남기고 피아는 사라져 버렸다.

피아를 뒤쫓아 가서 오해였다고 설명해야 할까? 그랬다가 경기 시간에 늦어서 선발에서 탈락되면 어쩌지? 나중에 해명하는 게 나을까? 나는 후자 쪽을 선택했다.

정말 힘든 하루였다. 어쩌면 내 인생에서 가장 힘든 날이었을 거다. 나는 벤치에서 일어나기 전에 머릿속으로 이 상황을 요약해 보았다. 넬리 수 에델마이스터, 열세 살, 키 156센티미터, 몸무게 48킬로그램, 아이큐 148, 평균 성적 A, '청소년 연구팀'에 소속되어 있고 장래 천문학자가 될 내가, 왜 지금 짧은 운동복에 팔 보호대를 차고 운동화를 신고 있는 것일까? 왜 나는 이 짓을 하는 것일까? 이 미친 짓이 어떻게 시작된 것일까? 나는 윌리엄 왕자를 만나고 싶었던 거야, 그렇지? 나는 영국으로 가고 싶었다. 그래서 영국으로 원정 경기를 떠나는 농구팀에 들어가고 싶었다. 그렇지만 그 사이 예상치 못한 일이 일어나 목표가 전혀 다른 방향으로 바뀐 게 분명했다. 이제는 단지 윌리엄 왕자와 만나기 위해서가 아니라 뭔가를 증명해 보이고 싶었다. 즉, 농구팀에 선발되는 것, 나도 다른 애들과 똑같이 될 수 있다는 걸 말이다. 그것을 이본느와 그 패거리들에게 증명해 보이고 싶었다. 그리고 엄마와 막스에게도.

하지만 그게 전부는 아니다. 그것을 증명해 보이고 싶은 또 한 사람이 있다. 가는 다리에 두꺼운 안경을 쓴 고집쟁이, 내가 이 일을 절대 해낼 수 없을 거라고 믿고 있는 그 사람에게, 너무 지적이어서 오히려 자신의 단순한 감정들은 알아채지 못하는 그 사람에게. 그래, 바로 나 자신에게, 나 스스로에게 나도 해낼 수 있다는 걸 증명해 보이고 싶었다.

나는 그렇게 할 것이다.

나는 내게 명성을 가져다 줄 것이다.

나는 자리에서 일어섰다. 다리가 휘청거렸다. 잘못해서 양쪽 운동화 끈을 함께 묶은 것이다.

농구팀에는 새로운 선수가 두 명 필요했다. 그중 한 명은 틸리가 분명했다. 다른 열여섯 명의 여학생들이 나머지 한 자리를 놓고 경쟁해야 한다. 기회는 나한테 불리하다. 그건 수학자가 아니라도 쉽게 알 수 있다.

지원자들은 관람석 첫 줄에 줄지어 앉아 있었다. 건너편에는 심사위원들이 자리했다. 경기 규칙은 다음과 같았다. 원래 있던 농구팀을 각기 여섯 명씩 두 편으로 가른다. 양쪽 모두 경기 시간의 1/4 동안만 두 명의 지원자가 들어가 채운다. 각 지원자에게는 약 15분의 시간이 주어지는 것이다. 그 시간 내에 지원자는 심사위원들에게 자신의 실력을 모두 보여 줘야 한다. 공을 빼앗고, 슛하고, 골인하고, 드리블하는 모든 것을.

나는 여태 이런 선발 경기에 참석해 본 적이 없다. 그래서 무엇이 나를 기다리고 있는지 전혀 몰랐다. 놀랍게도 체육관 안에는 학생들이 가득 차 있고 호루라기 소리, 손뼉 치는 소리로 떠들썩했다. 학생들은 응원단장의 응원가에 맞춰 손뼉을 치며 목이 터져라 소리를 지르고 있었다.

"수지 울리히, 수지 울리히, 고, 고, 고!"

드문드문 어른들의 모습도 보였다. 선발 경기에 참여하는 학생들의 부모와 학부모협의회 회원들이 나서서 음료수와 과자를 팔고 있었다. 나는 리자 할머니와 로지 할머니, 레비 할머니를 발견했다. 막스의 모습은 어디에도 보이지 않았다. 혹시 아빠와 엄마가 왔나 싶어서 눈으로 관중석을 쭉 훑어보았다. 두 사람의 모습은 어디에도 없었다. 그러나 피아의 모습은 찾을 수 있었다. 피아는 관중석 첫째 줄, 바로 내 옆 자리에 앉아 있었다.

나는 경기에 들어가는 첫 번째 조에 속하지 않아 조금 마음이 놓였다. 또 톨 틸리하고 같은 팀에 끼지 않아 기뻤다. 전반전이 끝날 무렵 그들의 경기는 격렬해졌다. 그러나 휴식 시간이 지나고 나서도 내 이름이 불리지 않자 조금 불안해졌다. 완전히 창피를 당할지도 모른다. 생각한 만큼의 절반도 못 할지도 모른다. 막스가 나한테 잘한다고 말해 준 건 그저 용기를 북돋아 주려고 그런 걸지도 모른다. 마치 상냥하고 의미 없는 말로 여동생을 구슬리는 큰오빠처럼. 그래, 그랬다. 내가 막 포기하고 나가려고 할 때, 잔데르 선생님이 호루라기를 불면서 확성기를 집어 들었다.

"자, 이제 마지막 네 명 나오세요. 홍팀에 카를라 슈미트, 이본느 코헨, 그리고 청팀에 나나 제베르거, 넬리 수 에델마이스터."

내가 말했었지? 바로 내가 두려워하던 대로일 거라고. 내 인생은 마치 한 편의 할리우드 영화처럼 온갖 장벽과 방해물들로 가득 차 있다. 그래서 이제 나, 넬리 수 에델마이스터는 숙적인 이본느 코헨과 싸우기 위해 등장하게 된 거다.

잔데르 선생님이 내 셔츠에 번호를 달아 주고 나서 호루라기를 불었다.

나는 그야말로 무기력했다. 달리 뭐라고 설명할 수가 없었다. 문제는 내 경험 부족이었다. 지난 열흘 동안 나는 오직 막스만을 상대로 연습했다. 비록 막스가 팀 경기에 대해 계속 반복해서 설명해 줬지만, 실제 경기에 들어오니 선수들로 가득 찬 코트 안을 어떻게 돌파해야 할지 전혀 알 수 없었다. 빠르고 공격적인 동작, 거친 숨소리, 내 곁을 빠르게 스쳐 가는 수많은 선수들의 손과 발, 그 모든 게 나한테는 너무 벅찼다. 나한테는 말을 잘 듣지 않는 왼발 두 개와 왼손 하나만 있는 느낌이었다. 이본느 코헨이 위세당당하게 공을 확보해 앞쪽으로 치고 나갈 때도 나는 무력하게 그 자리에 서 있었다. 이본느가 슛을 했고, 한 점을 따냈다.

"슈-퍼-, 이본느 슈퍼!"

우리 학교 응원단인 '트웨인 트위스터즈'가 소리를 질렀다.

관중석에서 거칠게 고함치는 소리가 났다. 청팀 주장 모니카 클라도브가 나를 향해 소리쳤다.

"이본느를 막아, 막으라고!"

나는 공과 이본느 사이로 뛰어들어야 했다. 하지만 실패였다. 다시 드리블을 하며 나아가는 이본느를 막으려 했다. 이본느의 곧은 금발이 마치 폭풍이 몰아치기 직전의 밀밭처럼 격렬하게 움직였다. 굵게 땋아 내린 내 머리에서는 땀방울이 쏟아졌다. 격렬하게 움직일 때마다 땋은 머리가 내 등을 착착, 착착 때렸다.

"어디 해 보시지, 이 안경잽이야. 나한테서 공을 뺏어 봐. 아마 못할걸. 막스가 그랬거든."

이본느가 조롱하며 말했다.

"막스가 그랬을 리가 없어. 나는 할 수 있어!"

"막스가 분명히 말했어. 너는 뺏을 수 없다고. 봐, 저기 막스가 나를 응원하러 왔잖아."

나는 주위를 둘러봤다. 정말, 카롤린과 니콜 옆에 막스가 앉아 있었다. 나는 화가 나서 다시 돌아섰다. 하지만 이미 때는 늦었다! 이본느가 벌써 슛을 하려고 벼르고 있었다. 공이 마치 대포알처럼 공중을 가르며 날았다. 오, 나는 내 따귀를 때리고 싶었다! 어쩜 이렇게 멍청할 수 있단 말인가! 왜 나는 이본느한테서 눈을 떼었던 거지?

그런데, 기적이 일어났다! 이본느의 슛이 성공하지 못한 것이다! 공은 골대 가장자리에 맞고 아래로 떨어졌다. 이본느는 달려가 리바운드를 해서 공을 다시 잡으려고 했다. 하지만 내가 수천분의 일 초쯤 더 빨랐다. 나는 날쌔게 위로 점프해서 착! 하고 공을 잡았다.

"고, 넬리, 고!"

트웨인 트위스터즈 응원단이 소리쳤다.

"고, 넬리, 고!"

내가 공을 가진 것이다. 마침내 공이 내 손에 들어왔다! 내 손가락 끝이 공의 거친 표면 위에서 춤을 췄다. 내 발이 보조를 맞췄다. 내 다리, 내 무릎, 내 몸 전체가 공과 하나가 되었다. 하지만 내 눈만은 예외였다. 내 눈은 달려가는 내 몸보다 앞서 바스켓 쪽으로 향했다. 나는 선수들이 잔뜩 포진해 있는 코트를 뚫고 완전히 혼자 드리블을 해 가며, 골을 겨냥해 슛하는 데 성공했다. 공은 바스켓의 둥근 틀 속을 뚫고 골인했다. 한 점이었다! 내가 한 점을 얻었다!

나는 소리치고 싶었다. 눈물이 나왔다. 하늘에 감사의 키스를 보내고 싶었다. 하지만 그럴 시간이 없었다.

"고, 넬리, 고!"

응원단의 소리가 들렸다. 선수들의 발이 뒤섞여 구르며 달려갔다. 호루라기 소리가 연이어 날카롭게 들렸다. 관중석에서 시끄러운 소리가 들렸다. 분노, 질투, 슬픔…… 오늘 하루 동안의 모든 감정들이 경기의 뜨거운 열기 속에서 희미하게 사라져 갔다. 더 이상 어떤 것도 중요하지 않았다. 나와 공, 그리고 바스켓 외에는 아무것도. 거기에다 '고, 넬리, 고!' 하는 소리 말고는.

그 순간 나는 공을 빼앗겼다! 티나 나델만이 살금살금 곁으로 다가와 공을 낚아채갔다. 나는 티나를 뒤쫓아 달렸다. 이본느가 내 곁에 바짝 따라붙었다. 그때 휘익! 내가 다시 공을 빼앗았다. 나는 몸을 오른쪽으로, 왼쪽으로, 그리고 다시 오른쪽으로 돌렸다. 상대팀 선수들에게 이렇게 브로킹 당하고 말 것인가! 곁눈으로 보니 우리 팀의 나나 제베르거가 보였다. 나를 도우려고 내 쪽으로 달려오고 있었다. 나나에게 공을 잘 밀어 주면 나나가 한 골을 획득할 수 있다. 하지만 잠깐! 잘하면 티나와 이본느 사이로 뚫고 나갈 수 있을 것 같다. 어쩌면 다시 한 번 나 혼자 코트 중앙을 뚫고 돌파할 수 있을지도 모른다.

나는 과감히 다시 한 번 시도했다. 그리고 와와! 성공했다!

나는 다시 뛰었다. 우리 편 코트 쪽으로.

그렇게 경기는 계속되었다. 1초, 그리고 또 1초, 1분, 그리고 다시 1분. 나는 시간 감각을 잃어버릴 정도로 숨 가쁘게 뛰었다. 완전히 기쁨에 취해서. 하늘의 별을 관찰할 때와 같은 기분이었다. 또는 꿈속에서 우주 공간을 가볍게 부웅 떠다니거나, 우주의 경이로움에 취해서 기쁨을 맛볼 때의 느낌이었다.

물론 나 혼자만 골인을 하고 점수를 획득한 건 아니다. 이본느는 나보다 더 많은 점수를 얻었다. 하지만 내가 던진 공이 골대를 통과한 그 순간, 잔데르 선생님이 호루라기를 불면서 지었던 도저히 믿기지 않는다는 표정, 리자 할머니와 로지 할머니, 레비 할머니, 그리고 다른 선수들과 관중들까지 모두의 얼굴에 나타난 놀란 표정을 잊을 수가 없다. 내가 드디어 해낸 것이다. 나는 승리했다! 이제 심사위원의 판결만 남아 있었다.

심사위원석에서 경기 결과를 상의하는 동안 나는 재빨리 옷을 갈아입고, 막스의 모습을 볼 수 있을까 하는 마음에 서둘러 경기장으로 돌아갔다. 막스가 나를 찾아왔다.
"어땠어?"
내가 물었다.
"잘하더라."
막스가 대답했다.
"잘했다고? 그게 전부니? 나는 정말 대단했다고!"
막스가 어깨를 으쓱거렸다.
"지금까지 연습한 것에 비하면 그렇기는 해."
"나는 농구팀에 들어갈 거야! 영국에도 갈 거고."
"윌리엄 왕자도 너를 보면 분명 기뻐할 거다."
막스가 약간 빈정거리는 투로 말했다. 그러고는 마치 뭔가 기대하는 듯이 나를 쳐다봤다.
"그러면."
"그러면 뭐?"
"혹시 '고마워'라는 말 들어 본 적 없냐?"
막스가 말했다.
나는 그가 무슨 생각을 하는지 알 수 없었다.
"고마워라는 말 모르냐고. 고-마-워-."
막스가 다시 되풀이해서 말했다.
"그 글자를 어떻게 쓰는지는 나도 알고 있어, 막스."
"나는 너한테 혹시 그 말을 어떻게 하는지 아느냐고 물은 거야."

막스가 휙! 하고 돌아섰다.

"잠깐만."

내가 말했다.

"뭐야, 대체?"

막스가 돌아서며 말했다.

막스는 스웨터를 입고 있지 않았다. 나는 관중석을 쳐다봤다. 과연 그곳에 이본느가 앉아 있었다. 막스의 스웨터를 어깨에 걸친 채.

"우리는 거래를 했고 거래는 이제 끝났어. 그렇게 말한 건 너잖아. 그런데 내가 왜 너한테 고맙다는 말을 해야 해?"

나는 몹시 화가 났다. 눈물이 쏟아질 것만 같았다.

"오늘 하루는 정말 끔찍했어. 어제저녁에도 마찬가지였고. 적어도 너만은 나를 조금이라도 이해해 줄 줄 알았어."

호루라기 소리가 날카롭게 울렸다. 심사위원들이 돌아왔다. 나는 막스 앞에서 눈물을 보이지 않으려고 후닥닥 리자 할머니에게 달려갔다.

할머니들은 나를 에워싸고 아낌없는 칭찬과 포옹, 키스를 해 주었다. 리자 할머니는 평소보다 더 신중한 모습으로 내 손을 잡고 쓰다듬어 주었다. 레비 할머니는 먹고 있던 팝콘을 내게 내밀었다. 나는 팝콘을 삼키다가 목에 걸려 캑캑거렸다. 로지 할머니가 손가락으로 내 뺨을 콕 찔렀다. 할머니는 파킨슨병에 걸려서 손가락을 떨었기 때문에 꼭 마사지를 받는 느낌이었다.

나는 소녀 같은 할머니들과 함께 있는 게 정말 좋았다. 하지만 아빠 엄마가 같이 있었다면 더 행복했을 것이다.

스피커가 크게 윙윙거리면서 끽끽거리는 소리를 냈다.

"오늘 오후의 선발 경기는 판결을 내리기가 쉽지 않았습니다."

잔데르 선생님의 목소리가 들려왔다.

"먼저 오늘 선발 경기에 참여한 모든 학생들에게 감사의 말씀을 전합니다."

선생님의 시선이 내게 와서 멈췄다.

"여러분 가운데 몇 명은 놀랄 만큼 잘 싸웠습니다! 오늘 농구팀에 선발되지 못한 사람도 다음 시즌에 꼭 다시 도전해 보기 바랍니다."

선생님은 손에 들고 있는 종이를 들여다보았다.

"좋아요, 이제 모두가 기다리던 순간이 왔습니다. '트웨인 중학교 타이거즈' 팀의 새로운 두 선수는……."

선생님은 긴장되는 듯 잠시 숨을 죽이더니, 오스카상 시상식 사회자처럼 큰 소리로 말했다.

"마틸다 리히텐베르크와 이본느 프리스킬라 코헨!"

톨 틸리와 이본느가 코트 한가운데로 뛰어나가면서 미소와 윙크를 보내고, 머리 숙여 인사를 했다. 나는 리자 할머니 품으로 쓰러졌다. 할머니가 나를 꼭 안아 주었다. 할머니 목에 건 인조보석이 가슴에 닿았고 즈르비엥 향수 냄새가 코를 찔렀다.

"꼬마 아가씨, 너는 최선을 다했어. 중요한 건 바로 그거야."

리자 할머니가 말했다.

"나는 졌어요. 중요한 건 그거예요."

나는 반박했다.

"나는 배가 고파요. 지금 중요한 건 바로 그거예요."

레비 할머니가 말했다.

레비 할머니는 간식을 파는 사람한테 손을 흔들어 보였다. 하지만 그 사람은 눈가리개라도 했는지 전혀 알아차리지 못했다.

그날 저녁 7시, 댄스 카페 '티체'는 미어질 정도로 만원이었다. 리자 할머니는 젊은 시절의 음악이 듣고 싶으면 친구들과 함께 이곳에 온다. 그 시절의 코미디언 하모니카 연주자들의 음악이나 룰랑드 삼인조, 마를레네 디트리히, 혹은 카운트 베이시의 '당신의 손에 키스합니다, 마담' 같은 음악이 그리울 때면.

댄스홀에는 몇몇 나이 든 사람들이 능숙하게 왈츠를 추고 있었다. 음악은 끔찍할 정도로 케케묵은 것이었다. 레코드판은 덜거덕거리고 쉭쉭 바늘 긁는 소리를 냈다. 그렇지만 가수와 악사들의 노래는 그냥 지나칠 수 없을 정도로 흥겨웠다. 그러나 그날 저녁 나는 전혀 그럴 기분이 아니었다.

"넬리, 성공과 실패에 그렇게 연연할 필요 없단다. 그건 네가 결정할 수 있는 일이 아니잖니. 심사위원들이 너를 선발하지 않은 이유는 아무도 모르는 거야. 아마 그 사람들도 모를걸. 그냥, 네가 몇 주 전만 해도 꿈도 못 꿨을 일을 해냈다는 거, 그게 얼마나 놀라운 일인지 그것만 생각해라."

리자 할머니가 말했다.

그런 얘기는 더 이상 듣고 싶지 않았다. 할머니의 이런 모습은 꼭 아빠 같다. 엄마가 아빠를 뭐라고 불렀지? 칼릴 지브란이라고 했나? 시간이 나면 그 이름을 사전에서 찾아봐야겠다.

"넬리, 귀여운 아가. 우리 춤이나 추러 가자."

로지 할머니가 말했다.

나는 그럴 마음이 없었다. 세 할머니가 몰래 눈짓을 주고받는 것으로 보아 모두들 간밤에 일어난 아빠 엄마의 일을 알고 있는 게 분명했다. 아마 엄마가 리자 할머니에게 얘기했을 것이다.

"아빠한테 전화가 왔었니?"

리자 할머니가 물었다.

하지만 할머니도 그 질문이 유쾌하지 않았는지, 어깨를 한 번 움찔하더니 화제를 바꾸려는 듯이 말했다.

"좋아, 네가 원하지 않으면 내가 춤을 추마."

리자 할머니는 가벼운 발걸음으로 로지 할머니와 함께 댄스홀로 갔다.

그날은 내 생애 최악의 날이기는 했지만, 그래도 리자 할머니와 로지 할머니의 춤에 홀딱 매료당했던 기억은 생생하다. 그때 마침 '허난도스 하이드어웨이'라는 탱고 음악이 나왔다. 할머니들은 계속 스텝이 뒤엉키고 엉망이었다. 로지 할머니가 신고 있던 굽 높은 구두는 또 어땠는가! 도대체 그들은 어디서 춤을 배웠을까 하는 의심마저 들었다. 설마 무용 학교에서 배운 건 아니겠지? 전쟁 전에 배웠을까, 아니면 전쟁이 끝난 후에? 인생의 온갖 어려움을 다 겪고 난 후에도 여전히 즐겁게 춤을 출 수 있다니, 얼마나 놀라운 일인가!

탱고 음악은 폭스트롯으로 옮겨 갔다. 몇 분 뒤에는 지르박이 흘러나왔다. 나는 조금 지켜보다가 금세 딴생각에 빠졌다. 머릿속에서 농구 경기의 광경이 끊임없이 펼쳐졌다. 어디서 잘못한 것일까? 또 아빠와 엄마가 마지막으로 다투던 모습이 머릿속을 스쳤다. 앞으로 갔다 뒤로 갔다 뒤로 갔다 다시 앞으로. 나는 더 이상 참을 수 없어 다른 생각을 떠올리려 애썼다. 이본느의 어깨에 자기 스웨터를 걸쳐 주던 막스의 모습과 나를 멈춰 세우던 막스의 모습. 그것 역시 고통스러워서 얼른 다른 영상으로 바꿨다. 피아가 떠올랐다. 피아가 웃으며 손뼉 치는 모습이 내 정신을 댄스 카페로 돌아오게 했다. 홀 안의 사람들은 모두 흥겹게 즐기고 있었다. 여자들은 '럼 앤드 코카콜라'를 부르면서 애교스럽게 머리를 좌우로 흔들었다.

"아이쿠머니 하나님!"

레비 할머니의 입에서 돌연 터져 나온 소리였다. 나는 얼른 할머니를 바라보았다. 댄스홀에서 무슨 일이 생긴 모양이다.

병원에 발을 들여놓는 순간 무엇보다도 인상적인 것은 냄새이다. 전혀 세균이 없는 냄새, 너무도 깨끗한 냄새다. 혹은 노란색,

베이지 색, 연녹색 등의 벽 색깔로 병원을 기억하는 사람도 있을 것이다. 또 어떤 사람은 규칙적으로 똑, 똑, 똑, 떨어지는 물방울 소리를 기억할지도 모른다. 아니면 삭막한 병원 가구들의 냄새일 수도 있고.

나는 의사가 신발을 끌던 소리가 기억난다. 그가 우리에게 대체 뭐라고 하는 거지? 방금 전까지만 해도 춤을 추고 있던 리자 할머니가 갑자기 바닥에 쓰러졌다. 그리고 두 시간이 지난 지금, 응급실 의사가 슬리퍼를 직직 끌면서 리자 할머니의 상태를 말해주려고 우리에게 다가오고 있었다. 할머니는 아직 살아 계실까. 임종 직전일까. 아니면 이미 돌아가셨을까.

"에델마이스터 부인이십니까?"

눈에 띄게 젊어 보이는 의사였다. 목에 걸고 있는 청진기 끝에는 작은 벨벳 판다 곰이 매달려 있었다. 가운 주머니에는 볼펜이 삐죽 나와 있었다. 심각한 표정이었다.

엄마가 일어났다.

"예?"

의사는 미소를 지었다.

"저는 로이트만입니다. 리자 할머니의 상태는 내일 정오까지 더 지켜봐야 할 것 같습니다. 그런 장애는 더 심각한 합병증을 유발할 수도 있으니까요."

그냥 장애라고? 내가 제대로 들은 걸까? 너무 기뻐서 나는 숨이 멎을 것 같았다.

"그럼 다시 회복되는 건가요?"

엄마가 물었다.

"제가 보기에는 벌써 안정된 것 같습니다."

의사는 우리를 안심시키려는 듯 미소를 지었다.

병실로 들어서자 리자 할머니는 침대에 기대앉아 있었다. 작은 스탠드 불빛이 침대 머리맡을 비추고 있었다. 실내가 어두워서 할머니의 윤곽만 흐릿하게 알아볼 수 있었다. 초현대식 종합병원이라 병실 안에도 하이테크 치료 기구나, 자동으로 왔다 갔다 하는 장비들이 있을 거라고 생각했는데 그런 건 전혀 없었다. 연한 하늘색 환자복을 입은 리자 할머니가 몹시 왜소해 보였다. 할머니는 침대에 앉은 채로 꾸벅꾸벅 졸고 있었다. 링거 병에서 액체가 떨어지는 소리도 없고 코에 인공 호스 같은 걸 끼고 있지도 않았다. 소변을 받는 배뇨관도 보이지 않았다. 아무것도 없었다. 그러니까 아주 심각한 상태는 아닌 듯했다!

병실 문이 등 뒤에서 조용히 닫히자 리자 할머니가 내 쪽을 돌아보았다. 할머니가 미소를 지었다. 나는 침대로 다가가 의자에 풀썩 앉았다.

"할머니 때문에 우리가 얼마나 걱정했는지 아세요!"

할머니는 약간 의아하다는 표정이었다.

"걱정이라니? 나 때문에?"

할머니는 좀 전의 심장 발작 증세가 얼마가 심각했는지 모르고 있는 걸까?

"그래요, 할머니 때문에요!"

"나 때문에?"

할머니는 같은 말을 반복하며 과장해서 놀라는 표정을 지었다. 할머니가 나를 껴안으려 했다. 하지만 그 작은 반응을 보인 걸로도 몹시 힘이 들었던지 할머니는 곧 눈을 감고 베개에 몸을 기댔다. 할머니는 인조보석을 문지르며 이리저리 돌리고 있었다. 그리스의 크레타 섬으로 여행을 갔을 때, 그곳 노인들이 손에 묵주를 들고 돌리는 모습을 본 적이 있는데, 그 모습과 비슷했다.

"엄마가 2분쯤 여기 있어도 된다고 했어요."

할머니는 눈을 뜨더니 미소를 지었다.

"벌써 시간이 많이 늦었어."

"그 후에는 엄마가 할머니 곁에 있겠대요."

리자 할머니가 고개를 끄덕였다. 할머니는 숨이 가빠 보였다.

"할머니, 아팠어요? 많이 안 좋은 거예요?"

나는 용기를 내어 물었다.

"우리 꼬마 아가씨, 나는 괜찮다. 이것보다 나쁜 일도 많이 겪어 봤는걸."

그날 밤 나는 잠을 이룰 수가 없었다. 나는 창가에 앉아 하늘을 올려다보았다. 끊임없이 구름이 흘러갔고, 비에 젖은 창가로 비행기 한 대와 헬리콥터 한 대가 지나가는 게 보였다. 건너편 건물

창가에 밝은 빛이 서렸다가 다시 사라지는 것을 눈으로 좇았다. 아래쪽에는 황량하게 방치된 가족 유원지가 칠흑 같은 어둠에 휩싸여 있었다. 다시 비구름이 흘러가는 하늘을 올려다보았다. 구름 속에서 떠올랐다 다시 사라지는 달이 마치 거센 파도 위에 떠 있는 둥근 부표 같았다. 시곗바늘이 한 바퀴를 돌아 다른 방향을 가리키고 있었다. 유리창이 갑자기 부르르 떨렸다. 그 소리에 놀랐는지 한 무리의 새들이 날개를 퍼덕이며 날아올랐다.

그러고는 다시 조용해졌다.

오랫동안 깊은 침묵이 흘렀다.

갑자기 방 안에 차가운 공기가 맴돌았다. 엄마가 문 앞에 서 있었다. 바바리코트는 비에 흠뻑 젖었고 부츠는 더러워져 있었다. 비에 젖어 헝클어진 머리칼이 스탠드 불빛에 반짝거려서 꼭 후광이 비추는 것 같았다. 엄마가 왜 여기에 있는 거지? 병원은?

엄마는 방 안으로 들어와 바닥에 주저앉았다. 엄마가 내 손을 잡았다. 엄마의 입술이 위로 일그러졌다 다시 아래로 처졌다. 마치 비극적 코미디에 등장하는 배우가 과장된 미소를 짓다가 거칠게 얼굴을 찡그리며 입을 일그러뜨리는 모습 같았다.

엄마의 뺨에 굵은 눈물방울이 흘러내렸다. 엄마가 소리 내어 울기 시작했다. 눈물방울이 코를 타고 흘러내려 입가를 지나 턱으로, 그리고 가슴까지 뚝뚝 떨어졌다.

두려움이 내 가슴속을 파고들었다.

"넬리, 나는 침대 옆에 앉아서 할머니와 얘기를 나누고 있었단다. 그러다가 할머니가 눈을 감으시더구나. 나는 이상하게 생각하지 않았어. 눈을 감으면 안 되는 건 아니니까. 그런데…… 그러고 나서 계속 조용하시더구나."

엄마는 그 영상이 눈앞에 스쳐 가는지 잠시 눈을 감고 있었다. 그러다가 다시 나를 바라보았다.

"심장이…… 심장이 그렇게 멈춰 버렸어. 심장이 멈추고 떠나 버리셨어."

엄마는 머리를 내 무릎에 파묻었다. 무겁게 느껴졌다. 엄청 무거운 볼링공 같았다. 엄마는 나를 두 팔로 꽉 껴안았다. 나는 숨이 막혀 뒤로 손을 뻗어 조심스럽게 엄마의 손을 풀려고 했다. 하지만 엄마는 달려들듯이 나를 꽉 붙들었다.

"정말 너무 마음이 아파. 너무 아파."

엄마가 말했다.

귓속이 쿵쿵 울리기 시작했다. 그러다 귀가 먹은 듯 멍해졌다. 그리고 다시 쿵쿵 소리가 났다. 나는 점차 극심한 공포에 빠져들었다. 두 손은 땀으로 흠뻑 젖었다. 엄마의 머리카락 냄새를 맡을 수 있었다. 향기로운 샴푸 냄새였다. 나는 기분이 나빠졌다. 엄마는 격하게 흐느껴 울었다. 엄마의 바바리코트 옷감이 부스럭거리며 큰 소리를 내어 내 귀를 마비시켰다.

나는 온 힘을 다해 엄마에게서 몸을 빼냈다. 엄마가 놀라서 쳐다보았다.

"이제 모두들 떠나갔어요. 모두요. 리자 할머니, 아빠, 막스, 피아까지 모두. 이제 나한테는 아무도 없어요."

나는 울었다.

엄마는 손을 뻗어 나를 품에 안고 이마를 쓰다듬어 주었다. 머리카락도.

"넬리, 애야. 내 귀여운 아가. 내가 있잖니."

나는 뒤로 몸을 빼냈다.

"엄마요? 난 엄마를 원하지 않아요. 나는 아빠를 원해요. 나는 리자 할머니를 원해요."

"내가 어떡하면 되겠니? 내가 뭘 어떻게?"

"아무것도요. 아무것도 필요 없어요."

그때 머릿속에 떠오르는 게 있었다. 나는 그 무기를 꺼내 마구 휘둘렀다.

"뭘 하면 되겠냐고 물었죠? 그렇다면 모든 걸 다 취소시켜요. 바트-미즈바를요. 리자 할머니를 위해서 하려고 했던 거니까, 이젠 아무런 의미도 없어요."

엄마가 몸을 일으켰다.

"넬리, 지금 그런 얘기를 할 때가 아니……."

"취소시키란 말이에요! 취소시켜요!"

나는 엄마의 말을 막았다.

나는 벌떡 일어나 침대 위로 몸을 던졌다.

마치 블랙홀이 나를 빨아들이는 것 같았다.

매서운 추위

이틀 후에 리자 할머니의 장례식이 있었다. 그러나 할머니의 비석은 일 년 뒤에 세워질 것이다. 카디시*에 보면 돌아가신 분은 사람들의 기억 속에 생생하게 남아 있고 그 기억은 꼬박 일 년이 지속된다고 했다. 그래서 그 기간 동안은 할머니의 비석이 필요 없다. 하지만 꼭 카디시 때문이 아니더라도 리자 할머니는 내 기억 속에 있으니까. 그렇긴 해도 나는 할머니 비석이 빨리 세워지기를 바랐다. 비바람을 막기 위해서라도. 할머니가 돌아가신 첫 주에는 공동묘지로 매일 갔다. 며칠 전에도 할머니를 만나러 갔었는데 할머니가 묻힌 땅이 비바람에 시달리는 게 마음이 아팠다.

하루는 낙엽을 모아 할머니의 무덤에 널찍하게 깔아 드렸다.

*카디시: 부모나 가까운 친척이 죽었을 때 드리는 유대교의 기도

내가 생각해도 무척 우스운 행동이었다. 할머니를 보호해 줄 나뭇잎이 있든 없든 리자 할머니는 이미 내게서 영원히 떠났으니까. 그래도 나는 그렇게 하는 것이 좋았다.

나는 이따금 아빠를 만났다. 처음 몇 주 동안은 이상하리만큼 서먹서먹해서 우리는 아무 말도 하지 않았다. 아빠와 엄마도 물론 만났다. 처음에 나는 두 분이 다시 합칠 거라고 생각했다. 두 분이 만나도 싸우는 소리가 들리지 않았기 때문이다. 하지만 매번 아빠는 시간이 되면 돌아갔고, 두 분이 밖에서 만날 때는 엄마 혼자 집으로 돌아오곤 했다. 아빠는 우리 집에서 몇 블록 떨어진 샬로텐부르크에 사는 오스트리아 친구 집에 머물고 있다. 아빠 친구 그랜트 씨는 내년 봄에 영국으로 갈 계획이고, 아빠가 그때까지 안정된 직장을 구하면 그 아파트를 인수할 거라고 한다. 그 생각을 하면 나는 슬퍼진다. 나는 아직도 우리 세 식구가 함께 살기를 바라고 있는데, 아빠가 혼자 아파트를 얻는다면 그때는 모든 게 끝이다. 그냥, 그 생각은 하지 말기로 하자!

리자 할머니가 돌아가시고 며칠 동안은 조문객이 많이 찾아왔다. 그 덕에 우울한 생각들도 많이 사라졌다. 막스도 조문을 왔었다. 엄마는 막스에게 놀라울 정도로 친절히 대하면서 비스킷까지 대접했다. 막스는 과자를 들고 내가 앉아 있는 녹색 가죽 소파로 왔다. 우리는 둘 다 아무 말이 없었다. 아니면 할 말이 너무 많아서 선불리 입이 떨어지지 않았는지도 모른다. 나는 선발 경기를 치르던 날 막스가 나의 불행을 조금도 이해해 주지 않은 데 실망했다. 그가 이본느의 어깨에 스웨터를 걸쳐 주던 모습이 아직도 생생하다. 막스는 내가 고맙다는 말도 하지 않은 채 안톤하고 시시덕거리던 일에 실망하고 화가 나 있었다. 이제 와서 돌이켜 보니 그랬던 것 같다.

유대인들은 7일 동안 죽은 사람을 애도하는 기간을 보낸다. 이를 이디시어로 '시베 지첸'이라고 하며, 수천 년 전부터 지켜 온 상당히 복잡한 의식이다. 의자 대신 바닥에 방석을 깔고 앉거나 집 안에서의 모든 유희를 금지하고 샤워나 목욕도 하지 않으며, 밑창이 가죽으로 된 신발도 신지 않는다. 다행히 우리는 그 규칙을 엄격하게 지키지는 않았다. 샤워를 하지 않는다는 건 생각만 해도 어휴! 하지만 엄마는 7일 동안 촛불을 켜 두어야 한다는 관습은 지켰다. 엄마는 만약 천국이 있다면—그걸 엄마가 어떻게 반박할 수 있을까?—깜빡거리는 촛불이 리자 할머니를 그곳에 이르는 길로 인도해 줄 거라고 했다.

이따금 나는 내 방 창가에서 하늘을 바라보며 리자 할머니한테서 혹시 무슨 표식 같은 것이 내려오지 않을까 기대했다. 아니, 캄캄한 어둠 속에서 한 줄기 빛과 같은 것을 찾고 있었는지도 모른다. 하지만 보이는 것은 검은 구름과 한없이 긴 겨울이 다가오리라는 조짐뿐이었다. 나는 리자 할머니가 막스에게 어디에든 빛이 있으며 심지어 암흑 속에도 빛이 있다고 설명해 주던 일이 생각났다. 우리는 그 빛을 찾고 그 빛을 계속 전해 줄 방법을 배워야 한다고 하셨다. 나는 가만히 서서 캄캄한 하늘을 바라보며 리자 할머니는 어디서 그런 힘을 얻었을까 생각해 보았다. 그리고 다시는 할머니한테 그걸 물어볼 수 없을 거라는 생각에 펑펑 눈물이 쏟아졌다.

어느 날 저녁, 나는 또 그렇게 허공을 응시하고 있었다. 그때 창문을 가볍게 두드리는 소리가 들렸다. 풍뎅이 같았다. 몸집이 크고 못생긴 갈색 벌레였는데 길이는 약 10센티미터, 폭은 겨우 1센티미터쯤 되었다. 커다란 귀뚜라미처럼 보이기도 했지만 과연 귀뚜라미가 5층 아파트 높이까지 뛰어오를 수 있을까, 귀뚜라미가 날 수도 있었나 하는 의문이 들었다. 아무튼 나는 곤충을 별로 좋아하지 않는다. 풍뎅이를 쫓아내려고 유리창을 두드렸다. 하지만 풍뎅이는 고집스럽게 계속 유리창을 두드렸다. 꼭 방 안으로 들어오고 싶어 하는 것 같았다. 나한테 뭔가를 전해 주려는 것 같았다. 리자 할머니가 보낸 소식을 전하려는 걸까. 아니, 어쩌면 그 풍뎅이가 리자 할머니일지도 몰랐다. 정확히 알 수는 없었지만 나는 풍뎅이를 방 안으로 들이려고 창문을 열었다. 하지만 풍뎅이는 그냥 바깥에 머물러 있었다. 마음이 가벼워졌다. 풍뎅이는 꼼짝도 않은 채 나를 응시했고 그런 모습으로 밤새 추운 바깥에서 보초를 섰다. 아침에 잠에서 깨어났을 때도 풍뎅이는 여전히 그곳에 똑같은 자세로 웅크리고 있었다. 그러나 학교에 다녀와 보니 사라지고 없었다. 그 일이 있은 뒤 나는 이상하게 버림받은 느낌이 들었다. 나는 리자 할머니 방으로 가서 할머니가 쓰던 즈르비엥 향수를 조금 뿌렸다. 냄새를 깊이 들이마시고 잠시 동안 방 안을 서성거렸다. 아주 잠깐이지만 리자 할머니가 정말 옆에 와 계신 것 같았다.

하지만 그것도 잠시뿐이었다.

바깥에서는 낙엽이 떨어지고 있었다. 내 방은 암울하고 텅 빈 느낌이었다. 내 컴퓨터 보베는 책상 위에 외롭게 버려져 있었다. 거울 옆에 붙어 있는 빅센 천체망원경 사진이 나를 비웃는 것 같았다. 윌리엄 왕자는 옷장 안에서 무심하게 나를 향해 미소 짓고 있었다. 지난주에 그는 내 생각 속에도 꿈속에도 나타나지 않았다. 며칠 전부터 그의 포스터에 전혀 눈길을 주지 않았다는 걸 깨달았다. 나는 그의 눈 속에서 상실의 흔적을 찾아보려고 했다. 그러나 그 사진은 그의 엄마가 죽기 전에 찍은 것이었다.

엄마와 나는 거의 말을 하지 않았다. 한다고 해도 아주 일상적인 말뿐이었다.

"계란을 어떻게 해서 줄까?"

"반숙으로요."

"오늘 저녁에는 언제쯤 들어오니?"

"늦게요."

"브루스 삼촌한테 바트-미즈바를 왜 취소했는지 해명하는 편지를 보냈니?"

"아니요."

"새 스포츠 양말 살 돈 줄까?"

"네."

이런 상황이 엄마의 책임만은 아니라는 건 솔직히 나도 인정한다. 엄마와 모든 의사소통을 끊고, 엄마가 하는 말을 중간에 자르거나 퉁명스럽고 버릇없이 대꾸하는 건 바로 나였다. 그러면서도 나는 엄마가 왜 나를 호되게 나무라지 않는지 이해가 안 됐다.

그럴 때마다 엄마는 침실로 가서 창문과 커튼을 모두 닫은 다음 오랫동안 잠을 잤다. 낮에는 묵은 〈뉴요커〉를 읽고, 감기 기운이 있다고 투덜대면서 일찍 잠자리에 들곤 했다.

우리 아파트는 어둡고 추웠다.

리자 할머니가 돌아가신 지 열흘쯤 되었을 때 엄마가 아침에 내 방문을 두드렸다. 학교에 가기 직전이었다. 엄마는 작은 상자를 하나 들고 있었다.

"리자 할머니 방을 정리하다가 발견했다. 막스한테 주려던 거 같은데."

"막스요?"

"그래, 막스 옷이야. 리자 할머니가 만들어 놓으신 것 같아."

"무슨 옷인데요?"

"레스토랑 개업식 날 입을 옷. 토요일이다."

나는 깜빡 잊고 있었다. 이번 주 토요일이 10월 25일이었다. 그날은 내 바트-미즈바가 열리기로 했던 날이기도 하다.

"이거 네가 막스한테 갖다 줄래?"

"싫어요."

내 대답이 곧바로 나왔다.

엄마가 눈을 위로 치켜떴다.

"그래 좋아, 내가 우편으로 보내마."

자리를 뜨려던 엄마가 멈춰 섰다. 엄마의 목소리가 한층 부드러워져 있었다.

"무슨 일 있었니?"

나는 엄마의 동정을 원치 않았다.

"뭐가 엄마 신경에 거슬렸나요? 엄마도 막스를 좋아하지 않았잖아요. 우리한테 이제 친구가 하나도 없어서 무척 기쁘실 텐데요."

나는 벌컥 화를 냈다. 내가 격분한 데에 나 스스로도 놀랐다.

"그럼 너 토요일에 민스키네 레스토랑 개업식에 안 갈 거니?"

"안 가요, 엄마는요?"

"나도 안 간다."

"적어도 우리한테 한 가지 공통점은 있군요."

학교에서는 다행히도 일이 잘 풀렸다. 나는 반 아이들에게 칭송의 대상이 되었다. '매직 에델마이스터'가 나의 새 별명이었다. 하지만 솔직히 말해 나는 아직 빛나는 스포츠 선수는 아니었다. 농구 경기에서 한 번 멋진 묘기를 보여 준 건 사실이지만 그건 그리 대단한 것도 아니었다. 더구나 내 마음을 그토록 부풀게 만들었던 명예욕은 이제 사라지고 없었다. 하지만 어쨌든 막스와 함께 농구 연습을 하기 전의 나와 비교하면 내가 보여 준 발전은 그야말로 숨 막힐 정도였다. 스포츠에서만이 아니라 학교 애들하고의 관계도 그랬다. 나보다 저학년 애들은 나를 우러러봤고 나보다 상급생들은 나를 배구 경기에 끼워 줬으며, 자기들한테 중력의 법칙을 설명해 달라고 부탁하기도 했다. 안톤은 마치 어미 뒤를 따라다니는 새끼 오리처럼 내 뒤를 졸졸 따라다녔다. 이본느의 태도도 달라졌다. 이본느는 자기가 나의 친구가 아니라는 걸 분명히 드러냈다. 예의는 지켰지만 전혀 다정하게 대하지 않았다. 요즘 이본느는 연극부 데니 딜러와 어울려 다녔다. 막스하고는 끝난 걸까? 막스가 끝낸 걸까? 무슨 일이 있었나? 그 일에 대해서는 내가 결코 알 수 없겠지. 나한테 답을 줄 수 있는 사람들과 나 사이에는 전파가 단절되어 있으니까. 내 예전 친구 피아와 내 예전 농구 코치 막스. 그 둘은 학교에서 내가 얻은 새로운 인기에 관심을 보이지 않는 유일한 사람들이었다. 두 사람 모두 귀를 막고 있었다. 적어도 내게는 그렇게 보였다.

그러던 어느 날 이러한 상황을 바꿔 놓을 사건이 일어났다. 적어도 피아에 관해서는. 방과 후 도서관에서 숙제를 하고 밖으로 나가다가 어느 교실을 지나치게 됐는데, 교실 문에 '천문 관찰 동아리, 오늘 오후 5시, 이곳에서, 회원 가입 환영!'이라는 팻말이 걸려 있었다. 우리 학교에 언제부터 천문 관찰 동아리가 있었지? 그때 시간이 5시 10분 전이었다. 나는 문을 열고 안으로 들어갔다.

교실 안에는 아무도 없었다. 그런데 놀랍게도 구석에 프리츠 아저씨의 상점에서 보았던 빅센 천체망원경이 있는 게 아닌가. 내가 막 그쪽으로 다가가려 할 때였다.

"진짜 멋지지, 안 그래?"

피아!

멋지다고? 어떻게 피아가 천체망원경에 대해 알고 있지?

"부수적으로 필요한 장비도 다 있어. T-2-링어댑터까지."

피아가 말했다.

보통 때 같았으면 내 두뇌가 상황을 재빨리 파악했을 테지만, 지금 상황은 도저히 알 수가 없었다.

마침내 내가 어렵게 물어보았다.

"아니 어떻게 내 천체망원경이 여기에 와 있는 거니?"

"무슨 소리야, 네 망원경이라니? 이건 우리 거야."

"누구, 우리?"

"우리 '천문 관찰 동아리' 말이야."

"무슨 천문 관찰 동아리?"

"우리 학교에 있는 거."

"언제부터 우리 학교에 천문 관찰 동아리가 있었니?"

"오늘부터. 내가 이 동아리 회장이야. 그리고 내가 회장 자격으로 학교 측에 이 기구로 연구할 수 있게 해 달라고 부탁했지."

피아는 망원경이 마치 애완견이라도 되는 듯이 손으로 조심스럽게 어루만졌다.

"네가 언제부터 천문 관찰에 관심이 있었어?"

"미안하구나, 내 어깨 위에 머리가 달려 있어서."

피아가 발끈하며 말했다.

나는 도저히 이해할 수가 없었다.

"대체 언제부터?"

"언제부터 내가 머리를 달고 다녔냐고?"

"아니, 언제부터 별에 관심을 가졌냐고?"

"네가 나한테 블랙홀에 관한 책을 빌려 준 뒤부터. 천문 관찰은 정말 멋진 일이야."

"난 정말 몰랐어!"

"물어본 적이 없으니까. 네가 보기엔 내 머릿속이 지푸라기로 가득 찬 것 같지?"

놀랍다, 하고 나는 생각했다. 이건 절대적으로 놀라운 일이야. 어떻게 이 일을 몰랐지? 내가 이 일을 알아채지 못하게 막았던 게 대체 뭐지?

"네가 반에서 최고이긴 하지만, 넌 진짜 멍청해. 으스대기 좋아하는 바보야. 그래도 난 네가 맘에 들어."

"너한테서 슈워제네거를 빼앗았는데도?"

피아가 얼굴을 찡그렸다

"너는 그 애를 빼앗지 않았어."

"정말 그렇게 생각해?"

"그래, 처음부터 나는 그 애를 가진 적이 없었으니까."

나는 미소를 지었다.

"나도 네가 그리웠어."
"그럼 우리 다시 친구가 된 거지?"
피아가 물었다.
"고마워."
"좋았어, 천문 관찰 동아리에는 회장이 두 명 필요했거든."

내 마음은 발보다 더 빨리 집을 향해 달려갔다. 수백 년 전, 아니 영원, 아니 영겁 이래 처음으로 나는 기쁨 비슷한 것을 느꼈다. '천문 관찰 동아리'의 두 번째 회장이 되다니! 피아와 다시 친구가 되다니! 허겁지겁 뛰어 들어가다가 나는 현관 문 뒤에 웅크리고 있던 폼플룬 씨네 셰퍼드들한테 깔려 죽을 뻔했다. 나는 계단을 두 개씩 뛰어올라 5층까지 단숨에 올라갔다. 그러고는 집 안으로 뛰어 들어갔다. 엄마는 어디에 숨어 있는 거지?
"엄마, 나 돌아왔어요."
서재 문은 닫혀 있었다. 나는 황급히 문을 열었다.
"엄마?"
"아이쿠!"
엄마가 깜짝 놀라 외쳤다.
방 안은 어두웠다. 창문의 차양이 내려져 있었다. 엄마는 소파에 누워 자고 있었던 모양이다. 엄마가 몸을 일으켰다.
"맙소사, 넬리!"
엄마는 놀라서 크게 한숨을 내쉬었다.

"갑자기 뛰어 들어오면 어떡하니. 자고 있었는데!"

"미안해요."

엄마는 얼굴을 찡그렸다.

"아유, 머리 아파 죽겠다. 그래, 무슨 일이니? 뭐 중요한 일이라도 있어?"

엄마는 이마를 손으로 문질렀다.

나는 숨을 급히 들이마셨다.

"아무것도 아녜요. 아무것도."

잘 자라는 인사를 하려고 엄마 방으로 들어섰을 때 엄마는 창가에 앉아서 나무딸기 브랜디를 마시고 있었다. 엄마는 나를 보자 얼른 텔레비전을 끄고 리모컨을 옆으로 치웠다. 뭔가 할 말이 있는 것 같았다. 하지만 나는 그게 무엇인지 알고 싶지 않았다.

"넬리, 우리 얘기 좀 할 수 있을까?"

"피곤해요, 엄마."

"나도 그래."

그 말은 나보고 당장 앉아서 엄마 말을 귀담아들으라는 소리다.

나는 건너편 의자에 털썩 주저앉았다.

"그래서요?"

이 '그래서요?'라는 말이 거슬렸을 텐데도 엄마는 그냥 내버려 두었다. 엄마는 숨을 깊이 들이마셨다.

"생각해 봤어. 어쩌면 네가 아빠하고 사는 게 더 행복하지 않을까 하고."

커다란 파리채로 한 대 맞은 것처럼 뺨이 화끈거렸다.

"그게 무슨 소리예요?

나는 침을 삼킬 수 없을 정도로 목이 꽉 막혔다.

"요즘 같아선 어쩌면 너랑 내가 서로 잘 안 맞는 게 아닌가 하는 생각이 들어. 그래서 말인데, 만약에……."

제기랄, 참 조심스럽게도 표현하는군!

"엄마, 날 내팽개치겠다는 거예요? 그거예요?"

내가 말을 막았다.

"넬리! 그게 아니잖니!"

"그럼 뭐예요? 아니라면 대체 그 말을 어떻게 받아들여야 해요?"

내 목에 있던 덩어리는 그사이 골프공만큼이나 커졌다. 숨이 막힐 것 같았다.

"나하고 지내는 게 싫어요? 조용히 살고 싶은 거예요? 골칫거리 같은 거 없이, 조용히요?"

"너는 불공평해!"

엄마는 몹시 기분이 상한 것 같았다.

"내가 불공평하다고요?"

"넬리, 너는 대체 나를 뭘로 보는 거니? 내가 좋아서 '네 아빠한데 가라'고 말하는 줄 알아? 내가 너를 떠나보내고 싶어서 그러는 줄 아느냐고? 내가 여기 앉아서 하는 일이라곤 네가 얼마나 불만이 많은지, 얼마나 불행한지 보고 있는 것뿐이잖니. 나도 더 이상 뭘 어떻게 해야 할지 모르겠다."

엄마는 신경질적으로 두 손을 이리저리 만지작거렸다. 엄마의 시선은 자기 자신을 향하고 있었다. 엄마의 다음 말은 거의 속삭이는 듯했다.

"네가 아빠를 더 좋아하는 건 너도 알고 나도 아는 일이잖아."

목을 막고 있던 골프공 같은 것이 눈물로 변해 쏟아져 나왔다.

"아빠는 엄마처럼 트집을 잡아 나를 못살게 굴지 않으니까요! 아빠는 내가 될 수 없는 것이 되라고 강요한 적이 없으니까요! 아빠는 나를 있는 그대로 받아 주니까요! 그렇지만 엄마는 늘 내가 엄마가 원하는 대로 되기를 바라잖아요. 하지만 난 엄마처럼 되고 싶지 않아요. 나는 나예요! 나 자신이라고요!"

이제 엄마도 울었다.

"나는 그저, 네가 행복하기를 바란다."

나는 벌떡 일어섰다. 내 모든 고통이 안에서 터져 나왔다. 내 모든 못된 근성까지도.

"갑자기 왜 내 감정에 관심이 생겼어요? 갑자기 왜 '아빠하고 사는 게 더 행복하지 않을까'라고 말하는 거냐고요? 내가 엄마한테 무슨 커다란 의미라도 되는 것처럼요. 상관없는 일이잖아요. 엄마한테는 엄마 자신만 중요하잖아요. 다른 사람들이 엄마를, 엄마의 직업과 엄마의 성공을 어떻게 생각하는지, 중요한 건 그거잖아요. 그것 말고도 중요한 게 있었어요?"

나는 엄마를 한 대 후려치고 싶었다. 그만큼 엄마의 모습은 형편없었다.

"너도 늘 그랬던 건 아니란다. 너한테도 보통 아이처럼 즐거웠던 시절이 있었어. 내가 원하는 건 그것뿐이야. 더 이상은 없어."

엄마가 입술을 떨면서 말했다.

"나도 그래요. 나도 그 이상은 바란 적 없어요. 아주 평범하고 즐거운 엄마 말고는요."

엄마는 일어서더니 방을 나갔다.

엄마가 조금만 더 방에 있었더라면, 내가 얼마나 마음 아파했는지 볼 수 있었을 거다. 하지만 엄마는 가 버렸고 우리 사이는 갑자기 몇 억 광년의 거리만큼이나 멀어졌다.

나는 온갖 의문에 시달리다가 완전히 녹초가 되어 아침에 눈을 떴다. 나는 침대에 누워 꼬리에 꼬리를 물고 떠오르는 생각에 빠져 있었다. 엄마는 왜 나를 떼어 버리려고 하는 걸까? 내가 옆에서 엄마의 불행을 끊임없이 상기시켜 주기 때문일까? 내가 아빠와 비슷한 모습이어서일까? 아니면 혹시 내 변덕스런 기분에 싫증이 난 걸까? 우리는 정말 서로 잘 지낼 수 없을까, 있을까? 엄마하고 살아야 할까, 아빠가 있는 곳으로 옮겨야 할까? 이날 아침처럼 리자 할머니가 필요한 적도 없었다. 할머니가 살아 계셨다면 옳은 결정을 내릴 수 있도록 도와주셨을 텐데. 이제 내 곁에는 아무도 없다. 나 자신밖에는.

나는 파자마와 목욕 가운을 걸친 채 엄마를 찾아 집 안을 뒤졌다. 엄마는 이미 나가고 없었다. 나는 첫 수업을 빼먹고 아빠를 찾아가서 얘기해 봐야겠다고 생각했다.

날씨가 놀랄 만큼 따뜻하고 햇볕이 좋아서 우리는 노천카페에서 만났다. 우리는 지나가는 사람들을 구경했다. 쇼핑하러 나온 사람들, 유모차를 밀고 가는 아기 엄마들, 노점을 차리는 상인들이 쉼 없이 오갔다. 거리 저편에서는 야채 장수가 호박으로 만든 괴상한 모양의 핼러윈 장식을 설치하고 있었다. 아빠는 좀 수척해 보였지만, 여전히 우리 곁을 지나가는 여자들이 아빠에게 미소를 보냈다.

"그래서요? 아빠는 어떻게 생각하세요?"

"내가 있는 곳으로 와도 좋다. 그건 전적으로 너한테 달렸어."

나는 마음이 가벼워져서 고개를 끄덕였다. 아빠하고 단둘이 사는 모습을 상상해 보았다. 마음에 들었다. 물론 우리 둘이서만 산다는 걸 전제로 할 때 말이다! 집 안에 다른 여자가 들어오는 건, 멜리사 부인일지라도 절대 안 된다. 낯선 여자가 욕실을 차지하거나 부엌에서 설쳐 대는 건 절대 금물이다.

"제가 아빠를 위해서 요리를 할게요. 아빠 셔츠도 다려 주고요."

아빠는 쿨룩거리는 소리를 냈다.

"아니다, 우리 공주님. 그건 내가 할 일이야. 내가 너를 위해서 요리를 해야지. 그렇지만 네가 어떤 결정을 내리든, 절대로 엄마가 너를 나보다 덜 사랑한다고 생각해서는 안 된다."

아빠는 커피를 한 모금 마셨다.

"하지만 이건 전부 엄마 생각이었는걸요. 아빠를 집에서 내쫓고, 그런 다음에는 저예요."

"엄마는 너를 쫓아내는 게 아니다. 게다가 이건 내 일과는 별개야."

아빠는 날카롭게 나를 탓했다.

웨이트리스가 다가와 우리는 대화를 멈추었다.

"여기 있습니다."

그녀는 탁자 위에 우리가 주문한 아침 식사를 내려놓았다.

우리는 웨이트리스가 갈 때까지 아무 말 없이 기다렸다. 때맞춰 대화가 끊겼기 때문에, 그사이 나는 아빠한테 화가 난 마음을 가라앉힐 수 있었다.

웨이트리스가 '맛있게 드세요' 하고 사라지자 아빠는 아까 하던 말을 다시 이었다.

"엄마가 나한테 화를 내는 데에는 충분한 이유가 있어."

"대체 왜요? 아빠는 이 세상에서 제일 좋은 아빠잖아요!"

아빠는 하마터면 웃음을 터뜨릴 뻔했다.

"오, 넬리, 넬리."

아빠는 머리를 흔들면서 말했다. 아빠는 두 손으로 내 얼굴을 감싸고 뺨을 부드럽게 쓰다듬어 주었다.

"네가 너무 사랑스러워서 마음이 아프구나. 하지만 나는 남편으로서는 형편이 없단다. 바로 그래서야."

아빠는 내 이마에 키스를 하고 똑바로 내 눈을 들여다봤다.

나는 당황해서 시선을 떨어뜨렸다.

"그렇지만 이것만은 믿어 주렴. 그동안 내가 여자들을 멀리했다는 걸. 모든 여자들을. 물론, 너만은 빼고."

아빠는 자기 자신을 조롱하듯이 일부러 과장해서 진지하게 말했다.

나는 다시 고개를 들었다. 아빠가 나를 보며 씩 웃었다.

"그럼 멜리사 부인은요?"

아빠의 얼굴에서 웃음이 사라졌다. 그래, 그럼 그렇지! 아빠의 안색이 창백해졌다. 오, 이런! 내 말이 엄마처럼 너무 직설적으로 들렸던 모양이다.

"그 일은 일단 중단되었단다. 모든 걸 다 해명할 수 있을 때까지는 말이다. 우선은 멜리사 부인의 레스토랑을 위해서 일을 할 뿐이란다. 그 이상은 아니야."

"엄마도 그걸 알고 있어요?"

"아마 아직 모를 거다. 하지만 그렇다 해도 달라질 건 없어."

아빠는 다음에 무슨 말을 할까를 곰곰이 생각하는 것 같았다. 아빠가 생각을 마치기까지는 한참이 걸렸다.

"이제는 나도 어른이 되어야 할 시간이 된 것 같구나."

마침내 아빠가 입을 열었다. 아빠는 미소를 짓는가 싶더니 이내 입을 일그러뜨렸다. 금방이라도 울 것 같았다. 아빠는 시선을 다른 곳으로 돌렸다. 갑자기 아빠 때문에 마음이 몹시 아프고 창피했다.

몇 분 동안 우리는 아무 말이 없었다. 그때 웨이터가 다가와 커피를 더 드시겠냐고 물었다. 아빠는 그러겠다고 대답하고는 다시 나와 엄마 쪽으로 화제를 옮겼다.

"내 말을 믿어, 엄마는 너를 버리려는 게 아니야. 엄마 말은, 네가 내 곁에 있으면 더 행복할 거라는 거야. 엄마가 왜 그런 말을 했는지는 나도 모르겠다만, 그건 너와 엄마의 문제겠지. 하지만 분명한 건 너한테는 엄마가 필요하다는 거야. 그 사람은 네 엄마니까. 그리고 엄마한테도 분명히 네가 필요하고."

"필요하기는요! 엄마는 그냥 옆에 두고 명령을 내릴 사람이 필요한 거예요."

"넬리, 엄마에게는 네가 필요해. 가족이기 때문에! 그리고 엄마는 너를 사랑하니까."

아빠의 목소리는 다시 화가 나 있었다. 아빠는 집게손가락으로 내 머리를 몇 번 톡톡 쳤다.

"도대체 언제쯤 그 사실을 받아들일래? 이 쇠고집 아가씨. 너는 엄마의 전부야. 엄마한테 유일한 존재라고. 너는 엄마의 과거이자 미래야. 엄마가 여기에 있는 것도 바로 너 때문이야."

"엄마가 여기 있는 이유라니요? 그건 또 무슨 뜻이에요?"

아빠는 크로아상을 한 입 베어 천천히 씹고는 커피를 한 모금 마셨다. 그리고 입술을 축였다. 다음에 무슨 말을 할까 곰곰이 생각하는 듯했다.

"나는, 네 엄마가 여기서 사는 게 정말 행복한지 잘 모르겠다."

아빠가 다시 얘기를 시작했다.

"베를린은 엄마의 고향이 아니야. 엄마는 이곳 문화 속에서 성장하지 않았거든. 이곳은 엄마의 마음에서……."

한동안 아빠는 적당한 말을 찾으려 했다.

"노래가 우러나오게 하는 익숙한 곳이 아니야. 물론, 엄마가 베를린을 좋아하고 이곳에 있는 게 편한 건 분명해. 그렇지만 그건 지내기에 편한 것과는 다른 얘기거든. 아무리 지내기 편한 곳이라 해도 백 퍼센트 절대적으로 소속감을 갖는 장소에 있는 것과는 달라."

"그럼 엄마는 대체 뭣 때문에 여기 있는 거예요?"

"엄마는 사랑에 빠졌었거든."

나는 좀 당황해서 아빠를 빤히 들여다봤다. 아빠가 너무 빨리 대답을 했기 때문이다.

"나와 사랑에 빠졌었지. 엄마는 나를 사랑하게 된 거야. 그런데 나는 그 사람을 실망시켰다."

아빠가 서글프게 웃었다.

"그러니까 이제 엄마를 이곳에 묶어 두고 있는 유일한 끈이, 바로 나라는 거예요?"

"바로 그거다. 나는 그렇게 믿고 있어."

그 사실이 나는 좀 부담이 되었다.

"바로 그 이유 때문에 엄마가 그렇게 오랫동안 나하고 결혼생활을 지속한 거란다."

아빠가 덧붙였다.

나는 앞에 놓인 빵을 우물우물 씹으면서 주위에 앉아 있는 사람들을 바라보았다. 잠시 동안 우리는 아무 말이 없었다. 해가 몇 점의 구름 뒤로 사라졌다. 금방이라도 비가 내릴 것 같았다.

대학생인 듯한 20대 여자 둘이 우리 옆 탁자에 앉았다. 한 명은 키가 크고 호리호리한 몸에 덥수룩한 짧은 빨강머리를 하고 있었다. 색이 몹시 빨간 걸로 봐서 염색한 게 분명했다. 다른 여자는 키가 좀 작고 통통한데 아주 예뻤다. 석고처럼 하얀 피부에 가늘고 반짝거리는 길고 검은 머리를 하고 있었다. 또렷한 입술에는 완벽하게 화장을 하고 있었다. 입술 가장자리에 윤곽선을 부드럽게 긋고 안쪽은 분홍색 립스틱으로 메웠다.

"아빠 말은, 엄마가 미국을 그리워한다는 거예요?"

"내 생각에는 그렇다. 어쩌면 엄마는 의식하지 못할지도 모르지. 하지만 우리는 알고 있잖니!"

아빠는 내게 찡긋 눈짓을 보냈다.

나는 길 건너편에 있는 과일 가게를 가리켰다. 과일 장수는 비가 내릴지 가늠하려는 듯 하늘을 올려다보고 있었다.

"핼러윈데이에 엄마한테 호박 케이크를 구워 드려야겠어요."

아빠가 씩 웃었다.

"너와 엄마는 서로가 알고 있는 것보다 훨씬 더 닮았어. 너는 유머 감각이 많아. 그리고 영리하지. 네 엄마처럼."

옆 탁자에 앉은 석고처럼 창백한 여자가 해가 사라졌는데도 겉옷 단추를 풀었다. 겉옷 속에는 목이 깊게 파인 짙은 빨간색 스웨터를 입고 있었다. 그 여자는 자기 친구하고 얘기를 하면서도 계속 아빠 쪽으로 시선을 던지면서 손가락으로 머리를 훑어 내리고 있었다. 손톱에 칠한 매니큐어 색이 립스틱 색과 어울렸다. 아빠가 자신의 시선을 눈치 채자 그 여자는 머리를 약간 뒤로 젖히고 머리채를 흔들어 어깨 뒤로 넘겼다. 그러자 그녀의 길고 매력적인 목이 드러났다. 아빠는 여자에게 미소를 던졌다.

나는 얼굴이 붉어졌다.

"아빠 말은, 엄마가 그래서 유대인 교회에 나간다는 거예요?"

내가 물었다.

흠칫하면서 아빠는 다시 내 쪽으로 몸을 돌렸다.

"뭐라고?"

"아빠는 그래서 엄마가 교회에 나간다고 생각하시냐고요? 신앙심도 없으면서 그곳이 고향 같아서요?"

"그렇게 생각한 적은 없지만 그럴 수도 있지."

아빠는 잠시 생각에 잠겼다.

"그래, 그렇구나. 네 말이 맞을지도 모르겠구나, 공주님."

갑자기 나는 속이 메스꺼워졌다. 믿을 수 없을 만큼 중요한 것을 발견한 기분이었다. 처음으로 천문관에 가서 천체망원경으로 달을 아주 가까이 보았을 때처럼. 그 생각이 머릿속에서 뚜렷해

질수록 몹시 흥분이 되었다. 나는 낮은 목소리로 더듬거리며 말했다.

"어쩌면 그래서 내 바트-미즈바가 엄마한테 그토록 중요했는지도 몰라요. 엄마는 우리가 같은 고향을, 정신적으로 같은 고향을 갖기를 원했던 거예요. 그렇죠, 아빠?"

하지만 아빠는 더 이상 나와 같은 생각을 하고 있지 않았다. 심지어 내 말을 듣고 있지도 않았다. 아빠는 창백한 얼굴의 여자 쪽으로 몸을 기울이고 있었다. 마음만 먹으면 목이 깊게 파인 스웨터 안을 들여다볼 수 있을 것 같았다. 어쩌면 아빠는 벌써 그 안을 들여다보고 있는지도 몰랐다. 아빠는 여자의 탁자 위에 펼쳐져 있는 메뉴에서 요리 하나를 가리키며 말했다.

"거기 과일이 든 요구르트를 먹어 보세요."

석고처럼 하얀 피부의 여자가 아빠한테 미소로 답했다. 여자가 새빨간 입술 사이에 담배를 물자, 아빠가 라이터를 집어 불을 붙여 주었다.

나는 벌떡 일어났다.

"아빠!"

아빠가 내 쪽으로 몸을 돌렸다.

"그만 가요."

나는 그 모든 걸 오래전부터 알고 있었어야 했다. 아니, 어쩌면 나는 이미 알고 있었는지도 모른다. 아빠가 비록 개선의 여지가 없는 불성실한 사람은 아닐지라도 정말 형편없는 남편이라는 사실이 내 의식 속으로 마구 파고들었을 때, 나는 놀라거나 땅이 꺼질 것 같은 느낌은 들지 않았다. 그래, 나는 진작부터 그걸 알고 있었던 거다. 단지 그 사실을 스스로 인정하지 않았을 뿐. 나는 서글펐다. 물론 그랬다. 하지만 완전히 실망하지는 않았다.

지하철을 타고 가는 동안, 아빠가 유명한 연주자가 아니어서 다행이라는 생각이 들었다. 온 세상 사람들이 아빠의 연애 사건을 알고 있다면 난 죽을 만큼 창피했을 거다. 가엾은 윌리엄! 윌리엄도 끔찍했겠지. 나는 곰곰이 생각해 봤다. 과연 아빠는 온갖 험담들을 다 견딜 수 있을 만큼 마음을 무장하고 있을까? 아빠라면 부모님 일에 상관하지 않고 잘 견딜 수 있었을까? 혹시 아빠도 그런 쇼크를 견뎌 낸 뒤 강해진 걸까?

지난 몇 주 동안 윌리엄 왕자의 존재가 내게서 멀어졌지만, 이제 다시 그에게 가까이 다가가는 느낌이었다. 그가 무슨 얘기든 털어놓을 수 있는 아주 가까운 사람처럼 느껴졌다.

리자 할머니의 무덤을 찾아갔을 때는 다시 해가 비치고 있었다. 놀랍게도 내가 깔아 놓았던 나뭇잎들이 그 자리에 그대로 있었다. 뿐만 아니라 누군가 그 위에 돌을 몇 개 올려놓았다. 마치 바람 부는 해안에 얇은 담요가 덮여 있는 것 같았다. 나는 아주 오랫동안 그곳에 서서 코끝에는 매서운 바람을, 뺨에는 따사로운 햇살을 느꼈고, 낮고 파란 하늘 위로 천천히 흘러가는 구름을 바라보며 나뭇잎들이 바삭거리는 소리에 귀를 기울였다.

집에 돌아와 보니 엄마는 리자 할머니의 방에 있었다. 이삿짐 상자들 사이에 둘러싸여서. 엄마가 눈을 들어 나를 쳐다보았다.

"여기 이것들을 지하실에 갖다 놔야겠다."

엄마가 말했다. 그러고는 나를 보게 되어 기쁜지 환하게 미소를 지었다.

"오늘 학교에 안 갔니?"

"아빠를 만났어요."

엄마는 고개를 끄덕였다.

내 하늘색 바트-미즈바 드레스가 리자 할머니의 마네킹에 입혀져 있었다. 나는 한쪽 소맷자락을 잡고 멍하니 부드러운 벨벳의 감촉을 느꼈다.

"엄마가 어제저녁에 한 말을 생각해 봤는데요."

"그런데, 넬리. 그냥 잊어라, 내가 한 말은……."

"나 아빠한테 가서 지낼 수도 있어요."

나는 엄마 말을 막았다.

엄마는 숨을 깊이 들이쉬었다. 그러더니 리자 할머니의 소파에 가서 앉았다. 엄마는 미소를 지었지만 그냥 용기를 잃지 않으려고 그러는 것 같았다. 엄마는 분명 실망한 모습이었다.

"좋아, 넬리. 아마 그게 최선일 거야."

"나는 아빠한테 가서 지낼 수도 있어요."

나는 더 자세히 말했다.

"엄마가 어딘가로 휴가를 떠나거나 할 때 몇 주 정도는요. 하지만 그런 때 말고는 나를 떠나보내지 못할걸요. 적어도 내가 클 때까지는."

엄마의 입이 딱 벌어졌다. 그야말로 영화에서나 볼 수 있는 광경이었다.

"그러니까, 만약에 엄마가 쓰고 싶은 책의 자료를 조사하러 가거나, 고향 생각이 나서 뉴욕에 가거나 하면 아빠한테 가서 지낼게요."

엄마가 눈물을 흘렸다. 아, 저런. 엄마가 이렇게 금방 감동할 줄 알았으면 차라리 이메일을 보낼 걸 그랬나.

나는 소파로 갔다. 엄마가 나를 끌어안았다.

"넬리, 넬리. 귀여운 내 딸."

엄마는 내 이마와 머리, 그리고 귀에도 진하게 키스를 해 줬다.

"엄마는 너를 정말로 사랑한단다. 내 귀여운 딸."

엄마는 나를 품에 꼭 껴안았다. 너무 꼭 껴안아서 숨을 쉴 수가 없었다. 하지만 싫지 않았다. 나는 엄마의 포옹을 즐겼다. 몇 분 동안은. 하지만 그 다음에는 사실 숨이 막혀 급히 숨을 들이쉬어야 했다.

"이 방에서는 너무 퀴퀴한 냄새가 나요."

나는 커튼을 열어젖혔다. 눈부신 황금빛이 방 안으로 쏟아져 들어왔다. 창문을 열어 차가운 가을 공기가 안으로 들어오도록 했다. 마네킹에 햇살이 비쳤다. 내 바트-미즈바 드레스가 반짝반짝 빛났다.

"그리고 또 있어요, 엄마."

엄마가 나를 올려다보았다.

"바트-미즈바를 열고 싶어요."

엄마의 입이 딱 벌어졌다. 또다시.

"리자 할머니가 해 주셨던 말씀을 다시 잘 생각해 봤는데요. 우리, 바트-미즈바를 열기로 해요. 계획했던 대로 이번 토요일에요. 25일이요. 안 그러면 《토라》의 대목을 다시 외워야 할지도 모른다고요."

엄마는 당황한 얼굴로 나를 쳐다봤다.

"이번 토요일에? 네 바트-미즈바를?"

"히브리어로 다 외울 수 있어요. 내가 암송할 《토라》 대목 말이에요. 하프타라도요. 다 할 수 있어요."

"저런, 넬리……."

"뭐예요, 저런 넬리라니요?"

엄마는 들떠서 생각이 잘 정리되지 않는 것 같았다.

"랍비 선생님이 동의하실지 모르겠구나."

"랍비 선생님이요? 아마 거절 못하실 걸요. 바트-미즈바를 여는 사람이 있다는 것만으로도 기뻐하시지 않을까요?"

"그렇지만……."

"대체 또 뭔데요?"

나는 일부러 과장해서 눈을 굴렸다.

"미국에서 오는 손님들은 어떡하니?"

"그거야 모르죠. 물론 그분들이 오시면 좋겠지만, 내 바트-미즈바는 나를 위한 거잖아요. 또 우리를 위한 거고요."

"그럼 장소는? 연회장은 이미 취소시켰는데."

그 문제에 대해서는 나도 생각을 못하고 있었다. 그런데도 대답은 마치 총알처럼 거침없이 튀어나왔다. 이미 계획하고 있었던 듯이.

"민스키 부인의 레스토랑에서 하기로 해요."

엄마는 충격을 받은 듯했다.

"민스키네 레스토랑에서? 토요일에? 그 레스토랑 개업식에서?"

"왜 안 돼요? 그날 그곳에는 사람들이 많이 모이잖아요. 그리고 멜리사 부인도 우리 쪽 손님들이 오면 기뻐할걸요. 장사가 잘될 테니까요."

"그건 웃기는 일이야, 넬리. 나는 그 여자 레스토랑에는 한 발짝도 들여놓지 않을 거야."

"도대체 왜 안 가겠다는 거예요? 엄마랑 그 아줌마, 두 사람은 이제 한 배에 타고 있잖아요."

엄마는 몹시 당황한 표정으로 나를 쳐다봤다.

"아빠가 그랬어요. 그 아줌마하고의 일은 중단되었다고요."

나는 조심스럽게 말했다.

엄마가 눈을 부릅떴다.

"네 아빠가 그렇게 말했니?"

나는 고개를 끄덕였다.

"그래도 싫다. 첫째, 나는 그 말을 믿지 않아. 그리고 둘째, 혹시 그 말이 맞더라도 그것 때문에 우리가 무슨 동맹자가 되는 건 절대 아니야."

"하지만 엄마하고 멜리사 부인, 두 사람에게는 공동의 적이 있잖아요. 아빠 말이에요."

나는 좀 가볍게 말했다.

"넬리! 아빠는 내 적이 아니야. 나는 네 아빠를 사랑해. 다만 네 아빠와 더 이상 함께 살 수 없을 뿐이야."

엄마가 또다시 울 것 같았다. 그건 내가 원하는 바가 아니다. 나는 엄마한테 달려갔다.

"나도 알아요. 미안해요, 엄마. 다만, 그냥…… 모르겠어요. 내가 바라는 건 그저 해피엔드예요. 더 이상은 없어요."

"아, 넬리. 넌 너무도 미국적이야! 해피엔드라니? 내 어린 딸이 해피엔드를 원한다고?"

엄마는 다정하게 미소 지었다.

엄마는 나를 껴안았다. 그러고는 나를 놓아 주면서 말했다.

"그래 좋아. 생각해 보마. 어쩌면."

나는 내 귀를 의심했다.

"정말요?"

"그래 어쩌면."

"좋아요, 거긴 먹을 게 많을 테니까 굳이 출장요리 비용을 지불하지 않아도 되잖아요."

나는 몹시 흥분해서 거침없이 말했다.

"그래!"

엄마가 말했다.

"네가 아직 이해하기 힘든 일들이 많단다. 어쨌든 그 여자가 네 아빠를 모욕할지는 몰라도 우리가 돈을 지불할 일은 없겠지."

그러다 갑자기 엄마의 얼굴에 그림자가 드리워졌다.

"오, 안 돼! 안 돼!"

엄마가 소리쳤다.

"왜 또 그래요, 대체?"

"이대로 바트-미즈바를 치를 수는 없어. 내가 입을 옷이 없단 말이야!"

엄마는 낙담해서 말했다.

잠깐 동안, 엄마의 그 말이 진심인지 아닌지 알 수 없었다. 곧 엄마는 벌떡 일어나더니 웃음을 터뜨렸다. 그 웃음은 내게도 전염됐다. 우리는 실컷 웃었다. 숨을 헐떡거릴 때까지 웃으며 소리 지르기를 멈추지 않았다. 그 어리석은 짓 때문에 우리는 숨이 막혀 죽을 뻔했다.

"살려 줘!"

엄마가 숨을 헐떡였다.

"이제 됐다!"

엄마가 일어서며 말했다.

"자, 이제 여기 있는 물건들을 지하실로 옮겨 놓자."

지하실 안은 깜깜했고 습기와 곰팡이 때문에 악취가 났다. 우리는 서둘러 상자들을 지하실에 들여놓았다. 다시 계단을 올라가려고 할 때 뭔가가 우리를 휙 스쳐 지나갔다. 온몸이 쭈뼛해지는 공포를 느꼈다.

"쥐예요. 맙소사, 커다란 쥐예요!"

내가 말했다.

아빠랑 같이 있었다면 아마 생쥐라고 말했을 거다. 하지만 지금 나는 엄마와 함께 있다. 엄마 말이 우선이다. 엄마가 보기에 그것들은 커다란 쥐였다.

엄마가 손전등을 비추자 우리 주위를 돌아다니는 쥐들의 모습이 보였다.

"생쥐들이구나. 그냥 생쥐들이야."

엄마는 가벼운 목소리로 말했다.

"엄마가 어떻게 알아요?"

"늘 알고 있었단다."

넬리, 공주가 되다

교회 안은 사람들로 꽉 차서 터질 듯했다. 오늘은 평소 교회에 오는 교인들 말고도 내 손님들이 와 있었기 때문이다. 준비할 시간이 겨우 나흘밖에 없었는데도 엄마는 모든 걸 훌륭하게 해냈다. 정말 모두들 떼거리로 몰려왔다! 브루스 외삼촌과 데비 외숙모는 뉴욕에서 가장 싼 마지막 비행기를 이용해서 날아왔다. 안네리제 할머니와 한스-오토 할아버지도 하노버에서 클라라 고모와 라인하르트 고모부, 그리고 파비안과 루이제를 데리고 전세 미니버스를 타고 왔다. 로지 할머니와 레비 할머니도 양로원 아벤트골트에서 친구 몇 명을 데리고 찾아왔다. 피아와 그녀의 부모님, 안톤, 톨 틸리, 심지어 이본느 코헨까지 왔다. 물론 내가 다니던 히브리어 반 친구들도 와 주었고, 블라디미르 카사로프 선생님과 내 옆 자리에 앉았던 아그네스도 와 있었다. 아그네스의 엄마는 우리 아빠의 러시아 애인으로 정체가 드러났다. 광학기구 상점의 프리츠 아저씨도 와 주었다.

사람들은 서로 자기소개를 했다. 모두 내가 《토라》경전을 히브리어로 외우는 걸 듣기 위해, 내가 성인이 된 것을 축하해 주기 위해 온 것이다. 그리고 내가 '저는 오늘 여자가 되었습니다'라고 말할 때 엄마가 우는 모습을 보기 위해서(아빠도 울었다). 나는 감동 받았다.

수수한 바지 차림으로 나는 교회 한가운데 있는 연단, 비마 앞에 가서 섰다. 《토라》의 한 대목을 읽고 창세기를 히브리어로 낭송할 예정이었다. 나는 '성령이 수면 위를 배회하였다. 그리고 신께서 말씀하시기를, 빛이 있으라 하셨다! 그러자 빛이 생겼다'라는 구절을 읽을 때 몸에 소름이 돋는 것 같았다.

물론 대부분의 사람들이 히브리어를 이해하지 못했겠지만, 아마 그들도 전율을 느꼈을 거라고 믿고 싶다.

의식을 치르는 동안 리자 할머니의 영혼이 줄곧 내 곁에 있는 것 같았다. 특히 내가 소감을 낭독하는 동안에 그랬다. 낭독 내용은 전날 밤 창가에서 별을 바라보면서 작성했다. 교인들은 아주 조용했다. 나는 천천히, 모두가 다 잘 들을 수 있도록, 특히 리자 할머니가 어딘가 밖에서 우리 위를 떠돌며 엿듣고 있다면 할머니에게도 잘 들릴 수 있도록 또박또박 낭송했다.

"저의 바트-미즈바를 《토라》 가운데서 천지창조 이야기를 읽는 날에 치르게 되어 아주 행복한 우연이라고 생각합니다. 저는 언젠가 천문학자가 되어 우주와 그 탄생의 비밀을 캐고 싶습니다. 저는 어릴 때 처음 천체망원경으로 별들을 관찰해 본 이후로, 그 모든 것들이 어떻게 시작되었는지, 어떻게 지구와 별들과 우리의 우주 전체가 생겨났는지 이해하려고 애써 왔습니다. 나는 스스로에게 물어봅니다. 우리의 우주는 정확히 어떻게 생겼을까? 그 모든 것이 창조되기 위해서 무슨 일이 일어났던 것일까? 어떤 법칙이 우리의 천체와 우주에 작용했을까? 저는 제 천체망원경을 통해서 대답을 찾으려고 노력했습니다. 시간이 한참 걸렸지만, 마침내 저는 그 대답을 찾기 위해서는 또 다른 물음이 있어야 한다는 걸 깨달았습니다. 그리고 그 또 다른 물음에 대한 해답을 찾는 데에는 천체망원경이 필요하지 않았습니다. 그 물음은 다음과 같습니다.

왜? 왜 그것이 생겨났을까? 우리는 왜 존재하는 걸까? 이 왜라는 물음은 대답하기가 정말 어렵습니다. 적어도 사실과 증거, 증명을 좋아하는 저 같은 사람한테는요. 그것은 이성이 아니라 마음과 영혼에 관한 일이라서 더 그렇습니다.

이제 저는 압니다. 《토라》가, 특히 천지창조의 이야기가 우리에게 이 세상이 어떻게 창조되었는지를 알려 주지는 않을 것입니다. 비록 겉으로는 대답을 줄 것처럼 보일지 몰라도요. 왜냐하면 하나님은 물리학 교수가 아니니까요."

이 대목에서 많은 청중이 웃었다.

"그렇습니다, 하나님은 다른 일을 하기 위해서 계십니다. 천지 창조 이야기는 우리에게 놀라움을 주려는 데 있습니다. 생명이 어떻게 시작되었는가를 알고 우리가 놀라도록 말이에요. 만약 우리가 이 놀라움을 마음속에 간직하면, 놀라움이 우리를 들어 올려 우리에게 날개를 달아 줄 것입니다. 그리고 언젠가는 별들에게 도달할 수 있을지도 모르지요. 그리고 마침내 '왜' 그런지를 이해할 수 있을 것입니다."

끝날 즈음 나는 엄마와 아빠를 바라보았다. 두 사람은 나란히 손을 잡고 앉아 있었다. 손을 잡고 있다니? 내 심장이 환호성을 질렀다! 저게 있을 수 있는 일일까? 내가 두 사람을 화해시킨 걸까? 그러나 다시 보았을 때 그건 그저 착각이었다는 걸 알았다. 두 사람의 손은 조심스레 거리를 두고 있었다. 잠깐 동안 나는 내가 완전히 혼자이고 버림받았다는 생각이 들었다. 만약 랍비 바이센베르거 씨가 바트-미즈바를 치르는 소녀에 대해 연설을 시작하려고 헛기침을 하지 않았다면 나는 울음을 터뜨렸을 거다. 나는 그쪽으로 주의를 온통 집중시키며 내 근심을 억지로 잊으려고 했다.

"오랫동안……."

랍비 바이센베르거 씨가 말을 시작했다.

"넬리는 바트-미즈바를 하는 것이 무슨 의미가 있느냐고 캐물었습니다. 이 아이는 우리가 '신과 싸우는 사람'이라고 부르는 바로 그런 사람입니다. 그리고 그것은 또 그대로 좋습니다. 왜냐하면 만약 이처럼 회의하는 사람이 없다면 유대 민족은 무엇이겠습니까? 세상의 다른 어떤 종교도 유대교처럼 신자들에게 신에 대해서는 물론 종교의 의미에 대해서도 캐묻도록 북돋아 주지 않습니다. 우리는 회의하는 사람들을 사랑합니다. 그리고 오늘 우리의 바트-미즈바 소녀는 대단히 회의를 많이 하는 소녀입니다. 아브라함, 모세, 욥, 야곱, 넬리 수 에델마이스터는 이런 수많은 회의주의자들 가운데 한 사람입니다."

이 대목에서 모두가 웃었다. 랍비 바이센베르거 씨는 자기의 말에 유쾌해진 청중을 진정시킨 뒤 말을 계속했다.

"오늘 넬리 수 에델마이스터를 우리 교회에서 축하하게 되어서 기쁩니다. 마슬 타우!"

그 말에 이어서 교인들은 무수히 마슬 타우를 외쳤다. 그리고 마침내 나는 여자가 되었다.

그날 저녁 파티가 열리기 전, 나는 내 방 거울 앞에 서서 하늘색 어깨 없는 벨벳 드레스를 처음으로 입어 보았다. 나는 내 모습을 알아볼 수가 없었다. 안경을 안 쓰고 있긴 했지만, 그것 때문은 아니었다. 나는 안경 없이도 아주 잘 볼 수 있다. 내 뒤에 있는 옷장에서 윌리엄 왕자가 나를 훔쳐보고 있었다. 나는 옷장으로 다가가 문을 활짝 열어젖힌 다음 의자를 갖다 놓고 왕자 앞으로 올라가 섰다. 그런 다음 다시 거울을 바라봤다. 상상 속에서 뿐 아니라 우리 두 사람은 정말 잘 어울리는 한 쌍이라는 생각이 들었다. 무도회에 가려고 멋지게 치장을 한 우리 앞에는 마차가 기다리고 있었다. 영국 왕실의 신하들이 우리 앞에 서 있었다. 우리가 경찰의 경호망을 지나갈 때 수천 명의 인파가 환호를 보냈다. 나는 손을 들어 정중히 인사했다. 다이애나 왕세자비 또는 영국 왕실의 왕후처럼. 콰당! 나는 의자에서 굴러 떨어졌다.

"모든 게 네 잘못이야!"

내가 말했다.

윌리엄은 그저 나를 쳐다볼 뿐이었다. 아무것도 하지 않고, 아무것도 느끼지 않고.

몇 분 동안 나는 포스터를 바라봤다. 가는 세로줄무늬가 있는 짙은 청색 캐시미어 스웨터를 입은 나의 왕자님을. 파란 셔츠에 루비처럼 붉은 넥타이를 매고, 루비처럼 붉은 비단 손수건을 꽂고 있는 나의 왕자님의 모습을. 그리고 감탄이 저절로 터져 나오는 그의 파란 눈을.

나는 포스터 아래쪽에 붙인 테이프를 떼어냈다. 그리고 의자 위로 올라가 포스터 위쪽의 테이프도 떼어냈다. 포스터는 미끌어지듯 바닥으로 떨어져 내렸다. 나는 포스터를 판판하게 편 다음 조심스럽게 접어 옷장 안의 오래된 여행가방에 넣었다.

그러고는 다시 거울을 바라보고 미소를 지으며 정중하게 고개를 숙였다. 땋은 머리가 흘러내려 드레스 뒤쪽의 파인 부분이 간지러웠다. 나는 다시 몸을 꼿꼿이 한 채 윙크를 했다.

"여봐요, 거기 밖에 계신 분들! 나예요, 넬리 수 에델마이스터

랍니다."

화장에 관해서 엄마는 정말 대단한 예술가다. 엄마가 화장을 해 준 뒤, 정말이지 나 자신도 나를 알아볼 수 없었다. 믿을 수가 없었다. 나는 진짜로 거의 미인 수준이었다.

거울 속의 내 모습을 아무리 쳐다봐도 싫증이 나지 않았다. 예쁘다는 것, 그건 지금까지의 나에게는 익숙치 않은 말이었다. 그런데 지금 화장을 한 내 얼굴이 이상하게도 친숙했다. 생각해 보니 문득 그런 생각이 들었다.

"엄마 알아요? 나하고 엄마하고 모습이 비슷해요."

엄마가 고개를 끄덕였다.

"다 끝났니?"

엄마는 약간 목이 잠긴 듯했다.

"거의 다요."

나는 다시 거울을 보며 땋은 머리를 풀고 이리저리 흔들었다. 곱슬머리가 흩날렸다. 하지만 전부 다 곱슬거리지는 않았다. 좋아, 조금 곱슬거리기는 하지만 그래도 모두 내 머리카락이다!

"리자 할머니가 네 모습을 보셨으면 정말 행복해하셨을 텐데."

내가 마치 반짝이는 숄처럼 머리카락을 어깨 주위로 펼치자 엄마가 말했다.

"나는 엄마가 좋아요, 엄마."

나는 엄마를 껴안았다.

"너한테 줄 게 있어."

엄마는 호주머니를 뒤져 리자 할머니의 인조보석 목걸이를 꺼냈다. 놀랍게도 엄마는 그 목걸이를 내게 걸어 주었다.

"나도 너를 사랑한다, 넬리."

엄마는 내 머리카락에다 입을 맞춰 주었다.

인조보석이 가슴에 닿았다. 차가웠지만 인조보석은 곧 내 체온을 받아들였다. 인조보석이 불빛 아래서 반짝거렸다.

"리자 할머니께서는 네가 네 삶의 어둠에 빛을 비출 수 있게 되었을 때 이걸 너에게 주라고 하셨단다. 이제 너도 그걸 알게 된 것 같구나."

민스키 부인의 레스토랑에는 수십 명이 먹어도 충분할 만큼의 카사 바니시게가 있었다. 그곳에는 없는 게 없었다. 음식과 포도주, 꽃, 음악, 사진사, 그리고 엄청난 손님들. 교인들은 전체가 다 모인 것 같았다. 그리고 엄마 아빠의 친구들과 내 친구들과 친척들도 모두. 그 말은 오직 한 사람만 빼고 다 왔다는 얘기다. 막시밀리안 민스키만 빼고.

나는 사람들 사이를 돌아다니면서 막스를 찾아보았다. 여기저기, 수십 명이 넘는 사람들 사이를 스쳐 가며 눈으로는 계속 막스를 찾았다. 손님들 사이로 지나다니면서 악수를 하고, 축하의 말에 답례를 하기도 하고, 마슬 타우를 외치기도 하고, 누가 키스를 하거나 살짝 꼬집으면서 달려들어 포옹을 해도 다 받아 주었다.

그러면서도 나는 줄곧 애타게 둘러보았다. 그러나 막스는 어디에도 없었다.

아빠가 나를 댄스홀 한가운데로 데려갔다. 아빠는 나를 붙잡고 휘익휘익 돌았다. 아주 자랑스러운 바트-미즈바 소녀의 아빠였다. 우리 주위로 몇 쌍의 다른 사람들이 춤을 추고 있었다. 데비 외숙모와 브루스 외삼촌, 피아의 부모님, 아스트로 프리츠 아저씨와 로지 할머니, 랍비 바이센베르거 씨와 그의 아내, 우리 할머니와 할아버지, 그리고 놀라운 건 안톤과 피아의 모습이었다. 내가 그들 곁을 지나칠 때 그들은 내게 윙크를 보냈다.

내 시선이 멜리사 민스키 부인에게서 멈췄다. 민스키 부인은 내게서 멀지 않은 곳에 하얀 드레스를 입고 서 있었다. 부인은 마치 여왕처럼 손님들 사이를 헤치며 다녔다. 언제나 그렇듯 우아하고 놀랄 만큼 아름다웠다. 레스토랑의 다른 편에는 엄마가 서 있었다. 검은색 옷에 아주 날렵하고 터프한 모습이었다. 두 여인은 마치 서로 대적하고 있는 두 적장 같았다. 아빠와 나는 그 두 사람 사이의 중립지대에 있었다. 전투는 아직 시작되지 않았다.

아빠와 나는 계속 춤을 췄다. 그러면서도 내 시선은 계속 사람들 틈을 헤집고 다녔다. 마침내 뒤쪽에서 어렴풋이 어떤 모습이 다가왔다. 내가 꿈을 꾸는 걸까? 어떻게 이런 일이? 저 사람이 막스란 말인가?

레스토랑 한쪽 끝에 키가 큰 남자가 짙은 청색의 캐시미어 양복을 입고 서 있었다. 겉옷 안에는 파란 셔츠에 루비처럼 붉은 넥

타이를 하고 가슴 호주머니에는 루비처럼 붉은 비단 손수건을 꽂고 있었다.

나는 가슴에 손을 얹었다. 너무도 흥분이 되었다. 나는 리자 할머니의 인조보석을 만지작거리면서 그 온기를 느꼈다. 그것은 바로 내게서 나온 온기였다. 내 심장이 흥분으로 뛰자 그 보석도 반짝거렸다.

겹겹이 가로막혔던 수많은 사람들의 바다가 갈라졌다. 아빠는 살짝 옆으로 비켜섰고, 음악 소리도 낮아졌다. 심장이 뛰는 소리가 들릴 정도였다. 댄스홀에는 막스와 나만 남았다. 이 세상에, 이 우주 안에 단둘만. 우리는 천천히 움직였다. 아주 천천히 서로를 향해서. 마침내 우리 두 사람은 서로를 마주 보고 섰다. 막스는 내게 키스를 하려는 듯 자기 얼굴을 내 쪽으로 숙였다. 그의 입술의 온기를 처음으로 느끼게 될 거라는 기대감에 심장이 멎을 것 같았다. 하지만 내 심장은 멈추지 않았다. 그가 내 귀에 대고 속삭였다.

"가려워 죽겠다. 이 빌어먹을 양복, 진짜 가려워. 캐시미어 알레르기가 있거든."

막스는 몸이 거북한데도 미소를 지어 보이며 내 손을 잡고 나를 댄스홀 한가운데로 이끌었다. 막스가 나를 끌어당겨 꼭 안았을 때 나는 정말이지 난생처음으로 공주가 된 기분이었다.

물론 나는 공주가 아니다. 나는 나다.

넬리 수 에델마이스터, 열세 살의 미래의 천문학자, 책벌레 넬리라는 별명으로 알려져 있으며, 매직 에델마이스터라는 별명으로 더 유명한 인물. 루시 블룸-에델마이스터 여사와 베른하르트 니콜라우스 에델마이스터 씨, 즉 삶의 의욕을 잃은 일명 바주카 베니 씨의 딸이며, 피아의 부하이고, 막스의 첫 연인이며, 우리들 곁을 떠난, 애타게 그리운 리자 긴스베르크 할머니의 상속녀이다.

하지만 더 자세한 얘기를 시작하기 전에 이쯤에서 끝내야겠다.

"그만하면 됐다. 너무 긴 에필로그는 너무 긴 에필로그에 지나지 않아. 이제 이야기에서 빠져나와. 끝내라고."

엄마의 잔소리가 들리는 듯하다.

그래, 이번만큼은 엄마의 충고를 따르는 게 좋겠다. 아무튼 나는 나와 윌리엄 왕자에 대한 이야기를 쓰려고 했다. 그리고 나는 그렇게 했다. 그렇지?

_끝

윌리엄 왕자와
막시밀리안 민스키
그리고 나

초판 1쇄 발행일 · 2008년 4월 25일
글쓴이 · 홀리-제인 랄렌스 | 옮긴이 · 두행숙 | 펴낸이 · 윤은숙
편집 · 박은희 | 디자인 · 조현주 | 마케팅 · 구본건 | 제작 · 장성준
펴낸 곳 · 도서출판 (주)느림보 | 등록일자 · 1997년 4월 17일 | 등록번호 · 제10-1432호
주소 · 경기도 파주시 교하읍 문발리 파주출판단지 513-9
전화 · 편집부 (031)955-7391 영업부 (031)955-7374 | 팩스 · (031)955-7393
홈페이지 · www.nurimbo.co.kr

ISBN 978-89-5876-067-2 (43850)
책값은 뒤표지에 있습니다.